오성환의 당진사랑

오성환 지음

오늘의문학사

국립중앙도서관 출판시도서목록(CIP)

(오성환의) 당진사랑 : 당진을 위한 삶과 꿈, 열
정 행정 30년! / 오성환 지음. -- 대전 : 오늘의
문학사, 2014
   p. ;   cm
ISBN 978-89-5669-593-8 03810 : ₩15000
지방 행정[地方行政]
에세이[essay]
359.004-KDC5
352.1402-DDC21   CIP2014002960

오성환의 당진사랑

먼저 오성환 국장의 공직생활 30년을 되돌아보는 『오성환의 당진사랑』의 출간을 진심으로 축하드립니다.

제가 오성환 국장을 알게 된 것은 충남도 기획계장으로 근무할 때입니다. 당시 오 국장은 당진군청 기획계에서 근무할 때이고, 당시 충남도에서 가장 큰 화두는 「대망의 2000년대를 대비하는 일」이었으며, 충남도는 2000년대를 거시적으로 조망하면서 장기개발계획을 검토할 때입니다. 대부분의 시·도가 용역으로 계획을 수립하였지만, 충남도는 시·군에 미래지표의 산출방법을 교육하고 스스로 계획을 수립하도록 하였습니다. 특수전자계산기를 보급하고, 계획수립요령과 기법을 제가 직접 교육을 하고 지도·점검을 할 때입니다. 당시 16개 시·군의 기획계 직원 중 내 고향, 당진군의 오성환 직원을 유심히 지켜보면서 '교육의 내용을 잘 이해하고 매사에 적극적이다'는 강한 인상을 받은 바 있습니다.

그로부터 10여년이 지난 후 제가 청와대에서 근무할 당시 오성환국장이 당진군청 문화공보실장으로 재직하면서 김대건 신부 전시관 건립에 따른 국비 5억 지원을 요구했던 적이 있습니다. 솔뫼성지 신부님과 합덕의 김명선 의원이 동행하였었습니다. 김대중 대통령께 보고하여 특별교부세 10억원을 지원하여 기념관 건립을 하도록 했습니다.

이제 오성환 국장이 젊음을 다 바쳤던 공직을 명예퇴직하고 큰 꿈을 갖고 책을 출간한다고 합니다. 오성환 국장이 말보다는 행동으로 행정을 추진한 것이 이 책에 고스란히 담겨져 있으므로 한번 보시면 오성환 국장이 어떻게 행정을 해왔는지를 느끼실 것으로 판단합니다. 당진의 현재와 미래에 대해 누구나 쉽게 이해할 수 있는 계기가 되고, 당진의 가치를 느끼게 되는 계기가 될 것입니다.

당진시민 여러분! 독자 여러분! 공직자는 역사의 현장에서 젊음을 불태우고 고뇌하면서 박봉에 살아갑니다. 그 언저리에는 많은 사람들이 궁금해 할 사항들이 많게 마련입니다. 오늘 출판이 그 궁금증을 해소하고 당진발전의 뿌리를 이해하는데 도움이 될 뿐만 아니라, 인간 오성환을 이해하는데 보감이 되시길 빕니다. 다시 한 번『오성환의 당진사랑』의 출간을 진심으로 축하드립니다.

김동완 (당진시 국회의원)

축하합니다.

행정 경험을 한권의 책으로 엮어내느라 수고 많았습니다.

민선 군수 취임 시절 오성환 국장은 비서실장을 거쳐 의회 전문위원, 신평 면장, 의회사무과장, 문화공보실장으로 공직을 수행해왔습니다. 당시 오성 환 국장이 공업계장이었는데 여러 경로를 통해서 알아본 바, 공직자로써 소 양과 능력을 겸비하였다는 평과 청렴한 인품으로, 모든 면에 모범이 될 것이 라 판단되어 비서실장으로 발탁을 했었습니다. 비서실장의 직책을 수행하면 서 아침부터 저녁까지 저를 수행해 주느라고 고생을 많이 했을 뿐 아니라, 자기 자신이 알아서 일을 처리하는 성격의 소유자로 비서실 업무를 스스로 찾아 처리해주곤 했습니다.

성격을 말한다면 차분하고, 떠벌이지 않고 행동으로 행정을 수행하는 타 입이었고 일을 맡기면 틀림없이 완수해내는 성격이었습니다.

오성환 국장을 40대 초반에 신평면장으로 발령을 내면서 많은 걱정을 했 었던 적이 있습니다. 과연 젊은 나이에 면장이라는 직책을 잘 수행할 수 있 을까? 하는 걱정을 했었는데 예상외로 잘 수행해 주었습니다.

오성환 국장이 문화공보실장 재직 시 문예의전당 건물을 건립하는데 처음 예산을 140억원부터 시작을 하였으나 결국에는 300억원이 넘게 투입을 하 여 마무리했던 일이 생각납니다. 그 과정에서 오성환 국장을 비롯한 관계 공직자들이 여러 방면으로 예산을 확보하는데 노력해 줌으로써 당시 충남에서 처음으로 도 단위행사를 할 수 있는 당진 문예의전당이 세워지게 된 것이라고 생각합니다.

공설운동장의 정비를 시작으로 그동안 구전으로만 내려오던 소난지도 의병항쟁의 역사적 사실 발굴, 합덕 수리박물관의 마무리, 김대건 신부의 생가 복원, 연호방죽 복원의 시작, 면천 두견주의 재생산, 삽교호 관광지 구획정리 사업 마무리, 함상공원 개관 등 저와 함께 많은 일들을 한 것이 생각납니다. 또한 가학리 볏가리대 거북놀이의 전승과 기지시 줄다리기 문화재의 세계화 원년을 이루기도 하였습니다.

오성환 국장은 공직생활을 하면서 젊음과 열정으로 오로지 당진의 발전을 위해 뛰어온 사람으로 그 경험을 이 책에 담아 출판하니, 이 책을 통하여 당진의 현실에 대한 분석과 미래에 대한 발전 방향에 대하여 공감대를 형성하면서 당진이 보다 발전할 수 있는 좋은 계기가 되기를 기대하는 바입니다.

2014년 1월

김낙성 (전 국회의원, 전 당진군수)

몹시 추운 지난 겨울날 상기된 얼굴로 찾아오신 당진 시 의회 (전)사무국장 오성환 님을 교회에서 만났습니다.

"저는 공직에 있으면서 행복하게도 농어촌이었던 당진이 산업경제중심도시로 일어서는 모든 과정을 최일선에서 직접 체험하며 섬겨왔습니다. 실무를 담당해 오면서 당진이 풍요로운 도시가 되는 길이 무엇인지를 알게 되었습니다. 어떻게 해야 지역경제가 살아나고, 어떤 기업을 유치하여야 하며, 당진이 어떤 길을 가야하는지를 몸으로 체험하며 배웠고 알게 되었습니다. 이제 당진을 위하여 일할 기회가 주어진다면 저는 세계에서 가장 살기 좋은 도시로 만들 자신이 있습니다. 당진은 농어촌 도시에서 일어나 어엿한 세계적 철강 산업 도시가 되었습니다. 저는 그 중심에서 제 손으로 만지고 발로 뛰며 행정실무를 담당해 왔습니다. 기업을 유치하는 일을 일선에서 직접 담당했습니다. 이런 실무경험을 바탕으로 당진을 섬겨보고 싶습니다. 당진이 지금보다 한 발 더 나아가 세계를 향한 경제중심 도시로 일어서야 할 때가 되었다고 생각합니다. 멈출 수 없고 멈춰서도 안 될 이 시점에 내 고향 당진을 향한 부르심이 제 가슴을 두근거리게 하고 있습니다. 당진을 위하여 생명이 다하는 날까지 힘을 다해 달려보고 싶습니다." 이런 확신과 소명으로 가득한 고백을 들었습니다.

지역을 섬기고자 하는 꿈과 신념, 그 열정을 이 책에 담아낸 것 같습니다. 꿈은 자유한 것입니다. 꿈은 누구나 가질 수 있습니다. 그러나 꿈을 가진다고 다 이룰 수 있는 것은 아닙니다. 꿈을 이룰 수 있는 사람은 꿈을 이룰 수 있는 실력과 능력이 있어야 합니다. 오 국장님의 지나온 삶과 경험, 그리고 현장에서 보고 섬겨왔던 모든 경험들은 당진을 위하여 충분히 행복하고 풍요로운 도시로 만들어 갈 수 있는 일군이란 확신을 하게 되었습니다.

　이 책을 통해서 보이는 것보다 더 중요한 마음속에 담겨진 사람 됨됨과 생각과 비전을 들여다 볼 수 있는 좋은 기회가 되리라 생각합니다. 큰 용기로 출발하는 이 발걸음을 축복하오며, 당진을 살리는 리더로 힘 있게 달려가시길 기대합니다.

　한생을 살아가면서 좋은 리더를 만나는 것은 어떤 일보다 복되고 행복한 일입니다. 저는 오늘 좋은 분과 만남이 기쁩니다. 풍요로운 도시, 행복한 도시, 사람이 살고 싶은 도시, 꿈꾸며 춤추는 도시를 기대하며, 행복한 꿈을 꾸며, 기도와 박수로 응원합니다. 샬롬.

이수훈 (목사)

당진군 신평면 남산리에서 평범한 농가의 셋째 아들로 태어나서 줄곧 신평에서 자랐고 학교를 졸업했습니다. 모든 농가가 그러했듯이 어린시절부터 부모님의 농사일을 거들어 드리면서 농사일이 얼마나 어렵고 고달픈지 몸소 느꼈고, 농민들의 애환을 옆에서 보아왔습니다.

천수답 논에 물을 대려고 두레박질과 무자위질도 해보았고, 가을에는 바심을 하는데 기계가 없어 볏가리에 쌓인 눈을 털면서 바심을 도와주기도 했었습니다. 그렇게 농사일을 도와주면서 고등학교를 졸업하고 바로 군대에 입대하였으며, 군대를 제대하자마자 공무원 시험에 합격하여 공무원의 길을 걷게 되었습니다.

충청남도 7급 공채시험 합격자 20명 중 모두 대전시와 연기군을 희망지역으로 제출하였는데, 나 혼자만 당진으로 희망하여 당진에서 근무하게 되었습니다. 고향인 당진의 발전을 위해 한번 일해보자고 결심하였기 때문입니다. 30년 동안 공직에 있으면서 오로지 고향의 발전을 위해 일한 계기가 되었던 것입니다.

대호지면사무소를 시작으로 당진에서만 근무했으며, 17개 부서를 순회하면서 다채로운 행정 경험을 했고, 말을 앞세우기보다는 행동으로 업무를 수행했습니다. 발로 뛰는 행정을 하면서 행정의 묘미를 느껴 보았고, 그런 만큼 많은 것을 배울 수 있었으며, 고향인 당진에 대한 애정은 깊어만 갔습니다.

일을 추진할 때는 기존의 틀을 깨고 혁신과 변화를 동반하도록 했습니다. 당진은 전국 지방자치단체 중에서 가장 빠른 변화를 일구어 낸 곳으로 업무 자체도 변화와 혁신을 요구하는 것들이 많습니다. 세상은 변화를 요구하는데 행정은 변화에 응하지 못하고 보수적이면 지역의 발전은 요원할 것입니다.

또한 행정의 묘미는 업무를 담당하는 직원들의 조직력과 주민들의 단결력의 결합을 통해 불가능할 것 같은 일을 성사시켰을 때 경험할 수 있습니다. 안 될 것이라고 여겼던 일을 성취해 냈을 때의 쾌감은 이루 말할 수가 없습니다. 내가 하는 일이 지역 발전의 밑거름이 된다고 생각하면 그 또한 기분 좋은 일이 아닐 수 없습니다.

30년 공직을 생활하면서 보람있었던 일, 어려웠었던 일 등 많은 일을 겪으면서 공무원의 역할 하나 하나가 지역에서 얼마나 소중한가를 느껴왔습니다. 공무원의 마인드가 어떠냐에 따라서 지역의 발전이 앞당겨질 수 있고 퇴보도 할 수 있습니다. 공직 생활을 하면서 이러한 느낌을 갖는데 많은 시간이 걸렸습니다.

그리고 공직생활의 어려운 여건 속에서도 배움의 열정을 놓지 않고 학업을 계속하였습니다. 고려대학교 행정대학원을 졸업할 때 제출한 논문이 최우수로 선정되었던 것이 보람이었습니다. 아버지가 돌아가시자 어머님의 치매가 와서 고향 집터에 직접 황토로 집을 지어 돌아가시기 전까지 5년 동안 어머님을 모셨던 것이 작은 보람이었습니다.

부모님을 잘 보살펴 드리고, 아이들을 바르게 키워준 아내의 덕으로 직장생활에 전념할 수 있었습니다. 아내를 포함해 30년 동안 공직 생활을 충실히 마무리할 수 있도록 도와주신 선후배 공직자, 당진 지역주민 여러분, 기업의 임직원 여러분께 감사의 말씀을 드립니다.

그리고 한 가지 말씀을 드린다면, 책 내용은 제가 행정을 하면서 사실 위주로 직접 쓴 글이기 때문에 재미가 없고 지루할 것으로 판단되어 죄송하다는 말씀을 드리면서, 거친 글을 잘 다듬어 주신 오늘의문학사 리헌석 대표를 비롯한 직원 여러분들께도 고마운 마음을 전합니다.

2014년 원단 오 성 환

3부 당진 발전의 청사진

4부 당진의 아들로 자라서

1부

대민봉사의 순정으로

공무원의 시작과 집필동기

내가 공무원 시험을 보기로 결정한 것은 군대를 제대할 무렵이다. 전역을 앞두고 '내가 과연 군대를 제대하면 무엇을 할 것인가'에 대하여 심각하게 고민했다. 집에 제법 많은 농토가 있었지만 농사를 지어 생계를 꾸려나가는 일은 아무리 계산을 해도 답이 나오질 않았다. 그래서 공무원 시험을 봐야겠다고 결심하고 준비를 시작했다.

1981년도 4월에 제대를 하고 5월에 대전 고시학원에 등록하여 한 달 동안 다녔다. 행정법 시간에 강사한테 무언가를 질문했는데 학생들 50여 명이 일제히 웃었다. 아마 제일 쉬운 것을 질문했던 모양이다. 한 달 동안 학원을 다녔는데 신통치 않아서 독서실에서 혼자 공부를 하기 시작했다. 하루에 4시간 정도만 잠을 자며 공부에 전념하였다.

내가 가진 모든 혼을 쏟아 공부를 하다 보니 하루에 3~4권의 책을 독파할 정도로 속도가 붙었다. 그래서 단기간에 녹록치 않다는 7급 공채 시험에 합격할 수 있었다. 어렵게 시작한 공직의 길, 내 인생의 첫 직장이자 내 인생의 모든 걸 다 바쳤던 공직은 이렇게 시작되었다.

내가 공직생활을 한 시절만 하여도 공직에 대한 사회적 인식, 보수 등이 열악하였고 힘든 면도 많았다.

어느 분야에서 일하든 제일 중요한 것은 열정과 주인의식이라는 생각이 든다. 특히 공직은 그런 의식이 더욱더 요구된다고 생각한다. 미약하지만 나름대로 열정과 주인의식을 가지고 시민의 편에 서서 일하고자 최선을 다해왔다. 지금 돌이켜 보면 30년간의 공직생활은 후회 없고 내 인생의 자랑스러운 시기였다는 생각이 든다. 사실 공직의 길은 무한한 봉사와 책임이 요구되면서도 공무원이었던 나의 작은 노력이 시민들에게 기쁨을 줄 수 있는 보람의 길이었다는 생각도 든다.

공직 생활을 하면서 보람된 일도 많았고 한고개 한고개 산을 넘는 것처럼 어려웠었던 일도 참 많았던 것 같다. 힘들고 어려운 산을 넘을 때마다 곁에서 함께 해준 지역주민여러분들과 동료들에게 감사하며, 또한 함께해야할 인생의 한부분이라고 생각하니 가슴속에 만감이 교차한다.

그동안 틈틈이 모아둔 작은 경험들을 모아 책으로 엮어 소중하고 사랑스러운 후배들이 당당하고 멋진 공직생활을 하는데 조금이나마 도움이 되었으며 하는 마음과, 아울러 내 고향 당진을 향한 애정을 표현하고 싶었는지도 모르겠다.

혹시 글 중에 오해가 있을 부분이 있고 기분 나쁘게 생각할 수 있는 부분이 있더라도 이해해 주길 바랄 뿐이다. 이 글은 순전히 내 개인의 생각이고 기억을 더듬어서 쓴 것이기 때문에 실제와 다를 수 있다는 것을 양해해 주길 바란다. 문장에 소질이 없어 미사여구를 넣지도 못하고 재미없게 실무적으로 글을 쓴 점 이해해 주시길 간절히 바란다.

대호지면 담당으로

■ 공무원 사회에 대한 첫인상

1981년도에 충남도 7급 공채에 합격하였다. 지방직 시험을 치른 것은 동네 선배 때문이었다. 이 선배도 국가직 7급 공채 시험을 준비하였는데 지방직도 7급 공채가 있다는 사실을 일러주며 같이 시험을 보자고 했다. 당시 나는 7급 공채는 국가직 시험만 있는 줄 알았다. 4월에 군에서 제대한 후 7월에 국가직 7급 공채 시험을 치렀는데 보기 좋게 낙방했다. 국어가 처음 출제 되었는데 국어는 그냥 기본 실력으로 보면 된다고 여겨 공부를 소홀히 했던 것이 시험에 실패한 주요 원인이었다.

사실 군대에서 제대하면서 공무원 시험을 준비하는데 9급은 수학이 있고 7급은 수학이 없어서 7급을 준비했다. 예비고사를 치를 때도 영어는 50문제 중에 2문제 정도 틀렸는데 수학은 25문제 중에 반타작도 못했었다. 7급을 준비하면서 영어공부는 하지 않았다. 그 시간에 다른 과목 공부를 하여 시간을 절약할 수 있었는데 7급 공부를 한 시간은

70여일이었다. 9월에 지방직 시험이 있었는데 20명 모집에 응시자가 약 1300명 정도였다. 합격자 발표 날짜에 도청에 전화를 걸어 보니 불합격이라고 안내했다. 이듬해 국가직 7급 공채 아니면 경찰 간부후보생 시험을 준비하겠다고 마음먹었다. 그런데 일주일 정도 지났을 때 책상을 정리하면서 수험표를 발견했는데 확인해보니 도청에 수험번호를 잘못 확인했다는 것을 알게 됐다. 그래서 다시 확인해보니 합격하였다는 통보를 받았다. '그 때 수험표를 보지 못했더라면 지금 내 인생은 어떻게 바뀌었을까'하는 생각이 자주 든다.

1981년도에 시험을 합격하고 지역을 선택하는데 20명 동기들은 전부 대전시와 연기군을 선택하였는데, 나만 1희망 당진군, 2희망 예산군을 선택하였다. 고향인 당진에서 지역발전을 위해 일하고 싶다는 생각을 했다. 81년도에 합격을 하였지만 발령이 나질 않았다. 내무과 행정계에 여러 번 가서 발령이 언제쯤 날 것인지를 문의했지만 곧 날 테니 기다리라는 답변만 되풀이했다. 동기들 중에 내가 제일 늦게 83년 1월 1일자로 발령이 났는데 그렇게 늦게 나는 줄 알았으면 국가직 시험을 한 번 치러봤어도 좋았을 것을 그랬다. 아무 하는 일 없이 인사발령만 기다리며 1년 간 허송세월을 한 것이 지금 생각하면 안타깝다.

■ 면서기 업무 단상

대호지면에 발령을 받아 근무하면서 제일 인상에 남았던 것은 권업사무였다. 당시 제일 큰 당면 업무가 인구증가 억제시책이었다. 매일 아침에 면장실에서 보고회를 가졌는데 어제는 누구를 만나서 가족계획 상담을 하였고 언제 수술을 할 것이며 실적은 어떻다고 아주 구체적으로 보고를 하여야 했다. 그리고 추진상황에 대하여 매일 내무과 행정계에 보고를 했다. 보건소에서 보고를 받지 않고 내무과에서 직접 업무를 챙겼으니 그만큼 국가의 제일 큰 시책이었던 것이다. 지금의 관점에서 보면 아주 어리석은 짓이었다.

나도 매일 출장을 다녀야 했는데 총각 신분으로 아줌마들을 만나 가족계획 하라고 할 수도 없고 걱정이 컸는데 보건지소 여직원과 함께 출장을 다닐 수 있도록 배려를 해주었다. 오토바이를 타고 여직원과 시골마을 곳곳을 누비고 다녔다. 나는 주로 추녀 밑에 있고 여직원이 주부들을 만나 상담을 하였는데 실적을 세우기가 매우 어려웠다. 지금 보건소에 근무하는 모 여직원 친구가 서산의 한 병원에 근무를 하여 거기서 불임수술 실적을 잡아주어 위기를 모면한 적도 여러 차례 있다. 아침마다 면장실에서 가족계획사업 관련 보고회를 했는데 보고하는 내용이 우스꽝스러워 '이런 것이 행정인가'하는 생각이 들기도 했다.

가족계획사업 외에 권업사무 중에 큰 것이 추경(秋耕)이었다. 가을이면 소를 동원해 논을 갈아야 하는데 장정리는 대호지면의 입구라 전체를 갈아엎어야 했다. 내가 발령을 받자마자 장정리 분담을 주는데 내 고유 업무보다 분담업무가 더 컸다고 보아야 할 것이다. 장정리 분담을 수년간 했는데 몇 년이 지나서야 왜 장정리를 나한테 분담해 주었는지 알았다. 장정리는 분담이 어려워 공무원들이 서로 맡지를 않으려고 했던 곳이었다. 그러니 신출내기인 내게 담당을 넘겨버린 것이었다. 장정리 전체를 다 갈려면 하루에 소가 4마리 이상 필요했다. 이장하고 매일 다니면서 출력할 소 주인을 만나 설득하는 것이 주 업무였다.

면장이 심하게 업무독촉을 하는데도 소는 잘 나오지 않아 장정리 정미소 주인에게서 트랙터를 얻어 이 논 저 논 내가 직접 갈고 다녔다. 그러니 면장이 내게 별다른 타박을 하지 않았다. 트랙터가 없으면 경운기로 직접 논을 갈기도 했다. 집에서 경운기 트랙터로 작업을 해봤기 때문에 가능했는데 내가 남보고 사정을 하지 않고 직접 해버리니까 차라리 마음이 편했다. 수년간 장정리 분담을 하면서 장정리 논두렁 밭두렁을 헤집고 다녔다.

지금은 고인이 된 최희갑 이장을 오토바이로 태우고 다니다가 오토바이가 넘어지는 바람에 이장 팔을 부러뜨리는 사고를 내기도 했다. 이장 아들이 자신의 아버지 팔을 부러뜨렸다며 날 쫓아오면서 죽인다고 달려들기도 했다. 지금 생각하면 웃음이 나오지만 그때 상황은 공포를 느끼기에 충분했다.

봄에는 휴반 잡초제거를 한다며 면서기들이 논두렁 풀을 다 태워야 했다. 어렸을 때 동네 친구들하고 불장난을 했었지만 공무원이 되어 논두렁 풀을 태우러 다닐 줄이야 꿈에도 생각지 못했다. 비닐에 불을 붙이면 자동으로 불이 한 방울 한 방울 떨어지기 때문에 불을 놓기가 좋았다. 그 당시 장정리는 경지정리가 안 돼 있어 꼬불꼬불한 논두렁이었는데 그 논두렁을 다 태워야 했다. 그리고 잠복소라 하여 가을에 가로수에 가마니 조각을 묶어놓는 일도 많이 했다. 떼어낸 가마니를 봄에 불로 태우면 거기에 숨어들어온 벌레를 함께 태울 수 있다고 하여 국가적으로 그 사업을 벌였고 공무원들이 많이 동원됐다.

아침에 회의를 하다보면 들어보지 못한 용어들이 왜 그리 많던지 모른다. 도대체 무슨 말을 하는지 이해를 할 수 없는 경우가 많았다. 추경, 휴반잡초 제거, 잠복소, 연백식, 장백식, 분얼, 출수, 멀칭, 결구 등등의 용어는 한참이 지난 다음에야 알아들을 수 있었다. 내가 처음 공무원 시험을 보고 기대하였던 것은 계획을 수립하고 발전적 시책을 구상하고 지역발전을 위해 뭔가 큰 그림을 그리는 것이었다. 그런데 막상 현업에 임해보니 매일 논두렁을 타고 다니며 영농지도를 하는 일이 대부분이었다. 그래서 공무원 초기에는 내가 꿈 꿨던 생활과 너무도 달라 많은 회의감을 갖기도 했다.

민방위과 근무

■ 강등 사건

면사무소 근무를 마치고 군청 민방위과 민방위계로 발령을 받았다. 그런데 7급에서 8급으로 강등돼 보직을 받았다. 당시의 인사지침은 읍·면 직원이 군청으로 전입할 때 한 등급 강등을 하도록 규정돼 있었다. 그러나 강등을 할 경우, 반드시 본인의 동의절차를 거치도록 되어 있었다. 납득하기 어려웠던 점은 내게 어떤 상의도 없이 일방적으로 인사발령이 났다는 점이다. 감사원이 충남도청에 대한 정기 감사를 하는데 군청 행정계장과 나를 호출했다. 아마 도청에 근무한 동기들이 감사반에 자료를 넘겨준 모양이었다. 도청에 가기 전에 군청 내무과장이 나를 부르더니 답변 좀 잘해달라고 부탁하였다.

나와 함께 호출을 받은 것은 군청 행정계장이었지만 실제로 도청에 간 것은 부서 내 업무담당자였다. 그 담당자는 "저 당진군 행정계장 누구입니다"라고 인사를 했다. 나는 속으로 '이렇게도 하는구나' 생각하며 퍽이나 놀랐다. 가짜 행정계장을 앞에 앉히고 감사원 직원이 약 20

여 분간 발령대장 등을 확인하고 나무라더니 나가보라고 한 다음 나를 부르더니 30여 분 간 대화를 나눴다. 대화하는 과정에서 감사원 직원이 내게 "너 정신 나간 놈이냐? 어떻게 7급 공채가 8급으로 강등을 당하느냐"고 얼마나 혼을 내던지 정신이 나갈 정도였다.

그러면서 그는 "솔직히 말해봐라, 내가 다 조치를 취해 주겠다."라고 말했지만 실상 감사원에서 조치를 취한다면 군수부터 일괄징계는 불가피했다. 군수, 부군수, 내무과장, 행정계장, 담당자 모두 징계를 당해야 하는데 만약에 이런 조치가 취해진다면 나는 공무원생활을 더 이상 할 수 없을 것이라고 생각했다. 감사원 감사를 받기 전에 혼자 고민을 많이 했다. 7급 공채로 공직에 들어왔는데 8급으로 강등을 당했으니 고민을 안 할 사람이 어디 있겠는가. 전국에서 처음 있는 일이었다.

인사지침을 살펴보니 읍·면에서 군청으로 전입할 때는 강등을 할 경우는 반드시 당사자의 동의를 얻도록 돼있었다. 하지만 내 경우에는 동의절차 없이 군이 일방적으로 발령을 냈던 것이다.

충남도 7급 공채 동기생 20명 중 모두 대전근무를 희망했고 나 혼자만 고향을 위해 일하겠다며 당진근무를 희망했는데, 이 같은 사건으로 직장을 그만 둘 수도 없는 형편이었다.

그래서 감사반에게 솔직히 이야기하였다.

"제 고향이 당진입니다. 저는 고향에서 근무하고 싶어서 당진으로 근무지를 희망했습니다. 고향발전을 위해 일하고 싶다는 생각은 변함이 없습니다. 어려움이 있으시겠지만 없던 일로 해주십시오." 내가 이렇게 말하니 감사반이

"진짜 그러냐? 그러면 없던 일로 해주겠다. 만약에 다음에 이런 일이

있으면 내게 연락해라. 그러면 내가 다 조치를 취해 주겠다"

라고 약속을 하였다.

강등을 당했던 일은 이렇게 마무리 되었다. 당시 감사원 직원은 지금 상당한 자리까지 올라가 현재 감사원 교육원장을 맡고 있다. 그 사람은 그 사건을 까맣게 잊었을 것이다.

■ 과 회계

과거에는 공무원하면서 과 회계를 담당하면 자신의 돈을 쓰게 되는 일이 많다는 이야기가 있었다. 그때 민방위과에는 3개 계가 있었다. 민방위계, 교육훈련계, 병사계였다. 경리를 보는 방법은 과 회계가 있고 계별로 차석이 경리를 하는 형식이었다. 당시 과 예산 중에 공통으로 쓸 수 있는 예산은 출장비와 수용비를 쓰는 방법이 보편적이었다. 출장비는 개인에게 준 것이 아니라 계별로 회계가 관리하였다. 왜냐하면 지금처럼 과 운영비 등의 예산이 없어 어쩔 수 없이 출장비를 가지고 공동비용으로 지출해야만 했기 때문이다.

예산을 계별로 인원에 맞게 분배를 하였다. 민방위계는 50%, 교육훈련계는 20%, 병사계는 30% 비율이었다. 민방위계는 과장이 있어 50%를 배정했다. 이전부터 내려온 관행대로 과 회계 업무를 보았다. 배정도 이전대로하고 공통으로 들어간 경비도 배분비대로 계별로 거출해 정산을 했다. 정산은 한 달에 한 벌 꼴이었다.

과 회계를 보면서 돈 때문에 고생을 많이 하는데도 계장이나 과장이 한 번도 내게 '고생한다'고 말한 적도 없었고, 부족분을 예산부서에 요구한 적도 없었다. 그저 쓸 줄만 알았다.

이렇게 민방위과에서 과 회계를 보면서 개인적으로 충당한 금액이 200만원 정도였다. 지금의 가치로 환산하면 1000만원도 넘을 것으로 추측된다.

내가 민방위과에 근무하면서 사비로 과장부터 계장, 직원들에 이르기까지 밥과 술을 사준 셈이다. 처음부터 내가 직접 사주었으면 생색이나 낼 것을 생색도 못 내고 돈만 쓴 사연이다. 그래서 혼자 다짐했던 것은 내가 계장, 과장이 되면 저런 잘못된 관행은 저지르지 말자고 맹세하기도 했다.

기획계 근무

■ 기획계

1989년 4월에 기획계로 발령을 받았다. 정기인사는 아니었고, 지금은 퇴직한 박모씨가 기획계에서 근무하다가 도청으로 발령을 받아 생긴 빈자리에 내가 투입됐다. 기획계에서 후임자로 누구를 데려올 것인지 직원들의 여론을 듣고 나를 선택했다고 들었다. 개인적으로 공무원 생활을 하면서 기획계에 근무할 때 업무의 기틀을 제대로 잡았지 않았나 생각된다. 공직에 대한 열정도 이때를 계기로 생기지 않았나 싶다.

기획계에서 전 부서의 일을 관여하다보니 시야가 넓어지고 행정을 보는 안목이 생겼다. 밤 12시 전에는 퇴근이 없었고 휴일에 놀아본 적이 없을 정도로 근무했고, 한 달에 몇 번은 밤샘근무를 하기도 했다. 업무를 찾아서하기도 했지만 군수나 기획실장이 별도로 내리는 지시가 많아서 바쁜 나날을 보냈다. 원없이 일했고, 업무 능력도 눈에 띄게 향상된 시기가 바로 기획계에 근무했던 때가 아닌가 생각된다. 전체 공직생활을 통해 전환점이 된 시기이다.

■ 서해안고속도로 노선변경 추진을 회고하며

당초 서해안고속도로는 경기도에서 아산시로 내려와 공주, 청양을 거쳐 전라도로 넘어가는 것으로 결정됐다. 당시 서해안고속도로가 일직선으로 전라도로 뻗는 노선을 선택했다. 충남지사가 노선 변경을 통해 서해안지역을 경유하도록 건의하기 위해 건설부장관을 만나려고 여러 차례 시도했지만 장관은 만나주지 않았다고 전해 들었다. 행정적 절차로는 도저히 노선변경을 관철시킬 수 없다는 판단을 하고 정치적으로 움직일 준비를 했다.

건설부는 서해안고속도로가 서해안으로 노선을 잡을 경우, 아산만을 가로질러야 하기 때문에 장대교(서해대교 명칭 전) 설치비용이 3000억 원이 추가돼 비용 때문에 아산만 경유노선은 불가하다는 입장으로 일관했다. 그래서 이 문제를 어떻게 극복해야할지 곰곰이 생각해 보았다. 건설부에서 장대교 건설비용이 과다하다고하니 해수면 아래 터널로 도로를 뚫으면 어떨까 하는 역발상을 하게 되었다. 해수면 지하터널로 도로를 건설한 사례가 국내에 없던 까닭에 해외사례를 파악해야 했다. 미국 맨해튼에 해저터널 도로가 3개소 있다는 것을 파악하고 미국자료수집에 나섰다.

당시 당진군을 지역구로 한 김현욱 국회의원이 외무통일위원장을 맡고 있어서 군청에서 큰일을 도모할 때 김 의원의 힘을 빌리는 일이 많았다. 서해안고속도로 노선변경 건을 추진하기 위해 한 달이면 몇 차례씩 국회를 다녀오곤 했다. 김현욱 의원이 "군청에 기획실이 생기더니 내가 어려워 못살겠다."고 할 정도로 지역 현안사업에 대하여 많은 주문을 하였다. 당시 30억원 이상이 소요되는 현안사업은 모두 그를 경유해 해결할 정도였으니 김현욱 의원의 고생이 많았다.

　미국 맨해튼의 지하도 건설설계내역을 김현욱 의원에게 미국 국회를 통하여 구해달라고 요청했다. 부탁은 했지만 실상 성사되기가 매우 어려울 것이라고 판단했다. 되지 않더라도 한 번 도전은 해보자는 마음이었다. 그런데 미국 국회에서 서류가 왔다. 300여 페이지분량의 서류가 도착해 국회 외무통일위원장의 파워가 대단하다는 것을 실감했다. 맨해튼 지하도의 서류를 분석해 계산해보니 아산만 밑으로 해저터널을 굴착한다면 약 1060억원의 건설비가 소요된다는 계산이 나왔다.

　장대교 건설비의 약 1/3이면 해결할 수 있다는 판단을 하고 그때부터 당진군이 작성하는 모든 건의서에는 장대교가 아닌 해저터널을 굴착해 아산만을 통과할 수 있도록 해달라고 요청했다. 그 근거로 맨해튼 지하도 건설비용을 기준으로 한 자료를 덧붙였다. 김종문 개발위원장 등이 김대중 평화민주당 총재, 김영삼 통일민주당 총재 등을 만나 "서해안고속도로가 말 그대로 서해안으로 가야지 내륙으로 지나간다면 어찌 서해안고속도로라고 할 수 있느냐."고 주장하면서 협조를 당부했다. 이 일을 처리하면서 가장 기억에 남는 분은 아산을 지역구로 하는 황명수 국회의원이다. 황 의원은 자기 고장으로 서해안고속도로가 지나가는데도 불구하고 "서해안고속도로가 왜 내륙으로 가느냐."면서 "서해안으로 가야한다."고 얘기해 우리의 입장에 힘을 실어주었다.

　김현욱 의원의 힘이 크게 작용하였음은 두말 할 필요도 없다. 그때 고생한 김현욱 전 국회의원의 노고로 당진이 이만큼 성장한 밑거름이 되었기에 지면을 통하여 감사의 마음을 전한다.

■ 2000년대 비전 작성

2000년을 10여 년 앞두고 '당진이 어떻게 변할 것인가'와 '어떻게 해야 당진이 변할 것인가'에 대한 궁금증이 주민들 사이에서 만연했다. 그래서 그런 내용을 담은 책을 발간해 주민들에게 배포해야 한다는 것이 중론이었다.

기획실장이 재촉하길래 "지금 시간이 없으니 실장님이 미국출장 다녀오시면 그때까지 작성해 놓겠습니다."라고 답했다. 실장이 자매결연단을 이끌고 미국에 갔을 때 여러 자료를 확인해봤지만 2000년대 비전을 작성한 곳이 아무데도 없었다. 심지어는 국회도서관을 방문해 지방자치단체 관련 자료를 모두 뒤졌는데도 유사한 자료는 찾을 수 없었다. 도서관 전체를 뒤졌지만 유사한 자료는 찾지 못했다. 지방행정공제회 본사를 방문해 도서를 찾아봤지만 역시나 비슷한 책자는 없었다. 다만 지방공제회 도서실에서는 지방행정에 도움이 될 만한 다른 책들을 많이 소장하고 있었다.

혼자 곰곰이 생각을 해봤다. 2000년대 비전을 어떻게 작성할 것인지를 아무리 생각해 봐도 떠오르지 않았다. 퇴근 후에도 온통 2000년대 비전 생각이 머릿속을 떠나지 않았다. 기획실장하고 약속한 사항이 있었기 때문이었다. 한번은 만화책 생각이 언뜻 떠올랐다. 어렸을 적에 만화책을 너무 좋아해 깊이 빠져든 적이 있었다. 그래서 문득 2000년대 비전을 만화로 그리면 어떨까하는 생각이 들었다. 모든 서류가 빼곡한 문자 형태로 작성되면 보기에 어려워 책장에 꽂아 두는 장식용이 될 수 있다는 생각을 했다. 그래서 좌측에는 그림을 그리고 우측에는 개조식으로 설명을 하는 식으로 작성하기로 구상을 마쳤다.

아주 단순하게 2000년대 비전을 작성하면 그게 더 좋을 것이라고 생각했다. 그래서 별관 3층 대회의실에서 혼자 일주일 내내 작업을 하여 어지간히 마무리 단계에 이르렀다. 그때 서명식 부군수가 작업을 하고 있던 내게 다가와 "비전작성을 어떻게 하고 있느냐?"고 물었다. 도대체 어떻게 진행되고 있는지 상당히 궁금했던 모양이었다. 작성하고 있었던 서류를 보여주며 "누구나 보기 쉽게 책자를 발행하려고 합니다."라고 보고하니 "그렇게 합시다."라고 말했다. 그러면서 잘해보라고 격려까지 해주었다.

구장회 군수에게 결재를 받았는데 서류를 놓고 가라고 하셨다. 군수는 며칠에 걸쳐 서류를 보시더니 '인쇄하지 말라'는 지시를 내렸다. 그대로 책자를 발간하면 부동산투기를 조장할 수 있다고 생각한 것 같다. 결국 고생 끝에 만들어진 비전은 책자로 발간되지 못했다.

혼을 쏟아 만든 비전이 책자로 발간되지 못하고 캐비닛 보관신세로 전락하니 마음이 왠지 씁쓸했다. 그렇지만 2000년대 비전을 작성하면서 많은 것을 배웠고 생각의 전환을 했다. 새로운 아이디어를 창출할 수 있는 경험을 쌓아서 향후 공직생활 하는데 상당한 보탬이 된 것도 사실이다. 공무원생활을 하면서 난관에 부딪치면 역으로 생각하고, 행정이 왜 이렇게만 해왔지 하고 의문을 제시해보면 의외의 결과를 얻을 수 있다.

■ 밤을 새워 작성한 종합 보고서

과거 관선군수 시절에는 도에서 갑자기 떨어지는 문서가 많았다. 그리고 기획실이 생긴 지 얼마 안 돼 군수의 지시가 많았고 타 과에서 하면 될 일도 기획실로 지시가 떨어지는 일이 다반사였다. 30억원 이상 사업이면 모조리 업무를 기획실에서 담당했고, 정부부처나 국회를 찾아 서울을 다니는 일도 기획실의 몫이었다. 성낙규 기획실장은 업무 욕심이 많아 군수 지시 이외에도 찾아서 일을 하였으니 직원들은 더욱 어려움이 컸다.

그가 했던 말 가운데 지금도 잊지 않고 있는 것은 "차를 타고 여러 군데를 다닐 때 기획실 직원들은 모든 것을 예사로이 보지 말라."는 말이다. 무엇을 보더라도 항상 의심을 갖고 보고 그것에서 새로운 아이디어를 창조해야 한다는 것이었다. 그리고 언제 어디를 가더라도 타지역의 선진문물을 벤치마킹하라고 강조하였다. 실제로 그런 마음을 갖고 어디를 가더라도 면밀히 관찰하고 배우려고 노력하는 자세를 가지니 세상 보는 눈이 달라졌다. 더불어 업무를 추진하는 능력도 하루가 다르게 향상됐다.

한번은 충남도가 대통령에게 보고한 도정보고서를 토대로 각 시·군이 실천계획서를 작성하여 시장·군수가 이틀 후 도지사에게 직접 보고하라는 지시가 떨어졌다. 말이 그렇지 지시는 퇴근할 때 해놓고 모래 시장군수 회의를 하겠다면 내일 군수한테 결재를 하여 저녁에 인쇄를 하라는 것인데 물리적으로 불가능한 일이었다. 그러나 공문으로 시달이 되었으니 하지 않을 방법은 없다.

이 일때문에 기획실장의 걱정이 컸다. 내게 "전 직원을 대기시켜 실·과에서 보고서를 받는 것이 어떻겠냐?"고 물었다. 그래서 "실·과에서 보고를 받으면 오히려 어려울 수 있으니 제가 직접 하겠습니다."라고 했다.

기획실장은 각 과 서무계장만 남도록 해 저녁식사 후부터 본격적으로 업무가 시작됐다. 도정보고서의 각 실·국 내용 중 중요사항의 목록을 빼내 당진군의 실천계획을 작성하는데 처음에는 한 장에 약 30분이 소요되던 것이 나중에 숙달돼서는 10분으로 단축되었다.

한참 작업을 하고 있는데 기획실장이 저녁식사 후 사무실로 들어와 걱정을 늘어놓았다. 그래서 "걱정하지 말고 들어가시라."고 했다. 그리고는 잔류했던 각 과 서무계장들도 귀가조치토록 했다. 보고서를 작성하는데 각 실과의 통계숫자가 필요한데 이 숫자는 공란으로 하고 다음날 군수 결재를 득하고 나서 실·과의 숫자를 받아 넣기로 했다. 아침에 출근하면 바로 결재를 올리겠다고 설득해서 실장이 귀가하실 수 있도록 했다.

그렇게 야간작업을 해 새벽 3시쯤 문서작성이 끝났다. 약 50페이지 분량이었고 결재서류로 정리하여 마무리 하고나니 새벽 5시가 넘었다. 기획계는 보고서 등을 많이 작성하다보니 보고서를 작성하는데 정형화가 나타나는 경향이 있다. 사람이 결재하면서 제일 눈이 편하게 보이는 것은 A4용지 한 장에 17~18줄이다. 이 줄 수를 넘기면 눈과 머리가 복잡하고 이 줄 수에 미치지 못하면 어딘지 모르게 부족한 느낌이 든다.

기획실에서 근무하면서 문서를 작성하면 자동으로 항상 17줄 아니면 18줄을 만들게 됐다. 나도 모르게 문서를 작성할 때마다 이렇게 정형화된 것을 보고 스스로 놀랄 정도였다. 매일 문서를 작성하다보니 자동으로 보기 좋은 문서를 만드는 것이 몸에 익은 모양이다.

기획계장과 기획실장이 출근하여 바로 결재를 얻었다. 그리고 부군수, 군수의 결재를 수정 없이 받아 실·과에서 숫자를 넣어 바로 인쇄를 맡길 수 있었다. 오전 10시쯤 김모 부군수로부터 전화가 걸려왔는데 그 서류를 태안으로 보내주라고 했다. 부군수에게는 알았다고 답했지만 보내주지 않았다. 직원들하고 밤 꼬박 새워가며 어렵게 만든 서류를 태안으로 보내는 것이 마땅치 않았다. 11시를 넘겨 부군수로부터 다시 전화가 걸려와 "아직 태안으로 보내주지 않았냐?"고 묻기에 "숫자 등을 넣느라고 아직 보내지 못했다."고 하자 그냥 보내주라고 지시했다.

그래도 보내주지 않았다. 왜냐하면 시·군의 보고서가 같으면 문제가 발생할 수 있기 때문이었다. 오후 1시 넘어서 부군수실로 불려갔는데 대뜸 "이 사람아 그것 좀 태안에 보내줘!" 하는 것이다. 태안군수가 자신의 친구인데 당장 이튿날 도지사에게 보고를 해야 하는데 결재가 없어 당진으로 전화를 한 것이다. 태안군수가 "당진은 어떻게 하고 있느냐?"고 물어 "여기는 벌써 결재를 했다."고 답하니 "그것 좀 보내달라."고 한 것이었다. 태안군수가 기획계를 불러 어떻게 하고 있는지 파악해보니 갈피를 못 잡고 있더란다. 부군수가 사정하는데 안보내줄 수 없어 태안으로 전문을 보내주었다.

이튿날 보고서를 도청에 가져다주면서 타 시·군 보고서를 유심히 살펴보았다. 타 시·군 것을 보니 대부분 도정보고서의 중점사항 몇 가지만 목차를 만들어 작성하였고, 당진군처럼 종합적으로 작성한 곳은 한군데도 없었다. 당진군과 태안군만이 제대로 된 종합보고서가 제출됐다. 태안군 보고서를 살펴보니 당진군 보고서와 한 글자 다름없이 작성되었고 그저 숫자만 다르게 적혀 있었다. 태안군 보고서를 보고 얼마나 웃었던지 모른다.

■ 자존감을 높여준 군수의 신임

지자체 시행 이전에 관선시절에는 시장·군수에게 있어 도지사는 경외의 대상이었다. 도지사는 시장과 군수에 대한 인사권을 갖고 있는 것은 물론 예산권까지 쥐고 있었기 때문에 시장이나 군수가 도지사에게 한번 잘못보이기라도하면 속된말로 신세망치는 일이 생길 수도 있었다. 관선시절에 시장·군수가 도지사에게 직접 보고를 하는 것은 당연한 일이었다.

구장회 군수 재임시절 군정보고서를 작성하여 검토할 때의 일이다. 보통은 군수, 부군수, 기획실장, 기획계장, 예산계장 5명이 모여 검토를 하는 것이 일반적이다. 그런데 갑자기 내게 군수실에 들어오라는 지시가 내려졌다. 군수실에서 군정보고서 초안을 갖고 4시간을 토의하는데 구장회 군수는 4시간 동안 다른 누구와도 이야기하지 않고 나만 바라보고 질문을 던졌다. 그것도 지시일변도가 아니었다. "오 주사, 이런 건 어때?" 라고 하는 어투였다. 그러니 시종일관 분위기가 화기애애했다. 그렇게 4시간 토의를 마치고 나오는데 예산계장이 "오 주사, 언제부터 군수님하고 그렇게 친하게 지냈어?"라고 묻기도 했다.

두 번째 검토도 약 네 시간이 소요됐고, 세 번째 검토는 두 시간이 소요됐다. 세 차례에 걸친 검토 끝에 보고서는 완성됐다. 관선시대의 결재형태와 민선시대의 결재형태를 비교해보면 큰 차이가 있다. 관선 때는 중앙정부 및 도가 지시하는 문서가 많았고 민선시대로 접어든 이후에는 자체생산하는 문서가 많아졌다고 보아야한다. 그래서 민선시대 이후 자율성면에서는 진일보했다고 보면 된다. 관선시대에는 시장·군수를 포함해 모든 공무원들이 위를 바라보는 경향이 강했지만 민선시대가 개막한 이후 시장·군수가 주민들을 주시하며 주민 위주의 행정을 펼치는 상황이 연출된다.

■ 스노호미쉬 카운티와 자매결연

스노호미쉬 카운티는 미국 시애틀 중심가 바로 밑에 위치하고 있다. 스노호미쉬 카운티 내에는 보잉항공사 공장과 GTE본사 서부본부가 위치하고 있다. 당진을 이런 지역과 자매결연을 맺어준 사람이 바로 Paul 신 박사(신호범)였다. 신 박사가 김현욱 의원을 통하여 당진과 자매결연의 다리를 놓아주었다. 그때 신호범 박사는 워싱턴주 상원의원이었는데 정치를 하게 된 것이 김현욱 의원 때문이었단다. 김현욱 의원이 신 박사에게 정치를 해보라고 권유하여 정계에 입문했단다.

신 박사는 말일성도 예수그리스도교회 한국선교부장을 지낸바 있다. 고아로 미국에 입양돼 살았으며 데릴사위로 미국인과 결혼했다. 자매결연은 먼저 당진에서 미국을 방문하는 형태로 시작됐다.

당진 방문단이 미국을 먼저 다녀온 후 미국 스노미쉬 카운티의 방문단이 당진을 방문하였다. 설악가든에서 환영행사를 했는데 사전에 실무적 준비를 하는 것이 문제였다. 스노호미쉬 군수가 도착해서 서울에 머물고, 당진으로 데려오고, 자매결연 행사를 하고, 서울로 가서 환송하는데까지 전부 계획을 수립해야 했기 때문에 그 과정이 무척 복잡하였다. 평상시 기획업무도 해야 하고, 자매결연 준비도 해야 하고, 과서무라서 회계도 처리해야 했으니 몸이 둘이라도 모자랄 지경이었다. 그러니 매일 밤 12시까지 일을 해도 늘 시간에 쫓길 수밖에 없었다.

자매결연 행사의 기본방침은 미국에 당당하자는 것이었다. 아무리 미국이 강대국이고 어려울 때 한국을 도왔다고 하지만 대등한 입장에서 행사를 치르자고 마음먹었다. 미국에 가서 극진한 접대를 받고 온 구장회 군수는 수시로 행사점검을 하였다. 행사계획을 수립하는데 당진에서 외국행사는 처음이라 매우 치밀하게 준비하였다. 서울에서의 호텔과 식당 선정을 비롯해 행사진행, 행사장 먹거리 준비, 터커 군수 및 외국 참석자 선물, 행사장 참석자 선정 등 준비사항이 많았다.

저녁에 준비사항을 체크하였고, 심지어는 행사를 진행하는 도상연습을 무수히 하였다. 저녁에 사무실에서 자매결연식의 목차에 따라서 애국가, 미국국가, 군수 환영사, 터커 군수 답사 등을 하나하나 진행해 보았다. 도상연습을 하다보면 실제상황에서 예견되는 문제점을 발견할 수 있고 행사를 실수 없이 계획대로 진행할 수 있다. 행사장으로 이용한 설악가든 관계자들도 고생을 많이 했다. 행사를 위해 직원들이 한복이 없어 빌려 입기도 했고 큰 포크가 없어 서울 가서 사오기까지 했다. 심지어는 직원 손톱검사까지 할 정도였다. 준비하는데 엄청난 시간을 투자하였기에 행사도 잘 끝났다. 행사장 말미에 김현욱 외무통일 위원장이 내게 와서 "자네 학교 어디 나왔나?"라고 묻기에 신평고 졸업했다고 답하니 김 의원은 행사에 참석한 유제웅 신평고 교장에게 "이런 인재가 신평고에서도 나오네."라고 농담을 건넸다.

김현욱 국회의원이 구장회 군수에게 "이 행사 누가 준비한 것이냐?"고 물으니 군수는 "저기 뒤편에 있는 기획계 오성환 직원이 준비했다."고 답했다. 신호범 박사도 "한 달 전에 시애틀시와 대전시가 대전에서 자매결연식을 했는데 그 행사보다 당진군 행사가 더 잘됐다."고 구장회 군수와 김현욱 의원을 추켜세웠다. 행사는 아무리 잘 치러도 본전이라는 말이 있다. 그러나 내 경험으로 보면 그렇지 않다. 행사도 공을 들인 만큼 소출을 거둘 수 있다. 얼마나 철저히 공들여 준비를 많이 했느냐에 따라 결과도 다르게 나온다.

자매결연 내용에는 3가지 교류사항이 들어있는데 기업들의 물적 교류와 학교 간 교류, 공무원 교류가 그 내용이다. 그중에 한 가지는 성사되었다. 합덕의 서야중고등학교와 레이크우드 학군이 자매결연하여 레이크우드 학군 선생님들이 서야중고등학교를 방문행사를 가졌다. 그것도 신호범 박사의 소개로 성사되었는데 여러 해 동안 학생들의 상호교환방문이 이어졌다. 한동안 지속됐던 교류가 얼마 전부터 중단됐다는 이야기를 전해 들으니 안타까움이 크다.

가정복지계장

1991년 4월에 가정복지과가 생기면서 6급으로 진급하여 가정복지계장으로 발령을 받았다. 4월에 신설된 과여서 집기구입 예산도 없었지만 사무실을 꾸려야 했기에 외상으로 들여놓고 그 다음해에 예산을 확보해 값을 치른 적이 있다. 가정복지계의 주 업무는 노인복지업무와 묘지업무, 어린이집 업무, 소년소녀 가장지원 등이었다.

■ 묘지 업무

그 당시 당진에 60여개가 넘는 공동묘지가 있었는데 한 번도 경계에 대하여 측량을 하지 않아서 누군가 장기소유권을 주장하면 군 유지를 뺏길 위험에 처해 있었다. 경계 측량비와 경계석 제작·설치비용 예산을 세워 공동묘지 전체에 대하여 측량을 해보니까 예상한 대로였다. 평야에 있는 공동묘지는 거의 경계를 침범 당했고, 어느 공동묘지에는 민가가 들어와 있었다. 어느 곳은 과수원, 어느 곳은 밭, 어느 곳은 논으로 조성된 곳도 있었다. 경계를 침범한 민간인들은 자신들이 군 유지를 침범한 사실을 알고 있었고, 대부분 순순히 농사를 짓지 않겠다고 약속을 하였으나 지금 그 약속이 이행됐는지는 잘 모르겠다.

당시 전 공동묘지에 대하여 접도구역과 똑같은 표지석을 설치했고 경계를 침범한 해당자들에게 공문을 발송했지만 표지석이 지금은 거의 없어졌을 것이다. 묘지에 대하여 민원이 심심치 않게 발생하니 출장 다니면서 눈에 묘지만 들어왔다. 고려 개국공신 복지겸 묘가 호화분묘 단속으로 감사원 감사에 적발되자 호화묘가 아니라는 근거를 모아서 감사원에 제출해 없던 일로 했던 기억이 있다. 각종 고발 건이 난무해 묘지관련 업무도 꽤나 어려웠다. '매장 및 장사 등에 관한 법률'에 보면 묘지를 쓰려면 시장·군수의 허가를 받도록 되어있는데 사실상 허가를 받고 묘지를 쓰는 경우는 거의 없었다.

아마 당시 전국 묘지의 90% 이상이 불법묘지였을 것이다. 관행이라고는 하지만 묘지민원이 발생하면 적발을 해야 했고 불법사항은 고발도 했어야 하는 등 어려움이 많았다.

■ 어린이집 관리

4월에 가정복지계장으로 발령을 받고 보니 군이 직영위탁을 준 버그네 어린이집이 원생을 실어 나르는 소형버스를 구입할 예산이 없어서 외상임차를 통해 사용해온 사실이 접수됐다. 5월 1회 추경에 예산을 반영하여 지출하려고 하다가 유모 군수에게 걸려들었다. 금액은 약 300만원 정도로 기억이 난다. 군수는 회계질서를 어지럽힌다는 이유로 결재를 하지 않았다. 어떻게 수개월 지난 지출을 지금 예산으로 지급하느냐는 것이었다. 도청에서 감사과장을 역임한 유모 군수는 원칙론자여서 아무리 설득을 시키려 해도 소용이 없었다.

결재를 3번 정도 올렸지만 전부 부결됐다. 군수실에서 나오는데 군수가 부르기에 "에!"라고 답변하였다. 사투리에 익숙한 충청도 사람들은 누군가 부르면 "네"나 "예"라고 답하기 보다는 '에'라고 답하는 경우가 많다. 군수는 대뜸 "'에'가 뭐야 이 사람아! '에'가!" 라고 나무랐다. 그러면서 과거 도청에 근무하던 당진출신 공무원이 과장에게 답변할 때 늘 "에"라고 해서 "내게 반항하는 것이냐?"며 오해를 산 적이 있다는 일화를 소개했다. 그 뒤로도, 나도 모르게 몇 번 "에"라고 답변해 혼난 적이 있었다.

세 번째 결재를 받으러 갔는데 군수가 경리계장, 예산계장을 불렀다. 그들에게 군수는 "이 사람들아 도장 좀 잘 찍어, 이렇게 아무렇게나 도장을 콱콱 찍으면 젊은 사람들이 업무를 어떻게 배우나? 그저 마음만 좋아서 결재판 내밀면 살펴보지도 않고 그냥 도장 찍어 주는구면!"하고 나무랐다. 두 계장에게 얼마나 미안하던지…. 어쨌거나 또 거절당하고 말았다.

차량을 렌트한 합덕소재 업체에서는 돈을 안주니 소송을 불사하겠다고 으름장을 놓는데 군수는 결재할 생각을 하지 않으니 무척 난감했다. 한 번만 봐달라고, 다음에는 절대 이런 일 없이 잘하겠다고 아무리 빌어도 소용없었다. 그래서 결론낸 것은 담당자에게 어차피 이래도 안되고 저래도 안되니까 우리 돈으로 물어내자고 하였다.

그러다 문득 어린이집 예산 중에 다른 잔여예산이 있는지를 점검해 봤다. 군수가 원칙에 입각해 주장을 하는데 잔여예산이 있다면 목 변경을 통해 지출을 할 경우 뭐라 못할 것이라 생각이 든 것이다. 그래서 직원보고 지출원인행위를 한 장부를 가져오라고 해서 전부 계산하고 예산서와 대조하니까 약 250만원 정도가 남아있었다. 그것을 토대로 한 장으로 결재참조서류를 만들어 '잔여예산이 이렇게 남아 있으니 이 범위 내에서 지출하겠습니다.'라고 보고하니 군수는 내 얼굴을 쳐다보더니 V자로 체크하여 주었다. 그때, 하늘을 날아가는 기분이었다. 어렵게 결재를 받아보니 '아! 결재란 게 이렇구나. 그리고 하늘이 무너져도 솟아날 구멍은 있구나.'하는 것을 느꼈다.

공업계장

■ 한 달 간의 회사원 생활, 두산 공장 파견 근무

두산우유공장이 현재 롯데마트 당진점 자리에 있을 때 두산공장에서 1994년 2월에 한 달간 근무를 하였다. 그 당시에는 기업을 배우자라는 유행이 있어서 교환근무가 유행할 때여서 내가 공업 분야에 있었기 때문에 두산공장에서 근무할 기회가 주어졌다. 두산공장 총무팀에서 1주일, QC팀에서 1주일, 생산팀에서 1주일 근무했고 노조사무실 일도 살펴봤다. 집유차를 타보는 기회도 가졌다. 이렇게 한 달을 군청으로 출근하지 않고 두산공장에서 근무를 하였다.

먼저 총무팀에서 근무를 하는데 아주 인상적인 일이 있었다. 두산그룹 식품사업부 인사가 났는데 인사발령 공문이 안 오고 컴퓨터로 발령이 나는 것을 보고 '대단하구나.' 하는 생각이 들었다. 직원들이 컴퓨터 화면을 보고 누가 어디로 갔다는 이야기를 하는 것이다. 공직에서는 꿈도 못 꾸었을 일이다. '두산그룹이 컴퓨터 시스템 면에서는 한참 앞서 가는구나.'하는 생각이 들었다. 인사시스템의 경우 A라는 직원에 대하여 파일을 보고 싶다면 결재라인에 있는 사람은 언제든지 볼 수가 있었다. 그 직원의 사진이며 자세한 신상기록에 대하여 볼 수 있다. 기업은 공무원 인사 기록과는 다르게 A급 B급 C급 후원인사를 적어내야 하는 등 상당히 다르다.

A급은 회사에 일이 생기면 무슨 일이 있어도 도와주는 사람이다. 이런 사람을 개인당 5명씩 적어내야 한다. 그 실례를 들어 보겠다. 당진 신평 삼성크리크너가 삼성중공업으로 바뀌어 가동한 적이 있었다. 이때 삼성중공업 직원들이 군청 사회과에 노조설립신청을 했다. 삼성에서는 그룹 내에 노조가 전혀 없는데 당진에서 노조설립 신고가 접수되었으니 아마 삼성 임원진에서 난리가 터졌던 모양이었다.

노조설립신고를 못하게 하려고 보낸 사람이 바로 당진군 사회과장 아들이었다. 사회과장 아들이 삼성그룹 모회사에서 근무하니까 바로 인사기록에서 빼내어 담당과장 아들을 보내버리니까 사회과장이 사인을 할 수가 없었다. 어떻게 보면 잔인하다 싶을 정도로 인사시스템을 운영하고 있다. 수십 개의 계열사를 거느리고 수백 개의 공장을 가지고 있을 삼성그룹이 어마어마한 조직을 이끌고 가면서 노조 없이 운영되는 이유를 짐작할 만 했다.

두산그룹도 냉혹하기는 마찬가지였다. 대관령에서 근무하는 직원을 퇴직하게 만들려 하는데 파면을 할 수 없으니까 당진공장으로 발령을 내고 1년이 지나면 경상도로 발령을 내는 것이 일반적 방법이다. 대개 처음 1년은 근무를 하지만 두 번째 인사조치 이후에는 거의 대부분 퇴직을 한다는 것이다. 내가 두산에 파견 근무할 때에도 대관령에서 온 직원이 있는데 외톨이가 되는 느낌을 받았다. 공무원이야 한번 들어와서 별 문제가 없으면 퇴직할 때까지 다닐 수 있지만 기업체는 날이 서야한다.

총무팀 한 여직원은 담당업무가 대리점으로부터 주문을 접수하고 생산품을 배분하는 일이었다. 그 여직원은 정규직이 아닌 임시직이었는데 전국 450여 개 대리점에서 우유, 요구르트, 다농, 요플레, 슬라이스치즈 등 20여 개 제품에 대하여 주문을 받아 생산팀에 넘기고 생산이 되면 각 대리점으로 보내는 일을 담당하고 있었다. 놀라운 것은 그 직원 혼자 그토록 많은 업무를 하고 있는데, 만약 이런 일을 군청에서 했으면 하나의 계에서 처리해야 할 업무량이라고 혼자 생각을 하였다.

한 달간 근무를 마치고 박영동 군수에게 결과보고를 하니 자세히 읽어보고는 내게 전 직원을 상대로 특강을 하라고 지시를 하였다. 내가 겪고 느꼈던 사항에 대하여 직원들을 상대로 강의를 하였는데 내가 다소 오버했던 기억이 있다. '만약에 회사의 인사시스템을 가지고 행정을 운영한다면 공무원 수를 1/3을 줄여도 운영이 가능할 것'이라고 했는데 얼마나 공격을 받았는지 모른다. '당신이 뭔데 공무원 수를 1/3로 줄여도 된다고 하느냐?'라는 것이었다. 아무튼 민간회사가 매우 효율적으로 인사시스템을 운영한다는 이야기이다. 짧은 한 달이었지만 기업에 출근하면서 실로 많은 것을 느끼고 배웠다.

■ 한보 철강 관련

공업계장 재직 시 현안문제가 한보철강 승인 건이었다. A·B지구가 98만평인데 '허가'나 '승인'이 아닌 '신고'로 접수가 되었다. 신고를 받아

줄 것인지를 놓고 고민에 빠졌다. 지금 같으면 말도 안 될 상황인데 그 당시 법률에 적용하면 하자가 없었다. 일주일간 검토를 거쳤는데 신고를 받지 말아야할 이유가 없었기에 98만평을 신고 처리하였다. 그 때부터 한보철강이 건설에 착수했는데 전국의 항타기가 다 모여서 파일을 박는 모습이 장관이었다. 일시에 일을 처리하다보니 새는 것도 많았고 잡음도 많았다.

예컨대 잡부인력을 공급하는데 십장이 20명을 데리고 가면 장부에는 30명으로 기록해놓고 직원과 십장이 나누어 잉여노임을 챙겼다는 등 새는 돈이 너무 많았다는 여러 유형의 일화가 떠돌았다. 한보 관련 사업을 한 사람들 중에 돈을 많이 벌었다가 부도가난 사람들도 많았다. 사업장 신축 규모가 100만평이어서 레미콘물량이 워낙 많으니 자가 베챠플랜트를 설치하여 자체적으로 레미콘 공급문제를 해결하려고 하였다. 상황이 이렇게 되자 타협점을 찾는 과정에서 한보는 양보를 해줄 기미가 없었다. 자체생산과 외부납품 비율을 50대 50으로 하자고 제안을 하였다. 그 제안이 받아들여져 전체 레미콘 사용물량 중에 한보가 50%를 생산하여 쓰고 나머지 50%는 관내 레미콘회사에서 공급하기로 하였다. 약속은 했지만 한보 측의 약속을 액면 그대로 수용할 수 없어 관계자들에게 정태수 회장의 도장을 받아와야 자가베챠플랜트 허가를 해줄 수 있다고 했다. 그러자 한보측은 실제 정태수 회장의 도장을 받아왔다. 그래서 약속한 대로 자가베챠플랜트 시설허가를 해주었다. 당시 관내 레미콘회사에서 50%이상 약 30만톤 이상의 물량을 공급했다.

한보철강 관련해서는 할 이야기가 많다. 이모 부군수가 한보철강 변경승인을 해주지 않는다고 나무라기에 "사무실가서 말씀 드리겠다."고 하고 부군수실을 찾았다. 부군수실을 들어가면서 들으라는 듯이 "한보 철강 어떤 놈이 왔어?"하니까 나모 이사라는 자가 쫓아 들어왔다. 부 군수실에는 이 부군수와 이 사장이 앉아있었다. 부군수실 탁자에 앉자 마자 둘이 나한테 공격을 퍼붓기 시작하였다. 왜 변경사항을 승인 안 해주느냐는 것이다. 그래서 이 사장에게 몇 가지 물었다. "사장님! 저 수조 3만평이 사업계획에 들어있습니까?"라고 하니 대답을 못했다.

사장은 자세한 내용에 대하여 알 수가 없었을 것이다. 내가 계속해 서 "3만평이 사업계획에 포함되지 않았으니까 고발해야죠. 집진설비 사업계획에 들어갔습니까?"라고 들이대니까 이 또한 이 사장이 답변 을 하지 못했다. 나는 "그럼 그것도 고발합시다."라며 법도 지키지 않 는 회사가 무슨 변경신고를 해달라고 하느냐고 나무랐다. 변경승인 서 류에는 적법절차에 따라 서류를 첨부해야 하는데 한보측은 그런 서류 를 완비하지도 않고 압력만 넣었다.

부군수실에서 할 이야기를 다하고 난 후 부군수에게 "저 이야기 다 했으니 나가겠습니다."하고는 밖으로 나와 버렸다. 아마 부군수께서 상당히 당황했을 것이다. 말단 계장이 민원인들 앞에서 욕을 하지 않 나, 대들지를 않나, 그냥 나가버리질 않나…. 나라도 '저런 놈이 어디 있나?'라고 생각했을 것이다.

그 후 부군수가 과장들하고 저녁식사하는 자리에서 공업계장 그놈 되지못한 놈이라고 하더란 이야기를 전해 들었다. 나중에 안 사실이지 만 부군수가 여식을 한보 비서실에 취직시켰던 것이다.

한보철강이 부도가 나서 감사원 감사를 한 달간 받고 수모를 당하기도 했다. 그때 무리해서 변경승인을 해주었더라면 공무원생활을 끝까지 못했을 수도 있다는 생각이 들었다. 원칙을 지킨 것이 지금 나를 존재하게 해주지 않았나 생각해 본다.

한보철강이 준공승인 절차도 이행하지 않고 준공기념식을 한다는 이야기를 들었다. 중앙부처 장관 등이 오고 도지사가 오는데 사업계획대로 공사를 하지도 않은 상태에서 준공식을 한다고 하기에 관계자들을

한보철강 부도처리 관련기사

엄청나게 나무랐다. 건물만 지어놓고 조경은 하나도 하지 않은 상태였다. 조경을 하지도 않고서 무슨 준공식이냐고 지적해 준공식을 연기하였다. 지금 생각해보면 그때 내가 너무하지 않았나 하는 생각이 든다.

공업계장을 1995년 7월까지 만 2년을 했는데 그 뒤로 1997년 1월 23일 한보가 부도가 나면서 당진군은 그야말로 회오리가 불어 닥쳤다. 당진군 내 소상공인들이 한보에 물린 돈이 1000억원이 넘었으니 그 당시에는 상상을 초월하는 금액이었다. 한보가 부도가 나고 설상가상 1997년 11월 IMF에 구제 금융 신청을 하면서 나라 전체가 부도위기에 처해져 경제가 땅에 떨어졌다. 한보철강이 부도가 나니까 정부부처에서 하루가 멀다고 사람이 내려왔지만 뾰족한 대책이 없었다. 당시 임창렬 통상 산업부 장관이 수차례 내려와서 소상공인들은 대책을 해주겠다고 약속을 했지만 결국은 이행되지 못했다. 한보철강은 부도가 난 상태로 A지구만 가동이 되었고, B지구는 가동이 중단된 상태로 지속되다가 2003년도에 AK캐피탈과 협상을 벌였지만 성사되지 않았다. 2004년 10월에 현대제철이 8598억원에 인수하면서 한보사태는 7년이라는 기나긴 여정을 마무리하게 되었다.

한보가 들어오면서 지역이 발전하다가 내리막길을 걸었고 또 현대가 인수하면서 당진이 비약적으로 발전을 하고 있는데 과거와 같은 일이 당진에서는 다시는 일어나지 않기를 간절히 바래본다.

■ 발전소 지원사업 장기계획 수립 법안의 단초

당진화력에 매년 15억원 이상의 주민지원금이 나오는데 그 금액을 어떻게 배분하고 무엇에 써야하는지 고민이었다. 전국 발전소에 대하여 알아봐도 뾰족한 해결책이 없었다. 그래서 화력발전소 중 최대규모인 삼천포화력과 원자력발전소 중 최대규모인 고리원자력에 대하여 조사하기 위해서 출장을 갔었다. 삼천포화력은 삼천포시 기획실에서 업무를 보고 있었고, 지원사업은 그때그때 부락의 건의를 받아 집행을 하고 있었다. 체계가 없고 주먹구구식이란 느낌을 받았다. 고리원자력은 양산시 동부출장소에서 업무를 보고 있었는데 수도1과 수도2과가 있었다. 고리원자력은 지원금액이 컸는데도 집행은 주먹구구식으로 이루어졌다. 주민들이 자신들의 돈으로 생각하고 있기 때문에 주민들이 필요하다면 그냥 준다는 식이었다.

돌아와서 곰곰이 생각해봤는데 고리나 삼천포처럼 한다면 주민들이나 공무원들이 어려울 것이고 사고가 터질 것이 분명해서 장기계획을 수립하는 것으로 결론을 냈다. 용역비를 세워서 농어촌기반공사에 용역을 발주했는데 전국 처음이라 사례가 없어 농어촌기반공사에서 수행에 들어가지 못하고 있었다. 그래서 용역팀을 불러 해답을 주었다. 부락별 지원규모는 매년 지원규모가 틀리기 때문에 일정금액을 정할 수가 없으니 비율로 정하면 된다고 했다. 비율은 발전소로부터 거리를 50%, 인구를 30%, 면적을 20% 반영하면 누구도 이의를 제기하지 못할 것이라고 했다.

주민들의 사업건의를 받아 석문면 장기발전계획을 수립하게 되었다. 두 차례에 걸쳐 주민공청회를 열었는데 이의를 제기한 주민이 한 명도 없었고, 고인이 된 인목환 씨가 면 소방대 건물을 지어달라고 하여 이를 포함시키고 마무리 지었다. 장기발전계획에는 각 부락별로 무슨 사업을 하기로 하고, 석문면 전체의 공동사업은 무엇인지를 수립해야 한다. 부락별로 사업비를 쪼개다보면 전체적인 사업을 할 수 없게 된다. 석문 전체의 발전을 위해서는 공동사업이 필요하다고 판단하여 이장들의 반대에도 불구하고 장고항에 인공해수욕장을 조성하는 사업을 포함시켰다. 그런데 몇 년 지난 후에 그 사업이 부락별로 다시 나누어 가져갔다는 이야기를 듣고 아쉬움이 컸다.

당진에는 바다가 있지만 머물 바닷가가 없기 때문에 인공으로라도 해수욕장을 조성하면 성공할 수 있을 것이라 판단했는데 그 자체가 물거품이 되어버렸다. 더구나 모래는 발전소에서 무상으로 가져다 쓰면 되는데 말이다. 석문면 장기발전계획을 수립하여 한전 본사에도 보내고 지식경제부에도 보냈으며 수안보에서 열렸던 발전소 주변 지방자치단체 담당계장수련회에서도 발표를 하였다. 발전소 주변에 대하여 장기발전계획을 수립한 것은 전국 최초의 사례이기 때문에 한전뿐 아니라 담당부처에서도 관심이 많았다. 결국 당진군의 사례로 인하여 법률이 바뀌게 되었다. 발전소 주변지역 지원에 관한 법률 제9조(지원사업계획의 수립) 제2항에 '지방자치 단체장은 장기발전계획을 수립할 수 있다.'라는 조항이 들어가게 되었다.

■ 뒷조사를 당한 이야기

현재 서해도시가스㈜ 건물이 들어선 자리에 경방주택이 600세대 공동주택 건축허가를 접수했다. 아파트 허가를 받는 과정에서 진입도로를 당진농공단지 진입도로로 사용한다고 하여 문제가 발생하였다. 당시 당진군 건축계장은 김모씨로 지금은 당진에 없다. 아파트 허가를 진행하던 중 진입도로과 관련해 공업계로 의견을 물어왔다. 당연히 불가하다는 통보를 하였다. 농공단지 진입도로는 당진군수 소유로 등기가 되어있지만 사실상 입주업체가 부담하여 도로를 낸 것이나 다름없기 때문에 입주업체의 의견을 따라야하고 또한 아파트건축 관련법에 400세대 이상인가에 대하여는 8m 전용도로를 설치해야하는 조항이 있었다.

동의를 해주지 않으니까 그때부터 압력이 들어오기 시작했다. 다급해진 경방주택은 상무가 나서 로비를 시작했다. 내게 식사를 하자고 몇 차례 요구했지만 한 번도 응하지 않았다. 하루는 점심식사를 하고 청사로 들어오던 중 경방주택 상무와 마주쳤는데 차 한 잔 하자고 하여 차를 마시면서 이런 얘기 저런 얘기를 하였다. 이야기하는 도중에 나를 뒷조사 한 것처럼 이야기하기에 "내 뒷조사 했냐?"고 물어보니까 사실이라고 답변하였다. 나를 뒷조사하여 뭔가 석연치 않은 점이 발견되면 거래를 하여 도장을 찍게 할 계획이었던 모양이었다. 그러면서 "계장님, 깨끗하시데요."라고 하였다.

그래서 내가 뒷조사를 더 해보라고 하였는데 그 상무가 하는 말이 "한 번만 도와주시면 계장님이 원하는 대로 하겠습니다."라고 제안을 하였다.

아마 내가 그럴 수 있다라고 판단하여 그런 제안을 했던 모양이다.

2부

국리민복의 결의를 다지며

비서실장 발령

■ 발령받게 된 동기

공업계장 시절, 당진화력발전소 출장을 다녀왔는데 군청사 주차장에서 모 직원이 나더러 "축하를 드린다."고 하기에 "무슨 축하냐?"고 반문했더니 "비서실장으로 발령이 났다."고 한다. 비서실장은 직책 자체가 처음 듣는 말이어서 금시초문이었다. 비서실장이란 자리에 대해 제대로 알지 못하던 나는 내가 비서실장으로 발령이 난 것에 대해 몹시 불쾌했다. '내가 공무원하려고 시험봐서 조직에 들어왔지 남의 비서나 하려고 들어온 건 아니다.'라고 생각했기 때문이다. 내가 오죽 못마땅한 표정을 짓고 다녔으면 어느 과장이 내게 "얼굴 좀 펴. 이 사람아!"라고 말했을 정도였다.

민선 지방자치단체가 출범하면서 비서실장 자리가 생겨났고, 그 자리는 6급 공무원이 맡든지 아니면 민선군수가 외부에서 민간인 중 한 명을 데리고 들어와 별정직 6급 직위를 줄 수 있었다. 나중에 들은 얘기인데 그 당시 내무과장인 홍성출신의 이 모 과장이 비서실장 자리를 공표하지 않고 청 내 몇 명의 행정직 6급 계장들에게 "비서실장 제도가 생겼으니 로비하라."고 주문하고 다녔단다. 민선으로 처음 입성한 김낙성 군수가 6급 행정직 중 한 명을 비서실장으로 임명하려고 6급 직원 중 젊은 사람 명단을 가져오라고했고 한명 한명에 대하여 내무과장으로부터 보고를 받았다고 한다.

내무과장이 보고하기를 '오성환'에 대해서는 "이 사람은 업무에도 문제가 있고 대인관계에도 문제가 있다."며 부정적으로 소개했다고 들었다. 김낙성 군수는 밖에서 여론을 들어보고 다시 내무과장에게 물어보니 역시나 전과같이 부정적으로 보고를 했단다. 아마 자신에게 로비한 계장이 있어서 그를 추천하고 싶었던 것 같다. 내가 공업계장 시절 중국집에 점심을 먹으러 갔다가 우연히 내무과장과 합석을 했었는데 그가 내게 "오 계장은 요직으로 들어와야지 왜 한직으로만 도나?"라고 말한 적이 있다. 어쩌면 왜 자기에게 로비를 하지 않느냐는 말처럼 들리기도 했다.

결국은 김낙성 군수가 종합적으로 판단하여 나를 비서실장으로 임명했고, 나는 싫든 좋든 발령장이 나왔으니 보직을 받을 수밖에 없었다. 더구나 김낙성 군수에 대하여 알아보니 비서만 15년을 한 이력을 갖고 있었다. 과거 차의영 씨 밑에서 3년, 김현욱 국회의원 밑에서 12년, 도합 15년간 비서직을 지낸 분이었다. 그렇게 닳고 닳은 사람 밑에서 비서를 한다니 생각만 해도 끔찍했다. 그래서 나 혼자 결론을 내렸다. 김낙성 군수가 15년간 비서관을 지내었고, 나는 비서에 대하여 '비'자도 모르는데 그 수준을 따라갈 리 만무하지만, 군수가 군정 수행하는데 편하게 모시면 되겠지 라고 혼자 결론을 내고 소임을 시작했다. 비서실장하는 동안 김낙성 군수가 알든 모르든 최선을 다해 열심히 보필했다.

■ 원칙을 지키면 쉬워진다

비서실장 하는 동안 제일 힘들었을 때는 인사철이었다. 인사철만 되면 군수는 신경이 예민해지고 화를 내는 일이 잦아졌다. 하루는 군수가 신례원에서 기차를 타고 서울 출장을 가는데 시간이 남아 역 앞 다방에서 이야기를 나눴다. 군수께서 내게 말하기를 "내가 더러 화를 내도 이해를 해 달라."는 것이다. 인사철만 되면 여기저기서 부탁이 들어오고 압력이 들어오기 때문에 자신도 모르게 신경이 예민해져서 그렇다며 화를 내도 이해해 달라고 당부했다. 하기야 청와대, 국무총리실, 도지사 등등 어디 한 곳 무시할 수 없는 데서 수시로 청탁이 들어오니 인사권자가 받는 스트레스는 대단할 것이다.

김낙성 군수가 한 이야기가 생각이 난다. 인사철만 되면 강조하기를 그릇을 키워놓으라는 것이다. 김 군수는 "종지에 물을 부으면 그게 들어가겠나? 금세 넘치지. 그릇을 대접만 하게 키워놓아야 내가 물을 부어줄 것 아닌가."라는 말을 자주 하셨다. 어찌 보면 선거직 지방자치단체장의 입장을 대변할 수 있는 소리이다. 관선 같으면 관선 군수가 자기입장에서 아무도 의식하지 않고 인사를 할 수 있지만 민선이면 이것저것 다 따져야할 입장이니 훨씬 더 힘들 것은 당연하다.

이 사람을 발탁해 승진 시킬 경우 여론은 어떤지, 나에게 표가 득이 될 것인지, 아니면 해가 될 것인지 따져보지 않을 수 없다. 내가 옆에서 지켜본 입장에서는 인사하는 사람이 어떤 마인드를 가지고 있냐에 따라서 살아 움직이는 조직이 될 수도 있고, 퇴보하는 조직이 될 수도 있다. 예로부터 인사가 만사라고 하지 않았던가. 인사 때마다 고민하는 군수를 지켜보며 그 스트레스를 조금은 이해할 수 있었다.

■ 구만리 제방 물막이

비가 억수같이 내리던 날, 합덕과 맞닿은 예산 구만리 제방이 위험하다고 해서 새벽 4시경에 내 차로 군수를 모시고 현장으로 달려갔다. 삽교천 제방보다 물이 약 20cm정도 밑에 있는 것을 확인한 후 안심하고 귀청했다. 아침 회의를 하고 석문호 수문을 보려고 출장을 가는데 예산 구만리 제방이 넘쳐서 위험하다는 전화를 받고 바로 합덕으로 방향을 바꿨다. 예산과 경계지점인 신리에 갔는데 합덕유지 분들과 부읍장 등 20여 명이 현장에 있었다. 구만리 제방에 물이 넘치는 모습이 보였다.

군수와 내가 제방 쪽으로 들어가려고 하니까 부읍장을 비롯한 합덕 분들이 위험하다며 막아섰다. 만류를 뿌리치고 군수와 내가 구만리 제방에 들어갔다. 구만리 제방에 가보니 약 200여m에 걸쳐 물이 넘쳐흐르고 있었다. 제방 언덕 폭이 약 3m정도였는데 약 1m이상이 유실되고 있었다. 그대로 둔다면 2시간 정도 후에는 제방이 붕괴되어 예산 구만리와 합덕 신리, 신석리, 옥금리, 도리 일대 뿐만이 아니라 우강면까지도 물에 잠길 수 있는 위험천만한 상황이었다.

제방이 계속 유실되고 있으니 제방 밑에 사는 농민이 얼마나 급했던지 자기 집 앞 제방만 삽으로 막고 있었다. 그리고 젖소를 키우는 농민은 제방이 무너질 것으로 보고 젖소 수십 마리를 제방 위로 대피를 시켰다. 일부 젖소는 겁이 났던지 물속으로 뛰어들기도 해 그 일대는 말 그대로 아수라장이었다. 유실되는 길이가 200여m에 이르렀기 때문에 몇몇 사람의 힘으로 해결될 일이 아니었다. 그래서 읍사무소와 군청에 급히 연락하여 군부대 인원과 포클레인 등 장비를 동원하도록 연락을 취하였다. 제방이 유실되는 광경을 눈뜨고 보려니, 시간을 멈출 수도 없고 그 답답하고 불안한 마음을 어찌할 줄 몰랐다.

거의 한 시간이 되어 포크레인이 도착하고 2대대 병력 50여 명이 도착하였다. 포클레인으로 흙을 퍼 마대에 담아서 제방을 막는데 역시 장병들이라 일이 무척이나 빨랐다. 두 시간정도 지나니 물길을 막을 수 있었다. 그제야 안도의 한숨을 내쉴 수 있었다. 작업이 끝날 때까지 군수와 내가 자리를 지켰지만 누구 하나 와보는 사람이 없었다. 작업 마무리 지시를 하고, 신리에 도착하니 삽교천 제방 한 군데가 뚫려서 물이 새고 있었다. 가서 확인해보니 너구리굴이 뚫려 제방에 구멍이 생긴 것이다. 굴은 높이 2m, 폭이1m 정도였다.

물이 새어 나오기 시작하는데 조금만 더 있으면 제방이 무너질 것 같았다. 이창하 건설과장이 합류했는데 몸소 작업을 하는 모습을 보며, '진짜 괜찮은 과장이구나!' 하는 생각이 들었다. 마대에 흙을 담아서 구멍을 막는데 한 시간을 해도 소용이 없었고 2시간 이상 작업을 한 후에야 끝낼 수 있었다. 작업을 끝내고 내려오니 석우천 제방에도 구멍이 나서 그것도 한 시간 이상 걸려서 마무리할 수 있었다. 제방 작업을 마무리하니 밤 11시경이 되었다. 지금도 그때 일이 가끔 생각난다.

당진에서 이렇게 제방을 막아 대 재앙을 피했는데 반대편 예산에서는 제방이 터져 물난리를 겪는 일이 발생하였다. 그때 예산 군청 직원들이 고통을 많이 당했다. 주민들이 군청 회의실에 솥을 걸어놓고 숙식을 하며 데모를 하였으니 말이다. 더구나 주민들은 "당진군수는 예산 땅까지 넘어와 제방을 막아줬는데 예산군수는 제방이 무너지는데 코빼기 한번 비쳐봤냐?"라고 질책했다.

이런 일을 겪으면서 위기대처 능력이 도마 위에 오른다. 사람의 능력은 평상시에는 구분하기가 어렵다. 어려운 상황, 위기의 상황에 처했을 때 능력의 차이가 난다. 위기의 상황에서 몸을 사리지 않고 헤쳐나가는 직원을 두었으면 관리자가 편하고, 반면에 그런 상사를 두었으면 부하 직원들이 편하게 마련이다. 사람의 평가는 어려운 상황일 때 표시가 난다.

■ 난지도 주민 분쟁

서산 대산에 석유화학 3사가 유치되자 인근 난지도 주민들이 피해 보상 요구를 하였고, 중앙환경분쟁조정위원회가 8억 원이 넘는 금액을 배상하라고 판결을 하였는데, 3사가 이에 응하지 않아 난지도 주민들을 애태운 적이 있었다. 대산 3사는 회사가 난지도 주민들에게 피해를 주지 않았기 때문에 보상을 해줄 수 없다는 입장이었다. 또 중앙환경분쟁조정위원회 결정을 받아들일 수 없기 때문에 이의가 있으면 소송하라는 것이다. 소송비용을 감당할 수 없던 난지도 어민들이 심대평 충남지사에게 보상민원을 해결해달라고 요구했다. 주민들은 보상의 주체가 당진군이 아닌 서산시에 위치해 있어 도지사에게 민원을 제기한 것이다. 지사가 3사를 찾아가 해결에 나설 리는 만무했고 그 민원이 김낙성 군수에게 떨어졌다.

당진군수가 3사에 가서 민원을 해결해 보라는 것이다. 그래서 김낙성 군수가 편 모 당시 환경과장과 동행해 3사를 방문하였다. 현대오일뱅크 등 공장장을 만나 주민 의견을 피력하니 긍정적으로 검토해보겠다고 하였다. 마지막으로 삼성토탈화학을 방문하였는데 공장장이 환경 담당 직원을 불러 "당진 군수님이 이런 일로 방문하셨는데 설명을 해드리라."고 하였다. 차장급 젊은 직원이 설명을 하는데 거의 영어로 이야기를 하였다. 전문 용어라 무어라 하는지 도통 알아들을 수가 없었다. 더구나 웃기는 일은 당진군을 대표하여 환경과장이 왔는데 환경과장이 일언반구 한마디 못하고 있는 것이었다. 꿀 먹은 벙어리처럼 가만히 앉아 있으니 군수 입장에서는 얼마나 속이 터졌겠는지 상상이 된다.

참다못해 군수가 한마디 쏘아 붙였다. "환경에 대해 알면 얼마나 안다고 전부 영어로 얘기하고 그럽니까? 무시하는 겁니까?" 라고 하니 옆에 있던 공장장이 점잖게 "군수님, 우리 직원이 한 얘기가 틀렸습니까? 여기 오셔서 그러시면 됩니까?"라고 하는 것 아닌가. 옆에서 이를 지켜보는데 울화가 치밀어 올랐다. 그때 느낀 것은 공무원들이 전문 지식이 있어야 한다는 사실이었다. 삼성토탈에서는 당진군청을 얼마나 한심하다고 했겠는가. 아무런 전문 식견도 없이, 준비도 없이, 방문한 것에 대해 말이다. 아마 개인 회사 같았으면 한직으로 밀려 났던지 그만 두어야 할 상황이었을지 모른다.

신평면장이 되어서

■ 도성리 및 매산리 신호등 설치

현재 38호 국도에 도성리 신호등이 설치되어 있는데 당초에는 신호
등 계획이 없었다. 신호등에서 삽교천 쪽으로 약 30m 지점에 민가 밑
으로 통로 박스 설치 공사가 진행 중이었다. 신평면장으로 발령을 받
아 동네를 돌아보는데 도성리에 대책위원회가 구성이 되어 2년째 투
쟁을 하고 있었다. 면장으로 가서 맞은 첫 번째 민원이었다. 동네에서
는 오버브리지로 설치를 요구했으나 사업비가 5억 원이 넘는다고 시
행청인 대전지방국토관리청이 거부하였다. 시공사는 통로박스로 공사
중이고 부락에서는 오버브리지로 요구하고 있어, 해결의 기미가 없었
다. 내가 대안으로 신호등 설치를 제시했다.

마을 이장에게는 "만약 신호등으로 하면 자동차 전용도로라 교통사
고가 많을 텐데 이점에 대하여는 주민의 합의가 있어야 한다."라고 부
탁을 했다. 그리고 나도 다녀오겠지만 도성리 주민들도 버스 한 대를
대절해 대전지방국도관리청을 단체로 다녀오라고 코치를 했다.

도성리 신호등

　보통 민원이 발생하면 군청에 보고를 하고 군청에서 국토관리청에
게 보고하여 민원을 해결하는 게 일상이었으나 나는 직접 시도하도록
하였다. 그리고 주민들이 대전을 다녀온 후 민원이 해결되었고 공사
중이던 통로박스는 중간쯤 설치되었는데 그대로 묻어 버렸다.

　도성리 민원이 신호등으로 해결되니까 갑자기 매산리에서도 신호등
으로 해달라고 민원이 제기되었다. 현재 매산리 신호등 옆에는 통로
박스가 설치되어 있다. 그 통로 박스를 이용하도록 되어 있는데 주민
들이 이용하기에는 너무 비좁고 버스가 왕래할 정도는 아니었다. 공사
현장 사무소가 상록초등학교 옆에 있었는데 가서 감리를 만나 보니까
"몇 번에 걸쳐 민원이 제기되어 주민들과 세 번에 걸쳐 협의를 했고 다
끝난 상태인데 왜 또 이러느냐?"고 하였다. 또한 합의 도장까지 받아
놓은 게 있었다. 합의서를 보니까 매산리 이장하고 신평면사무소 산업
계장이 도장을 찍어 합의를 해 주었다.

그래서 나이 많은 감리에게 뭐라 나무랄 수도 없고 해서 꾀를 내었다. "이장은 뭐하는 사람이냐? 직업이 농사꾼이다. 농사꾼이 도로에 대하여 무엇을 알겠느냐? 그리고 산업계장 직렬이 뭔지 아느냐? 산업계장은 농업직이다. 농업직이 도로에 대하여 뭐를 알겠느냐? 만약에 토목직에게 도장을 받았으면 난 할 얘기가 없다. 그리고 통로 박스가 농어촌도로인데 법에 보면 8m의 보도를 설치하도록 되어있는데 왜 규정대로 보도를 설치하지 않았냐?"라고 다그쳤다. 또 "현재 공사 중이고 곧 있으면 포장을 할 텐데 포장을 한번 해봐라. 주민을 동원하여 길을 막아 버리겠다. 그 때 면장을 고발해라."라고 강력히 이야기했다.

실제로 주민들을 동원하여 트랙터 등 농기계로 길을 막아버렸었다. 그리고 대전지방국도관리청 도로건설과장에게 부탁하여 감리단에 압력을 넣도록 하였다. 결국은 감리단에서 신호등을 설치해주겠다며 진출입로를 확보해야 하는데 협조를 해달라고 연락이 왔다. 진출입로 보상을 주는데 감정평가 금액으로 합의가 안 되어 이장에게 "이 문제는 마을 기금으로 더 주든지 다른 방법을 동원하든지 부락에서 해결하라."고 하였다. 결국은 마을에서 평가금액 외로 보상금을 더 주어 해결하였다. 지금도 이 지역을 지나갈 때면 옛날 생각이 떠오른다.

■ 삽교호 쓰레기 사건

신평면장으로 가서 한 달도 안 됐는데 갑자기 삽교호에 산더미 같은 쓰레기가 내려와 문제가 되었다. 예당저수지 위로 폭우가 쏟아져 예당저수지 20개 수문을 한 번에 열어버렸다. 예당저수지에서 삽교호 수문까지 물이 도착하는 데는 7시간 정도가 소요된다. 예산 쪽에서 물이 내려오는데 집채만한 파도가 밀려왔다고 주민들은 말하는데, 그 시간에 바닷물이 만조가 되어 수문을 열 수가 없었다. 그리고 바람이 아산에서 당진 쪽으로 불어 온통 쓰레기가 남원천 옆 도유지 논에 쏟아졌다. 산더미 같다는 표현을 그때 실감할 수 있었다. 하나의 건물보다 큰 쓰레기 더미가 여러 개 쌓여 있는데 치울 엄두가 나지 않았다. 군인, 경찰, 공무원 등이 매일 수십 명씩 동원돼 일주일 이상 쓰레기 치우는데 그야말로 전쟁이었다. 당시 심대평 도지사가 현장에 와서 격려금을 주기도 했다.

그 사건 뒤로 농어촌공사 삽교천사업소에서 비가 예보되니까, 물을 미리 방류한 적이 있었다. 그런데 비가 오지 않아 하천 바닥까지 보일 정도로 담수량이 적어 물을 대주지 못해 농민들로부터 호되게 질책을 받았다. 그때 내가 제안하기를 읍·면마다 측우기가 있으니 농어촌공사와 연결하여 자동으로 우량을 계산하면 미리 삽교호 관리사무소에서 수문을 조절할 수 있을 것이라고 했다. 하지만 아직까지 이루어지지 못하고 있다. 지금이라도 이런 시스템을 정비하면 적은 예산으로 홍수조절을 할 수 있을 것이다.

물이 바닥났을 때 우강까지 가서 사진을 찍은 적이 있다. 삽교호 담수량을 보면 처음 삽교천을 막았을 당시보다 1/5정도로 줄었다. 사람들은 물이 차있으니까 대단한 것으로 착각하는데 사실은 호수 바닥에 진흙이 퇴적되어 담수량이 예전처럼 많지 않다. 홍수예보가 있자 농어촌공사가 미리 물을 방류했는데 비가 오지 않아서 호수가 바닥을 드러냈다. 우강 제방에서 솟벌섬까지 평지나 다름이 없었다. 내가 군 입대

전에 남원천 최하단부에서 낚시를 한 적이 있었는데, 그때 경사도는 약 30%정도 되었었다. 그런데 지금 경사도는 약 5%정도 될 것이다. 삽교호 바닥에 그만큼 많은 퇴적물이 쌓인 것이다.

　면장재직 때 토목직 공무원에게 준설비용을 산출해보라고 하니까 약 500억 정도가 소요된다고 하였다. 건설교통부가 현대엔지니어링에 전국 수해대책 수립 용역을 발주해 연구원들이 신평면에 왔을 때 내가 삽교호 퇴적 사진을 주고 현황을 설명하였다. 제방을 막을 때는 몰랐지만 20여 년이 지난 현재 삽교호 퇴적은 너무나 심각하다. 이대로 두었다간 삽교호 제방을 해체해야 할 날이 올 것이다. 정부가 삽교호를 모델로 하루 빨리 대책을 강구하여야 할 것이라고 설명을 했는데, 그 연구원들도 이 정도일 줄을 몰랐다라고 답변하는 모습이 지금도 눈에 선하다.

　경제산업국장 시절 교통재난과에서 풍수해 대책 용역을 발주했는데 삽교호 퇴적물 처리사업을 용역내용에 넣으라 하니 용역 팀이 그것은 해당이 안 된다고 하였다. 용역 팀을 다그쳐서 넣긴 넣었는데 그 비용이 약 700억 정도가 산출되었다. 국토해양부에서는 삽교호 배수갑문 수를 배로 넓힌다고 하는데 내 생각으로는 의미가 없다고 본다. 바닷물이 만조가 되면 배수갑문 수가 100개가 되어도 아무 소용이 없다. 그 사업비로 삽교호 제방 밑에 수문을 만들어 강제 배출시설을 한다면 퇴적물도 함께 처리할 수 있어 일거양득의 효과를 볼 것이라고 나는 판단한다.

■ 남원천 정비 및 신당리 수문

남원천은 준용하천으로 관리권자는 충청남도지사이다. 제방 정비 사업이 순성에서 부장리 남원포까지 완료됐고 예산이 모자라 하류 정비는 보류 상태였다. 남원포 다리에서 삽교천까지 약 2.5㎞ 정도이니까 약 5㎞가 정비되지 않고 있었다. 대전지방국토관리청 하천과 공사계장을 만나 술자리를 가지며 내가 제안을 하였다. 준용하천은 충남도에서 사업을 하지만 그 사업비도 국비이고 국토관리청에서 해도 국비인데 삽교호 정비 사업, 즉 호안 제방 방수제 공사를 하면서 남원천까지 해주면 되는것 아니냐고 설득하였다. 그가 한번 해보자고 하기에 김낙성 군수께 이야기하고 신평면장 명의로 건설과를 통하여 국토관리청에 건의서를 제출하였다.

한 달쯤 지난 뒤에 공사계장으로부터 전화가 왔다. 면장 건의서를 어떻게 청장에게 결재를 올리느냐는 것이다. 자신들 소관 업무도 아닌데 결재를 올리면 자신의 입장이 난처하다는 것이다. 입장 바꿔 생각해보니 공사계장의 말이 옳았다. 바로 군수께 자초지종을 설명해 국토관리청장을 면담하실 수 있게 하여 문제를 해결할 수 있었다. 이를 계기로 남원천 뿐만 아니라 합덕 석우천까지도 국토관리청이 공사를 해주었다.

행정을 하다보면 의외의 상황에서 소득을 얻을 수 있다. 이 일도 국도관리청 공사계장에게 애로 사항을 이야기하지 않았으면 성사될 리없던 일이다. 하천 정비는 기술직 소관업무이지만 지역 발전을 위해서는 행정직과 기술직이 따로 있을 수 없다. 누가 됐든 해결할 수 있는 기회가 주어졌을 때 잽싸게 해결에 나서야 한다. 행정을 처리할 때는 종합적인 안목이 필요하다고 본다.

■ 신당리 하천 수문 공사

신당리 수문(전기작동)

대전지방국토관리청에서 삽교호 호안 공사를 진행하면서 신당리 하천에 수문을 설치하는 사업이 있었다. 무슨 공사를 하는지 궁금해 일부러 현장사무실을 들른 적이 있다. 현장사무실 직원에게 공사 설계도 좀 보자고 하여 신당리 수문을 보니까 하천넓이의 1/3정도도 안 되었고 수문 작동도 수동으로 설계가 돼있었다. 담당자에게 수문의 수가 적다고 하니까 설계 기준을 충족해서 설계를 했기 때문에 하자가 없다고 답변했다. 그래서 내가 "그것은 옛날 얘기 아니냐. 지금은 국지성 집중호우가 많이 내리기 때문에 이 설계대로라면 너무 모자란다."고 했지만 새겨듣지 않았다.

설계상으로 수문이 수동으로 예정되어 있어서 자동으로 변경해달라고 했는데, 현장에서는 바꿀 수가 없다며 오히려 이해해 달라고 나를 설득하였다.

건설교통부 수자원정책국 하천계획과장을 만나서 현지 실정을 이야기 하였다. 건설교통부에 가서 "당진군 신평면장 오성환입니다." 하니까 면장님이 이런 데까지 왔느냐고 반문하였다. 중앙부처 직원들 입장에서 한 번도 면장이 업무를 위해 방문한 적이 없는데 면장이 왔다고하니까 상당히 당황한 눈초리였다. 신당리 수문에 대하여 자초지종을 이야기 하였고 소득도 있었다. 농촌공사가 조종실에서 직접 수문조작은 할 수 없더라도 현지에서 전기로 올리고 내리고 할 수 있도록 하는 설비를 하겠다는 약속을 받았고 그 약속은 지켜졌다.

군청에서 방문 건의하면 안 되던 일도 면장이 직접 가니까 '오죽했으면 면장이 여기까지 오는구나.' 하는 시각을 갖는 것 같았다. 면장의 지위로 중앙부처를 방문해 많은 일을 해결할 수 있었다.

■ 체육회 기금 1억 원 확보

군민체육대회 및 읍·면체육대회는 주민들을 하나로 묶어주는 단합

체육대회 시상식

된 힘을 발휘한다. 그러나 선수 훈련 및 행사 비용으로 예산이 많이 들어가기 때문에 체육회 임원들이나 이장들이 읍·면체육대회는 가급적 개최하지 않으려 한다. 신평면장으로 부임해서 체육회 기금을 보니까 약 1,000여만 원 정도밖에 없었다. 그 기금으로는 아무것도 못하기 때문에 기금을 확보해야 한다고 생각했는데 그 방법이 어려웠다.

체육회 조경희 부회장에게 "체육회는 선수관리에만 신경 쓰시고 내가 신평면장을 언제까지 할지는 모르지만 재임하는 동안 1억 원을 만들어 주고 나가겠다."고 약속을 하였다.

기금 마련을 위해 출향인사 등 재력가들의 기부 협조를 요청하였으나 뜻대로 되지 않았다. 그래서 공업계장을 한 경험과 인맥을 앞세워 일부 기업체에 협조를 구했고, 지역주민들의 협조로 일정 부문 기금을 확보할 수 있었다. 내가 면장을 떠나올 때 약속한 대로 1억 원의 체육회 기금을 마련해 주었다.

이런 저런 일을 겪으면서 기금을 확보하니까 지역 단합이 잘 되고 선수훈련을 할 수 있는 여건이 돼 군민체육대회 때마다 신평면은 항상 상위권을 유지하게 되었다.

■ 함상공원 10억 원 주식 공모

삽교호 국민 관광지에 군함 2척을 갖다 놓고 함상 공원을 발족해야 하는데 어려움이 있었는지 도청과 군청에서 나에게 제안을 해왔다. 함상공원을 운영하는데 주민들의 참여가 필요하다며 10억을 투자하라는 것이다. 도와 군은 '모든 시설은 도와 군이 해준다, 화장실과 매표소 등 시설은 행정에서 해주고 주민들은 장사만 하면 된다.'라고 제안을 하였다. 모든 시설은 해주고 장사만 하면 되는데 이런 호조건이 어디 있나 싶어 제안을 받아들였다.

주민들을 상대로 주식 공모를 하였다. 주식 투자 금액은 100만 원부터 1000만 원까지로 하였다. 공무원이 주주 모집을 해본 적도 없고 생각지도 못했는데 막상 일이 닥치니까 공부를 해야 했다. 주식회사 업무 편람 책자가 상당히 두꺼운데 중요 부분을 여러 번 읽어봤다.

발기인을 만들어 신평면민을 상대로 주식공모 즉 주주 모집을 했는데 며칠 만에 주주 모집이 성황리에 끝났다. 참여자가 많아 서둘러 마감을 해야 했다. 주주총회를 개최해 이사회를 구성하고 곽명룡 씨를 대표이사로 선출했다. 감사도 선임했다. 여러 가지로 논의한 끝에 법인 명칭을 '신평면번영회 주식회사'로 정하였다. 주주를 모집하는 과정부터 법인을 설립하기까지 모든 과정이 순탄하게 진행됐다. 참여자들 모두 큰 기대감을 가졌다.

출발은 그럴 듯했는데 결말은 그리 좋지 않았다. 모든 것을 행정에서 다 지원해준다고 했지만 법인이 추가로 투입한 돈이 40억 원이나 됐다. LST함정 내부에 약 28억 원의 사업비를 투자하여 해군 전시관을 설치했고, 12억 원을 투자하여 잠수함 모형의 건물을 지었다. 40억 원을 추가로 투자하지 않았다면 입장료를 5000원까지 받을 필요가 없었고 입장료를 적게 받았어도 매년 흑자경영을 했을 것이다.

삽교천 함상공원

예산이 없으니 차입 경영을 할 수밖에 없었고, 적자를 면치 못했다.

내가 함상공원 담당 과장인 군청 문화공보실장을 맡으면서 함상공원에 대하여 조직적으로 관여를 하였다. 그 전에는 함상공원이 방만하게 운영이 되고 있다는 이야기만 듣고 관여를 하지 못했지만 담당과장으로 왔으니까 운영에 직·간접적으로 관여할 수 있었다. 작은 함상공원주식회사에 사장 밑에 전무가 있고 부장이 2명이나 있었다. 전무를 없애고 부장도 점진적으로 없애도록 하였다. 3명의 임금이 상당히 컸기 때문이고 함상공원에 그런 직책이 필요 없다고 판단했다.

지역주민들이 투자한 부분에 대하여 행정에서 주식을 인수해 주었지만 나는 함상공원 때문에 신평지역에서 많은 원성을 샀다. "오성환 면장 때문에 속아서 투자했고 손해만 봤다."라고 이야기하는 사람이 많았다. 함상공원은 현재 주식회사가 아닌 공사로 전환하여 운영이 되고 있다.

■ 행담도 10억 투자

행담도 관광지는 도로공사에서 싱가포르 이콘그룹의 투자를 유치해 조성했다. 김대중 대통령이 취임하고 외환위기 사태를 해결하기 위해 정부가 외자유치에 사활을 걸었고 그 일환으로 도로공사가 싱가포르 이콘그룹을 방문하여 '행담도를 국제적 관광지로 조성하겠다.'고 설명하여 외자 유치를 성사시켰다.

행담도에 14만 평을 매립하여 관광지로 조성할 계획이었지만 평택지역의 반대로 조성계획은 반으로 축소됐다. 행담도가 매립되면 평택시가 수장된다고 10만 명 서명운동을 벌여 환경부, 건설교통부를 압박하는 바람에 매립면적이 7만 4000평으로 줄어들었다.

국가적으로 보면 약속을 어긴 꼴이다. 외자 유치할 때는 기존 행담도에 14만 평을 매립하여 관광지로 조성하면 고속도로와 접하여 매력이 있다고 소개해 이콘그룹의 투자를 끌어들였는데 결국은 대한민국 정부가 약속을 저버린 꼴이 되었다. 매립면적이 반쪽으로 줄어들어 투자가 위축돼 김모 사장이 청와대 등을 상대로 로비를 벌이다가 구속되는 사건이 터지기도 했다.

나도 행담도 관광지 개발에 일정액 투자를 했다. 그 경위에 대하여 설명하고자 한다. 행담도 기공식에 참석을 하였는데, 기공식장 옆에 대형 살구나무가 있었다. 행담도 주민들의 이야기를 들어보면 수호신 역할을 하는 나무란다. 그래서 내가 기공식장에서 관계자들에게 이 나무는 베지 말고 옮겨서 심어달라고 부탁을 하였는데 나중에 보니까 그냥 베어버렸다. 도로공사 주관으로 신평면사무소에서 매립에 따른 주민 설명회를 하는데 친환경 등을 주장하기에 면장으로서 한마디 하겠다고 나서 살구나무 이야기를 하였다. 살구나무 하나 옮기지 못하는 도로공사가 무슨 친환경 이야기를 하느냐고 강력 성토했다.

그 설명회를 계기로 도로공사 담당 부장과 이콘그룹 행담도 사업 부사장을 알게 되었으며, 행담도에 1차로 세 가지 사업이 있다는 것을 알았다. 세 가지는 휴게소, 수산물 회센타, 전망대 사업이었다. 휴게소 사업은 제주랜드가 추진하고, 수산물 회센타 사업은 신평면의 박모 씨가 추진하였다. 전망대 사업에 대하여 도로공사 담당 김 모 부장을 만나서 신평 주민들에게 사업을 주도록 요구하니까 행담도 개발주식회사 최 모 부사장을 만나보라고 했다. 최 부사장을 만나서 전망대 사업에 대하여 대화를 하였는데 서울 노량진시장을 비롯해 여러 투자 의향 기업이 있어 어렵다는 이야기를 들었다. 아마 경쟁을 시켜 단가를 올리려는 의도가 아니었나 싶다.

다시 도로공사 김 부장에게 이야기하고, 최 부사장을 만나서 담판을 지었다. 내가 주장했던 것은 어느 돈 있는 재산가가 아닌 신평면민에 대하여 사업권을 달라는 것이었다. 우여 곡절 끝에 사업권을 준다는 답변을 들었는데 15억 원 정도 사업비를 투자해야 하는데 우선 10억 원을 1주일 이내에 불입해야 한다는 것이다. 경쟁 업체들이 있기 때문이란다. 시골에서 10억 원을 일주일 내에 불입해야 한다는 것은 공무원 시각으로는 도저히 불가능해 보였다. '이 자들이 사업을 주긴 아깝고 안주자니 도로공사 압력은 들어오고 하니까 한번 꼼수를 부리고 있구나.' 생각했다.

그러나 한 번 부딪혀 보자는 마음을 먹고 도전을 하였다. 신평 면민을 대상으로 주식공모를 하였다. 함상공원 주식공모의 경험을 살려 시도를 하였는데, 1인당 주식 총액은 5000만 원과 1억 원으로 하여 일주일의 기간을 주었다. 불가능하리라 보였던 15억 주식 공모가 1주일 만에 성공적으로 완료되었다. 주주총회를 거쳐 유안호 사장을 선임하였으며 회사 명칭은 행담 아일랜드㈜로 하였고, 10억 원을 행담도개발 주식회사에 불입하였다.

행담도개발 주식회사는 세 개의 회사로 이루어져 있었다. 이콘그룹이 70%, 현대건설이 20%, 도로공사가 10%의 지분을 갖고 있었다. 이콘그룹은 싱가포르 최고의 그룹사, 현대건설은 국내 1위의 건설업체,

도로공사는 유수의 공기업으로 주주들만 보면 아주 탄탄한 회사였다. 행담도개발 주식회사 최 부사장 등과 수십 차례 만나서 전망대 사업에 대하여 어떻게 할 것인지 논의하였고, 사업 투자에 따른 배분을 어떻게 할 것인지 협의하였다.

전망대 그림을 여러 번 그렸다 지우기를 반복하여 15층 건물로, 층당 건물 면적은 100평, 총 1500평으로 건축하기로 합의하였다. 건물 외형은 통유리로 하여 안에서 외부를 360도 볼 수 있도록 하였으며, 15층 맨 위층은 자동으로 360도 회전하는 형태의 건물을 가설계하였다. 입점 점포의 영업 내용은 해수 사우나, 레스토랑 및 커피숍, 호텔 등을 계획했다. 수입에 따른 이익분배에 대하여 협의를 하였는데 이익분배 등은 중요사항이라 이콘그룹 본사의 회장과 사장이 협상을 하여야 한다는 것이다.

회장은 조셉 신이고 사장은 마이클 탄으로 영국에서 교육을 받았기 때문에 상당히 세밀하다 하여 협상하기 전에 영문으로 투자하게 된 배경을 신평면장 이름으로 미리 보냈다. 그 주된 내용은 미국과의 FTA로 농촌의 현실이 매우 어려워지고 있어 행담도에 농민들을 투자시켰으며, 이들은 사업가도 아니고 자본가도 아닌 만큼 협상에서 정상을 참작해 달라고 하였다. 조셉신 회장, 마이클 탄 사장 일행을 서울의 한 호텔에서 만났다. 우리는 나와 유안호 사장이 참석했다. 협상을 하는데 거의 100% 우리 요구대로 수용이 되었다. 아마 사전에 보낸 편지에 순수 농민들이 투자하였고, 공직자인 면장이 보증을 선다니 조셉 신 회장이 순수하게 받아들인 것 같았다.

그때 3시간 정도 협상을 하였는데 조셉 신 회장이 손수 계산기를 두

드리고 모든 것을 자신이 처리하는 것을 보고 우리 문화와 너무 다르다는 느낌이 들었다. 아마 우리나라 그룹회장 정도면 협상장에 나오지도 않을 것이며, 계산기를 두드리는 풍경은 상상도 못할 일이다. 협상이 우리 뜻대로 순조롭게 이루어져 투자자들은 기대가 상당이 높았다. 사전 분양을 해야 되느냐 말아야 하느냐 판단을 미루고 있는데 안면도 오션캐슬 분양팀이 행담도 전망대 사업을 분양해준다는 제안이 들어왔다.

만약 그때 분양을 했으면 약 30억 원 정도의 이익이 발생했을 것이다. 10억 원을 투자하여 30억 원을 번다는 것은 상당한 이득이 되지만 뒤처리가 걱정되는 면도 있었다. 나는 주주는 아니지만 사업을 구상한 당사자 자격으로 주주총회에 참석해 '아무래도 분양은 좀 두고 해도 늦지 않으니 더 기다렸다가 하자.'고 제안했고, 그 것이 받아들여져 주주들은 분양을 추후로 미뤘다.

이런 일이 있은 후 얼마 안 돼 현대건설이 부도가 나버렸다. 국내 건설업 1위 업체가 부도가 나는 초유의 일이 벌어졌다. 감히 상상도 하지 못한 일이었다. 현대건설이 부도가 나니 행담도개발 사업이 표류하는 것은 당연했고, 행담 아일랜드㈜ 주주들도 동요되어 불안에 떨었다. 주주총회가 열렸고 주주들 대부분이 사업에서 손을 떼고 투자금을 되돌려 받자고 결론을 냈다. 주주들의 뜻을 받들어 투자한 10억 원을 되돌려 받으려고 행담도개발 주식회사를 수차례 다녔지만, 자본이 잠식돼 직원들에게 몇 개월 봉급도 못 줬다는 등 절망적인 얘기만 들을 수 있었다.

결국 분할로 투자 원금을 납부 받아 이자 및 보상금 조로 150%를 환수하여 주었다. 5000만 원 투자자에게는 7500만 원, 1억을 투자한 사람은 1억 5000만 원을 주었다. 이렇게 해결하기까지 행담도개발 주식회사를 상대로 얼마나 노력했는지 지금 생각하면 아찔한 생각이 든다.

공무원을 하면서 주식회사를 두 번 차려 청산 절차를 밟아보면서 많은 것을 깨달았다. 아마 공무원으로서는 처음 있는 일이 아니었을까 싶다.

■ 신평면장의 추억

42세에 고향인 신평면장으로 부임하니 '신평이 행정하기에 상당히 어려운 지역인데 과연 젊은 면장이 잘 이끌어 나갈 수 있을까?'하는 염려의 목소리가 조직 안팎에서 흘러나왔다. 그러나 정작 나 스스로는 그 같은 우려를 전혀 염두에 두지 않았다. 나는 그저 열심히 고향을 위해서 일해가야겠다는 신념밖에 없었다. 내가 신평면장직을 무사히 수행할 수 있던 데는 면사무소 직원들의 화합과 열정이 뒷받침이 됐다. 각 마을 이장들과 주민들의 전폭적인 지원과 지지도 한몫을 했다.

예를 든다면 의정보고회가 있어서 면정 보고를 해야 하는데, 아무래도 민원 처리 건수가 너무 많은 것 같아서 직원에게 당진읍, 합덕읍, 송악면과 비교를 해보라고 하였다. 3/4분기까지 신평면은 8만 6000건, 당진읍은 6만 6000건, 송악면은 4만 5000건, 합덕읍은 4만 건이었다. 그래서 면정보고 때 프레젠테이션을 활용해 막대그래프로 그려서 4개 읍·면을 비교하였다. 20여 명의 직원들이(당시 직원 수는 당진읍 60여 명, 합덕읍 40여 명) 이렇게 많은 민원을 처리하면서 아무 이상

없이 행정을 수행하는 것은 직원들의 노력 때문이라면서 직원들의 경쟁력은 당진군뿐만 아니라 전국 최고라고 설명하였다.

쓰레기 반출지가 송산처리장으로 옮겨지면서 분리수거가 본격화됐다. 또한 음식물 쓰레기도 반드시 물기를 제거하도록 하였다. 직원들이 삽교호 관광지나 거산리 아파트를 중심으로 확실하게 새로운 쓰레기 수거 방침을 전달해 송산 쓰레기매립장에서는 신평면 쓰레기를 실은 차는 검사를 하지 않고 관문을 통과시켜줄 정도였다. 삽교호 관광지 식당들은 폐음식물을 망에 담아 물기를 제거해 배출했다. 거산리 아파트 주민들은 규정을 지키지 않은 음식물 쓰레기를 수거차가 실어가지 않자 널어 말린 후 배출하는 성의를 보였다.

심야 전기보일러가 유행일 때가 있었는데 전기보일러로 바꾸면서 동네에서 쓰지 않는 기름보일러가 많이 폐자재로 배출됐다. 멀쩡한 보일러를 그냥 버리기 아까워 마 모 사회계장이 직원들과 함께 저소득 가정에 설치해주었다. 기술 인력을 사지 않고 계장과 직원들이 손수 작업에 임했다. 이 같은 일이 지역 주간신문 '당진시대'에 미담으로 소개되기도 했다.

■ 이장님들의 협조

이장들도 면사무소 업무에 늘 적극 협조해 주었다. 신평 관내 이장들은 다른 읍·면과 달리 면사무소에서 오랜 시간 머물며 일을 보는 경우가 많았다. 이장들과 자주 어울렸는데 하루는 면사무소 회의실에다 성구미 간재미 무침을 배달하여 직원과 이장단이 회식을 한 적이 있다. 때마침 향방 훈련이 진행됐는데 회식하는 모습을 보고 2대대 장교가 '신평에 가보니 직원이 이장들하고 술만 먹더라'고 대대장에게 보고하여 나에게 전화가 걸려온 적이 있었다. 직원과 이장들과의 단합은 그냥 이루어지는 것이 아니라 자주 만나서 회식자리를 가지며 허심탄회하게 이야기를 나누는 일이 자주 있어야 하는데 행정경험이 없는 대대장은 그런 정서를 이해하지 못했던 것이다.

이장들은 마을의 모든 일에 대하여 솔선수범하여 불평 한마디 않고 협조해주었다. 한참 지난 이야기지만 늦게나마 지면을 통하여 당시 적극 협조해주신 이장분들에게 고마운 마음을 전한다.

함께 자란 신평 친구들의 경우, 내가 면장으로 부임한 이후 자신들이 자주 면사무소에 들락거리면 면장은 물론 직원들에게 부담을 줄 수 있다하여 면사무소 출입을 최대한 자중했다. 심지어는 내가 면장으로 재임하는 동안 단 한 번도 면사무소를 찾아오지 않은 친구도 있었다. 물론 밖에서 만나 친구들과 술자리도 갖고 차 마시러 다니기도 하는 등 잘 어울리고 다녔다. 하지만 친구들은 여러모로 내게 부담을 주지 않으려고 노력했다. 참으로 고마운 친구들이다.

단합을 중시하는 나는 기관 단체 간 친선 도모를 위해 족구대회를 개최하였다. 면사무소, 농협, 신협, 이장단 등이 참여하는 족구대회는 승부를 가리기보다는 단합대회 형태로 진행됐다. 음식은 면사무소에서 준비하였다. 돼지 한 마리를 바비큐로 준비하고, 직원들이 선지 해장국을 끓여냈다. 분위기만큼이나 음식 맛도 좋았다. 얼마나 재미있고 맛이 있던지 지금도 그때 생각이 날 때가 많다.

읍·면 근무의 장점은 직원들이 가족같이 생활하는 점이다. 주민들과 격의 없이 어울릴 수 있다는 점도 빼놓을 수 없는 읍·면 근무의 장점이다. 읍·면 행정을 하다보면 주민들과 호흡을 같이 해야 하기 때문에 주민들의 애로사항을 항시 듣고 해결해 주어야한다. 그러기 위해서는 수시로 스킨십을 해야 한다.

■ 읍면동 폐지를 막다

김대중 정부 집권기 최대의 화두 중 하나는 행정 단계의 축소였다. 처음 공청회 단계에서는 도청을 없애야 한다는 여론이 지배적이었다. 그러나 전국 각 도청이 로비를 벌여 읍·면·동 조직을 없애야 한다는 쪽으로 방향이 바뀌어 갔다. 중앙정부-시·도청-시·군·구청-읍·면·동의 4단계인 행정 단계를 3단계로 축소한다는 것이 대통령 공약이었다. 읍·면·동을 없애는 쪽으로 정책 방향이 흘러가니 어처구니가 없었다.

내가 면장으로 재직할 때 이 문제와 관련해 하부조직의 여론을 수렴하기 위해 행안부 직원이 신평면을 방문한 일이 있었다. 그 직원은 읍·면·동 폐지에 따른 의견을 듣고자 당진읍과 신평면을 방문한다고 했는데 시간이 없어 당진읍은 못가고 신평면에 들렀다. 그는 읍·면·동 폐지안을 가지고 장관 결재를 얻던 중 장관이 다시 여론을 들어보라며 결재를 보류하여 여론을 듣고자 신평을 방문했단다. 1시간 이상 직원에게 공격을 퍼부었다. '읍·면·동을 없애려는 이유를 모르겠다. 전국 모든 시골 생활권이 읍·면·동 단위로 묶어져 있다. 읍·면·동 사무소 외에 우체국, 농협, 학교, 파출소, 중대본부 등이 읍·

면·동 단위로 되어있는데 읍·면·동사무소만 없앤다는 게 말이 되느냐? 읍·면사무소를 없애면 누가 불편하겠는가?' 등을 예시하며 공격의 수위를 높였다.

그러면서 공세를 계속해 '읍·면사무소를 없애면 주민들이 시·군청으로 가야 하는데 주민들이 무슨 잘못이 있는지 모르겠다. 그리고 시골 주민들은 노인들 뿐인데 교통수단도 마땅치 않은 그들이 어찌 시·군청까지 가야하나?'라고 몰아붙였다. 읍·면·동사무소를 폐지하는 것은 현실적으로 불가능한 일이라는 게 나의 일관된 주장이었다. 정부가 말도 안 되는 탁상행정을 하고 있다고 꼬집었다.

주민들을 위하여 국가에서 할 일은 않고 엉뚱하게 읍·면을 없애 주민들을 불편하게 하려 하느냐고 1시간 넘게 질책을 하니까 듣고만 있던 행안부 담당 직원이 나중에는 "내게 너무하는 것 아니냐?"고 화를 내었다. 결국 정부가 종합적인 판단을 하여 읍·면을 없애지는 않았지만 지방자치단체에서 국가정책을 집행하다 보면 현실과 동떨어진 시책을 남발하는 경우가 많다. 국가 전체적인 사항을 추진할 때는 시범지역을 선택하여 운영해보고 실효를 판단해 전국적으로 시행하는 것이 옳다. 공무원 출신들은 퇴직 후 거의 야당이 된다는 소리가 왜 나오는지 알 듯 하다.

■ 어르신들과의 만남

신평면장을 하면서 오전오후로 출장을 다니다 보면 주로 마을 회관 경노당을 방문하는 것이 대부분이다. 경노당을 방문해서 이야기를 나누다 보면 하루에 5000원 이상 쓰시는 분은 거의 없다.

집에 아무리 몇 억이 있다고 해도 몸에 배어있지 않기 때문에 쓰시지를 못하고 거의 대부분의 재산을 자식들에게 물려주는 것이 상례이다.

경로잔치나 효도관광을 갈 때 면장보고 한마디 하라고 하면 제일 먼저 돈 좀 쓰라고 이야기를 하였다. 드시고 싶은 것이 있으면 드시고, 가고 싶은 곳이 있으면 가시면서 제발 돈 좀 쓰시라고 했었다.

현재 70~80대 노인들을 보면 제일 불쌍하다고 볼 수 있다. 일제시대를 겪었고, 6 · 25 전쟁을 겪었으며, 보릿고개의 고생을 하는 등 뼈 빠지게 어려움을 겪어 와서 이제 살 만하니까 죽을 때가 되어 원통하다는 이야기를 많이 들었다.

한번은 어느 노인분이 손 리어커에 TV를 싣고 나오길래 그 이유를 물어본 적이 있었다. 이야기를 들어 보니까 TV가 고장이 나서 수리센터에 전화를 걸어 수리기사가 나오면 리모콘만 만지고 가면서 2~3만원을 줘야하니 그 돈이 아까워 할 수 없이 TV를 싣고 나온다는 것이다.

리모콘이 복잡하니까 잘못 누르면 TV가 나오질 않으니 얼마나 답답하겠는가? 가전제품을 보면 TV 뿐만이 아니다. 전화기를 잘못 누르면 전화가 되질 않으니 멀리 있는 자식들이 전화를 하다가 안 되면 이웃집에 전화를 하여 바꾸어 달라고 해야 한다. 그리고 세탁기도 마찬가지인데 작동방법이 복잡하고 퍼지, 버블, 에어 탈취, 스마트 컨트롤 등 영어로 되어 있어 이를 작동하기는 상당히 어렵다.

우리나라 발전의 주역이었던 세대인데 문명이 발전할수록 소외되고 멀어지는 느낌이 든다. 옛날 이코노 TV처럼 가전제품을 실버세대에 맞는 작동하기 가볍게 만들면 얼마나 좋을까 생각해보곤 한다.

옛날 그 고생했던 시절을 지나 이 좋은 세상을 즐기려고 하니까, 힘이 없어지고 마음대로 되지 않는 세상이 되었으니 얼마나 그 고충이 심하겠는가? 어느 할머니의 말이 잊혀지지 않는다. "이렇게 살 만한 좋은 세상이 되었는데, 죽을 때가 되었으니, 원통하다."

일생을 고생으로 보낸 노인분들에 대하여 후손들이 보답을 해주어야 할 것이다.

문화공보실장으로

■ 소난지도 의병총의 실체 발견

공보실장으로 와서 소난지도 의병총 행사에 대하여 의구심을 갖게
되었다. 군이 소난지도 의병총 추모 행사를 30년 넘게 해오고 있었지
만 그 실체가 없었다. 그냥 구전으로 의병들이 일본군 헌병과 항쟁을
하다가 150명 이상이 전사하였다는 것 외에는 실증적 증거가 없었다.
다만 한 가지 의문이 드는 것은 지금까지 왜 의병 항쟁에 대하여 한 번
도 규명을 해보려고 하지도 않고 오랜 세월 동안 제사만 지냈느냐는
것이다.

석문면의 지식인들이 앞장서 구전으로 전해오는 의병들의 죽음을 기
리기 위해 의병총을 세우고 추모제를 지낸 것이 관습적으로 이어져 온
것이었다.

나는 문화공보실장으로서 구전으로 내려오는 사항이 실제 사실인지
규명을 해보자 마음을 먹었다. 국내에서 자료를 못 찾으면 일본에라도
건너가서 찾아보자고 결심하고 소요 사업비를 2003년 예산에 신청하였

소난지도 의병항쟁 관련기사

다. 그때 기억으로는 2000만 원을 요구했는데 실제 반영된 것은 1000만 원이었다.

더 많은 예산을 확보하기 위해 아무리 설득해도 소용이 없었다. 하는 수없이 예산범위 내에서 용역을 발주하기로 했는데 과연 1000만원으로 용역을 맡아줄 연구소가 있을까 걱정이 앞섰다. 그러나 충남대 충청문화연구소 김상기 박사가 흔쾌히 받아주어 용역이 시작되었다.

연구용역을 통해 홍주경찰서 분서장이 경무국장에게 보고한 서류를 찾아내어 거의 100년 동안 묻혀있던 사실이 밝혀지게 되었다. 1908년 3월 15일 홍주경찰서 순사 15명이 소난지도에 들어와 의병과 9시간 전투를 벌여 공식 문서에 의하면 91명의 의병을 죽음으로 몰아갔다. 1906년 홍주와 이듬해 수원에서 봉기한 의병들이 모여 더 큰 의병활동을 모색하던 중 전사한 것이다. 100여 명이 순사 15명에게 당한 것을 보면 화력에서 밀린 것으로 추정된다.

일본경찰의 보고내용을 보면 동남돌각에서 의병 22명을 죽이고 북방일대 동굴에서 5명, 돌각에서 14명을 각각 사살하고, 50명이 바다에 투신해 전멸시켰다고 기술하고 있다. 그리고 세 차례에 걸쳐 보고한 내용이 발견되었다. 작전지도를 보면 A지점, B지점 등 영어로 쓰인 부분도 있었다.

김상기 교수가 엄청난 사실을 밝혀냈지만 용역비가 터무니없이 적게 책정되어 너무나 미안했다. 그래서 책자 인쇄비는 문화공보실 예산으로 지출을 해 주었다. 국가보훈처로부터 그 공로를 인정받아 500만 원을 지원받아 충청지역 독립운동사 학술대회를 2003년 11월 20일 충남대에서 개최하여 당진에서 수십 명이 다녀오기도 했다.

김상기 교수와 난지도와 당진포리를 다니면서 학술 고증을 했는데 당진포리에 사는 노인분이 아버지로부터 들은 얘기라며 들려주는데 난지도 의병항쟁과 딱 떨어지는 구술이었다. 들으면서 너무도 신기했고, 새로운 사실도 알았다. 난지도 의병들을 소탕하러 온 일본 순사들이 당진포리로 배를 댔는데 그 배에는 난지도에서 약탈한 양식을 싣고 왔고 당진포리 진성 왼쪽마을로 와서 불태워 없앤 후 한 명을 사살하기도 했다는 것이다. 당진포리 항구를 보면 바다에서 들어올 때에는 왼쪽으로 들어오고 정박은 지금 당진포 진성 오른쪽 해창저수지 쪽에 정박하였다가 출발을 하였단다. 앞으로 당진이란 지명의 유래가 된 당진포의 항구를 연구하는데 귀중한 자료로 쓰일 것으로 본다.

이 의병항쟁과 관련하여 최구현 의병장의 이야기가 나온다. 김상기 교수가 밝힌 소난지도 의병 투쟁에는 최구현 의병장의 이야기가 없다. 최구현 의병장의 이야기는 뜻밖의 꿈으로 나타나서 밝혀진 것이다. 최구현 의병장 증손이 온양에 사는데 꿈에서 조상이 나타나 "이장한 묘에 가봐라. 가면 지석이 나올 것이다."라고 하기에 실제로 수십년전 묘터에 가서 지석을 발견한 것이다. 당초 묘에 지석을 묻었는데 이장하면서 지석이 발견되면 문제가 될까 염려해서 그 자리에 묻어 둔 것으로 추정하였다.

최구현 의병장은 원래 무과에 급제하여 관직에 있다가 1904년 한일의정서 체결에 분개하여 관직에서 물러나 고향으로 내려와서 있다가 1905년 을사늑약이 체결되자 의병을 일으켜 활동하게 되었다. 지석에 보면 을사늑약이 발표되면서 전국 각지에서 의병항쟁이 벌어지고 당진에서도 최구현 의병장이 면천, 당진, 고덕, 천의, 여미 등지에서 370

여 명의 의병을 모았으며, 면천읍성을 공격하였으나 일본의 신식 총포에 밀려 실패한 후 36명을 이끌고 난지도로 피신하게 되었다.

난지도에서 항쟁한 의병은 서산 의병 28명, 홍주성 의병 15명, 화성 의병 40여 명 등 120여 명으로 북간도로 갈 계획이었는데 1906년 음력 7월에 일본군 200~300여 명의 기습을 받아 최구현 의병장이 체포된 것으로 기록돼 있다. 최 의병장은 면천성에서 취조를 받고 풀려나자마자 순직한 것으로 기술되어 있다. 1906년도의 기습작전과 1908년도의 의병항쟁을 보면 난지도가 해상 교통의 요충지로서 경기 충청권의 해상의병 활동의 거점지였음을 보여주고 있다. 또한 지석에 있는 홍일초 장군이 3.1운동의 제암리 교회 학살 사건에서 순국한 홍원식 장군인지 여부를 연구를 통해 밝혀야 할 것이다.

■ 합덕 수리 박물관 건립

문화공보실장으로 와서 보니까 합덕 수리박물관은 골조 기둥만 세워놓은 채로 방치되어 있었다. 무자위(수리기구로 염전에서 보면 사람이 올라타 물을 대는 동그란 기구)를 연상케 하는 동그란 모습이었다. 이야기를 들어보니까 합덕 전용태 검사장이 김대중 대통령 비서실장인 김중권 실장과 사시 동기로 특별교부세 7억원을 받아 주민들의 건의대로 수리박물관을 건립하기 위해 부지를 매입하고 골조만 세워놓은 상태였다.

당시에는 수리 박물관이 아닌 수리유물 전시관으로 명칭을 확정해놓고 있었다. 그래서 이 전시관 공사를 마무리하려면 사업비가 얼마나 들어가야 하는지 전문업체로부터 견적을 받아 보니 약 30억 원이 더 필요했다. 박물관 건립비용을 살펴보면 건축비보다 내부 인테리어 등의 비용이 더 들어간다. 30억 원의 소요사업비가 더 들어간다는 내부 검토보고서를 작성하여 강태순 씨가 김낙성 군수님께 보고했는데 이튿날 소간부회의 시 군수께서 "문화공보실은 어떻게 사업을 하기에 수리유물 전시관에 30억원, 문예의 전당에 50억원이 더 들어간다고 하느냐. 내가 어젯밤 한숨도 못 잤다."며 야단을 치셨다. 내가 "그 것 외에도 또 있습니다." 하니까 군수는 아무 말도 하지 않으셨다.

그런 일이 있고서 어떻게 풀어나가야 하나 고민을 해봤지만 국비지원을 받는 일 외에는 방법이 없었다. 그래서 바로 문화관광부 도서관박물관과를 찾아갔다. 찾아가서 담당사무관과 점심을 같이 한 후 한 시간 동안 경복궁을 산책했다. 그 사무관은 항상 점심시간에 경복궁을 산책한다며 나와 둘이 산책하며 이런저런 이야기를 해주었다. 내가 지방행정의 어려움을 토로하며 지원을 부탁한다고 하니 한번 검토하는 방안을 찾아보자고 하였다.

그래서 담당 사무관이 수리유물전시관으로 하면 국비지원이 안 되고 수리박물관으로 하면 지원이 가능하다고 하여 문광부로부터 국비 7억 원을 지원받게 되었다. 당시 담당사무관에게 순수한 마음으로 대하니까 전적으로 도와주겠다고 했다. 수리박물관 건립은 국비를 지원받고 군비를 보태어 깔끔하게 마무리할 수 있었다.

수리박물관 공사 입찰을 했는데 '시공테크'라는 업체가 낙찰 받았다. 국내 최고라는 김제 벽골제의 수리박물관에 가서 전시관을 둘러보고 관장과 4시간 동안 대화를 해봐도 별다른 묘안이 떠오르지 않았다.

지평선 축제 등으로 연간 관광객이 30만 명 정도라고는 하나 볼거리가 부족하다고 생각이 들었다. 수리박물관에 전시할 품목이 한정되어 있다는 것에서 문제점을 찾았다. 그래서 김제 벽골제 수리박물관장도 벽골제 제방 안에 둑을 쌓아 호수를 만들어 관광객들이 조그만 배를 타고 놀 수 있도록 하는 방법을 연구하고 있었다. 벽골제를 둘러보고 수리박물관으로서의 한계를 어떻게 극복할 것인가 해법을 찾아야 한다고 생각했다. 이를 극복할 수 있는 방법으로 체험장을 잘 만들면 가능하지 않을까 하는 판단을 하였다.

　전시관 내부를 어떻게 구성할 것인지에 대하여 시공테크 담당자와 아무리 상의해봐도 대화가 잘 되지 않아 어려움이 많았다. 어렸을 때 수리안전답이 별로 없어 물 대기가 워낙 어려웠기 때문에 용두레, 맞두레, 무자위 등을 직접 사용해본 경험이 있다. 나는 군대 가기 전에 소죽기를 가지고 다니면서 지하수를 직접 파봤기 때문에 물을 대는 일에는 어느 정도 지식이 있다. 반면 시공테크 직원들은 수리에 대하여 경험이 전무했다. 그러니 시공테크 직원들과 박물관 건립을 마무리하는 일이 순조로울 리가 없었다. 결국 우리 공무원들이 직접 나서기로 하고 공사를 마무리하는 순간까지 온 힘을 다 쏟아 부었다.

　과거에는 예산 고덕면의 구만리 보를 이용해 합덕은 물론 우강, 신평 신송리 쪽의 들판까지 물을 대었다 한다. 구만리 다리 근처에 사는 농민 중 한 명이 구만리 보를 막을 때 십장을 했던 분의 둘째아들이었다. 그 분의 이야기를 듣고 보를 막는 방법 등을 수리박물관에 그대로 재현해 놓았다. 그 분의 안내로 보를 만들었던 장소에 가니까 지금도 합덕으로 물을 보냈던 제방의 흔적이 남아 있었다. 그분의 이야기로는 합덕과 우강 주민들이 가을에 부역을 와서 매년 보를 막는 대역사를 벌였다. 구만리 보는 덕산 가야산과 홍성 용봉산에서 오는 물을 겨울 동안 곡창인 합덕과 우강지역으로 보내는 역할을 했다. 봄철 모내기를 앞두고 논에 물을 대면 들판이 바다처럼 보였다고 한다.

둘째 아들의 이야기를 들어보면 내포지역이 먹고사는 문제로부터 벗어난 지역이었다는 사실을 알 수 있다. 구만리 삽교천에서 하루에 여덟 가마니 분량의 메기를 잡았다는 이야기도 들었다. 이밖에 그 분으로부터 많은 이야기를 들었다. 구만리 경노당을 찾았는데 노인 분들에게 방문한 이유를 설명하고 관련 자료가 있으면 달라고 하니까 아주 오래된 사진 한 장을 주셨다. 사진에는 옛날 구만포 전경이 담겨 있었다. 사진이 오래되고 깨져서 잘 구별할 수가 없었다. 사진을 빌려와 직원이 컴퓨터 작업을 통해 사진을 선명하게 복원을 했는데 구만리에 정

구만리보 막는 장면

박했던 배와 어부의 모습까지 선명하게 보였다. 그 사진을 인화해 커다란 액자에 넣어 원본과 함께 구만리 경로당에 드리니 노인 분들이 깜짝 놀랐다.

합덕 수리박물관이 준공도 되기 전에 구만리 경로당 노인 분들이 버스를 대절하여 구경을 왔다. 예산도 아닌 합덕에서 자기들 동네의 이야기를 전시한다고 하니까 과연 어떻게 전시를 하는지 궁금하셨던 모양이다. 구경 오셨던 구만리 노인들이 예산군청에 "당진에서는 예산 구만리 자료를 전시하는데 당신들은 뭐하고 있느냐?"고 항의를 했다고 들었다. 그래서 예산군청이 그 후 구만리지를 발간했다고 들었다. 구만리는 삽교천 방조제가 생기기 전까지는 바닷물이 들어와 항구로 이용됐던 곳이다.

쌀 구만 석을 서울로 보내어 구만포가 되고 구만리로 되었단다. 독일 상인 오페르트가 남연군묘 도굴을 위해 덕산에 올 때 배를 몰고 들어왔던 곳이기도 하다. '남연군 묘 도굴 사건'은 흥선대원군이 쇄국정책과 천주교 탄압을 가속화한 단초가 된 사건이다. 수리박물관 건립을 통해 당진은 물론 인근 지역의 잊힌 역사를 돌이켜 살려낸 것은 의미 있는 일이었다.

합덕수리박물관을 건립하면서 아쉬웠던 점은 연호방죽에 대한 사진을 구하지 못한 것이다. 그렇게 찾으려고 노력했지만 결국 찾지를 못했는데 지금이라도 구해서 전시해 놓고 싶은 바람이다. 수리박물관을 건립하는 동안 직원들과 별의별 일을 다 했다. 합덕 수리박물관은 직원들의 혼이 들어간 박물관이다. 무슨 일을 하든 용역회사나 업자에게 맡겨 놓고 발주처 공무원이 무관심하다면 진정한 작품이 나오지 않는다는 사실을 실감했다. 결국은 담당자들의 혼이 들어가야 좋은 작품이 나오는 것이다.

■ 연호 방죽 복원

연호방죽은 김제의 벽골제, 황해도 남대지와 더불어 조선시대의 3 대 저수지로 유명하였다. 합덕 수리박물관을 건립하면서 내부도 내부지만 체험장 확보에 중점을 두려고 체험장 부지 마련과 함께 연호방죽 복원을 계획하였다. 약 500m 정도 규모로 하여 물을 대면서 수확하는 모습까지 단계적으로 체험할 수 있는 장을 조성하고 연호방죽과 연결시켜 앉아서 물장구를 치게 만들면 명소가 되리라. 보고 부지구입비를 세워놓고 토지 매입 작업에 들어갔다.

연호방죽을 복원해야 한다고 하면서 "왜 쌀 축제를 삽교천에서 해야 하느냐? 논농사의 근원인 합덕제에서 해야 하는 것 아니냐?"라고 설득하였으나 토지타협이 안 되어 구 합덕 성당 신부께도 부탁하였다. 토지 소유자의 95% 이상이 성당에 다닌다는 소리를 들어 '신부에게 부탁하면 되겠지.' 판단하여 부탁을 했지만 동의가 되지 않았다.

그래서 합덕지역 총화협의회 때 두 번이나 쫓아가 30여 명의 회원들에게 신신 당부를 하였다. '합덕이 발전하려면 합덕제를 복원해야 한다. 합덕제 복원을 하면 전국에서 제일 큰 연호 방죽이 되기 때문에 수도권 관광객을 끌어들일 수 있다'고 설득도 하였었다. 전라도 무안 일로읍의 회산백연지는 10만 평으로 우리나라에서 제일 큰 연호 방죽으로 시설도 잘 해놓아 관광객이 무척이나 찾아온다. 한국관광공사에서 한국인이 꼭 가봐야 할 국내관광지 99선 중에 무안의 회산연지가 연호 방죽으로는 유일하게 들어가 있다. 99선 중 당진에는 한 곳도 없고 인근의 서산 마애삼존불, 태안의 천리포수목원, 안면도 꽃지 해변이 있을 뿐이다.

무안의 회산연지처럼 합덕 연호방죽도 장래 30만 평을 복원한다면 얼마나 장엄하고 전국의 관광명소가 될까하는 심정으로 도전을 해보았는데 결국은 성사시키지 못했다. 공무원 생활을 하면서 도전해서 해보지 못한 일이 합덕제 복원이 아니었나한다.

터미널 앞에서 성진 부동산을 하였던 분이 있는데 지금은 작고하여 안 계시지만 그분 말에 의하면 합덕제 연호방죽에 물이 차면 40만 평 정도였고 물이 빠지면 30만 평 정도였다 한다. 여수토가 10만 평이나 되었다고 하니 그 면적이 가히 짐작이 된다. 옛날에 약은 사람들 수십 명이 국가 땅을 자기들 명의로 만들고, 저수지를 논으로 만들어 버렸다. 그래서 지금은 개인 땅으로 되어 있어 매입하야만 복원할 수 있는 형편이다.

합덕에 신관수 씨와 내가 만나면서 내가 하지 못했던 연호 방죽 복원사업에 앞장서 달라고 했다. 그가 그 때 그 이야기를 듣고 합덕제 복원에 나서 7만 평의 토지를 매입할 수가 있었다. 자기 돈을 써가며 토지 동의를 받아주느라 고생이 무척이나 많았다. 무슨 일이든지 늦다고 할 때가 제일 빠르다고 하지 않는가? 지금의 연호방죽 복원으로는 매우 부족하다. 하루빨리 제대로 된 연호방죽 복원이 이루어지길 기원해 본다.

■ 기지시 줄다리기 대개혁

문화공보실장으로 가서보니 기지시 줄다리기 참여자가 없어 송악고등학교 학생들을 동원하여 줄 나가기를 해 주민 수백 명만 참여하는 아주 초라한 광경이었다. 세계에서 제일 큰 줄을 다리는데 이렇게 참여자도 없고 홀대를 받는 것을 보니 참으로 안타까웠다. 어찌보면 당진에서 전국에, 세계에 내세울 만한 문화유산이 기지시 줄다리기 뿐일 것이다. 더욱이 국가지정 문화재인데 말이다.

이렇듯 꺼져가는 기지시 줄다리기를 어떻게 활성화시켜야 하나 고민을 많이 하였다. 그래서 이대로는 도저히 안 된다는 결론을 내고 2004년 4월 윤년의 기지시 줄다리기 행사부터 대대적인 수술을 하자고 결심하고 모험을 시작하였다. 세계적인 문화재인데 동네에서도 취급을 못 받다니…. 그래서 포부를 원대하게 갖고 그 해를 기지시줄다리기 세계화 원년으로 내세우고 추진하였다.

세 가지 변혁을 주었다. 첫째로는 줄 제작 장소이다. 줄 제작을 면사무소 밑 상가도로에서 하다 보니 상인들과 마찰이 잦았다. 먼지가 날리고 공간을 차지해 장사에 방해가 된다는 것이었다. 그래서 줄 제작 장소를 줄다리기 보존회와 상의를 하여 기지시초등학교 입구로 옮겼다. 공간이 넓고 주민이나 관광객도 참여할 수 있고 줄 꼬기가 수월했기 때문이다.

두 번째는 줄나가는 장소를 바꾸었다. 옛날에는 면사무소 옆 급경사로 가다보니까 어려움이 많았다. 또한 줄 크기를 늘리다 보니 무게가 많이 나가 급경사로 올라가지 못할 뿐만 아니라 줄 제작 장소를 아래로 옮겨 직접 홍척동 광장으로 넘어가야 했다. 세 번째는 줄나가기를 하는데 학생 동원을 하지말자고 했다. 주민들이 참여를 해주지 않으니까 관광객을 동원하여 줄을 다리면 주민들이 참여할 것이라고 판단하여 추진하였는데 관광객 동원이 제일 큰 문제였다.

'과연 가능하겠는가?' '어려울 것이다' 등등 비판도 많았다. 그러나 개혁을 하지 않으면 발전이 없는 것은 당연한 일이다. 그래도 관광객이 오지 않을 것을 대비하여 학생들을 동원해 두어야 하는 것 아니냐는 주장이 계속 거론됐는데 반대하였다. 줄이 나가지 못해도 좋다. 한번 실패를 해봐야 발전을 한다. 줄이 못 나가도 좋으니까 한번 해보자고 하였다.

당시 문화공보실 각 팀마다 임무를 부여하였다. 공보팀은 홍보, 관광 팀은 관광객 유치, 문화체육 팀은 행사준비 및 전체 총괄 등 임무를 갖고 다른 일은 접어둔 채 전 직원이 줄다리기에만 매달리게 하였다. 내신 기자단 팸투어, 외신 기자단 팸투어를 최초로 실시하였다. 외신 기자단 가운데 중국 인민일보 기자, 일본 유력 신문 기자, 미국 워싱턴 포스트지 기자 등 20여 명이 방문을 하였는데 그중 기억나는 기자는 인민일보 기자였다. 그 인민일보 기자는 평양주재 기자를 15년인가 하다가 서울주재 기자를 하는 인물로 기지시 줄다리기에 대하여 관심을 갖고 자세히 물어보았다. 나중에 중국 인민일보에 난 기사를 스크랩하여 나에게 보내주었는데 제법 크게 보도했다.

한국관광공사에 무작정 전화를 하고 방문을 하였다. 구자동 회장과 유의영 회장에게 두루마기까지 갖춘 한복을 입혀 우강 집누리 술 두통을 가지고 한국관광공사를 방문하여 간부들에게 기지시 줄다리기

기지시 줄다리기 외신기자단 초청행사

영화를 보여주었다. 영화를 보여주는데 외국인 몇 명이 그 테이프 좀 달라고 하는데 자료가 없어 못줘 대단이 안타까웠다. 체계화가 되지 않았던 기지시 줄다리기는 자료도 빈약하고 모든 것이 서툰 상태였다. 한국관광공사 처장급 이상 간부들과 식당에서 저녁을 먹으면서 동동주 한말을 다 먹고 나는 그대로 아웃이 되어 버렸다.

줄다리기 행사에 한국관광공사에서 적극적으로 도와 준 것은 당연하였다. 그때 한국관광공사에서 출입기자단에 부탁을 하여 많은 홍보를 해주고 관광공사에서도 직접 홍보를 해 주었다. 행사 준비를 하면서 전 직원들이 무척이나 고생을 많이 하였다. 세계화 원년을 표방하였기 때문에 서울과 부산에 있는 일본, 중국 전문 관광회사를 다 찾아다녔다. 중국 청년여행사 등을 방문하여 기지시 줄다리기에 참여를 해달라고 하였고 일본 가리와노 줄다리기 보존회를 초청하기도 했는데 지금 생각하면 무슨 힘으로 그런 일을 했는지 스스로도 이해가 되지 않는다.

줄다리기 본 행사 날, 개막하고 보니 관광객이 너무 많이 와서 난리였다. 체험표를 나누어 주기도 어려웠고 사고가 날까봐 두려웠다. 만약에 술 마신 사람이 줄밑으로 들어가면 대형사고가 터지기 때문에 걱정을 많이 했는데 다행히 그런 사고는 없었다. 기지시 공동묘지까지 관광객이 올라간 것은 처음이었다. 처음에는 두려움도 있었지만 행사는 대 성공이었다. 꺼져가는 기지시 줄다리기를 살렸다는 자부심과 자신감을 갖게 한 행사였다.

지금은 안행부로 간 정재문 씨는 관광팀 소속이었다. 행사가 끝나고 뒤풀이하는 자리에서 그가 "하니까 되네요."라고 했던 말이 기억난다. 그때 문화공보실에 근무했던 직원들은 고생도 많이 했지만 행정의 힘을 알았을 것이고 자신감을 갖는 계기가 되었을 것이다. 그때 일본 가리와노 줄다리기 보존회에서 약 25명 정도가 기지시에 왔었는데 줄나가기 줄다리기를 같이 했다.

행사를 모두 끝내고 감회를 얘기하는데 그들은 한국의 저력을 봤다고 말했다. 일본 가리와노 줄다리기는 줄을 꽈서 기중기로 시내 한복판으로 이동하여 주민들이 줄을 잡고 왔다 갔다 하다가 줄을 다리곤 한다. 그런데 기지시 줄다리기는 3시간 이상 주민들이 합심하여 줄나가기를 하였고, 줄다리는 모습을 보면서 한국인의 단합을 확인했다며 소름이 끼치더라고 평했다. 가리와노 줄다리기 보존회 회장이 나에게 가리와노줄다리기 역사책이라고 두꺼운 책자 한 권을 주기에 자세히 봤더니 놀랄 정도였다. 300년 전에 줄다리기를 시작했는데 그 때 추진

기지시 줄다리기

위원장이 누구고 추진위원이 누구인지 이름 등이 자세히 기록되어 있었고, 줄 제작과정은 물론 설계도까지 있었다.

한국과 일본의 문화가 이렇게 다르다는 것을 알았다. 우리 기지시 줄다리기는 구전으로만 내려오고 기록물이 전혀 없으니 할 말이 없다. 그 충격으로 우리도 줄다리기를 더 발전시키려면 근거를 남겨야 하겠다는 생각을 했다. 그래서 중앙대 김선풍 교수에게 기지시 줄다리기 백서를 만들어 달라고 용역(설계도 포함)을 주었다. 김선풍 교수는 강릉 단오제를 유네스코에 등재시킨 인물이기도 하다. 김선풍 교수 사무실에 가보니까 강릉 단오제 시나리오 책자가 세 권이나 되었는데 권당 수백 페이지 분량이었다.

아무튼 기지시 줄다리기를 세계화시키면서 느낀 것은 모든 축제 행사가 성공하려면 재정적 미흡함을 해결하기 위해 국비, 도비의 지원을 받아야 하고 중앙에서 홍보가 되게 하여야 한다는 것이다.

■ 송악 가학리 볏가릿대 거북놀이

정부가 매년 한국민속예술축제를 실시한다. 각 시·도에서 하나의 작품을 선정하여 출품을 하는데 시·도는 시·군으로부터 신청을 받아 추진한다. 그때 가학리 볏가릿대 거북놀이가 충남 작품으로 선정돼 도비 5000만 원을 지원받았고, 군비 5000만 원을 추가해 1억 원의 예산으로 3개월 동안 맹연습을 하였다. 가학리 주민들 80여 명이 뜨거운 땡볕에도 아랑곳하지 않고 매일 연습을 하였는데 결과가 예상치 못하게 나와서 실망이 컸다.

2003년 7월에 발대식을 하고 80여 명이 연습을 해야 하는데 가학리 마을회관은 공간이 너무 비좁아 주로 공설운동장에서 연습을 하였다. 총 책임자로는 안준영 이장이 맡았고 새납을 부는 김의석, 이안분 씨 등이 주축을 이루었는데 그 외에도 전 마을 주민들이 땀 흘리면서 고생을 많이 하였다. 볏가릿대 거북놀이는 정확히 유래는 알 수 없지만 예부터 송악면 가학리 일대에 내려오는 전통행사로 정월 대보름에 주민화합의 장으로 마련됐다. 볏가릿대를 통해 풍년과 흉년을 점쳤고 마당 밟기로 무사태평, 거북놀이로 장수를 기원했다.

볏가릿대 거북놀이는 대나무 꼭대기에 새끼줄을 묶어 곡식을 매달아 놓고 쓰러뜨리는 방식인데 곡식이 붙어있으면 풍년이 든다는 것이다. 80여 명의 참석자가 호흡이 맞아야 한다.

2003년 10월 강원도 동해시에서 개최된 제44회 한국민속예술축제에 참여하여 80명이 모든 역량을 발휘하였다. 전국 각 지역 및 단체에서 수십 건이 경연을 펼쳤는데 가학리 볏가릿대 거북놀이가 관중들로부터 최고의 인기를 누렸다. TV로 생중계 하는데 카메라 기자들이 제일 열심히 촬영하는 모습을 보고 '이젠 됐구나!'하고 생각하니 대통령상이 눈앞에 보이는 듯 했다. 더욱이 민속예술제 심사위원장을 맡은 분이 민속학자 심우성 씨였는데 그는 공주민속극 박물관 관장으로 극단 서낭당의 대표를 역임한 인물이었다.

사전에 그분에게 가학리 볏가릿대 거북놀이 시나리오를 감수 받았는데 그가 심사위원장이 될 것이라고는 생각지도 못하였다. '행운이 우리에게로 오는가보다.'라고 혼자 생각했다. 경연이 다 끝난 후 그 분이 저녁에 연출가와 추진위원장에게 "됐다. 수고했다."라고 해서 '이제

가학리 볏가릿대 거북놀이

대통령상 받는 일만 남았
다.'고 기대가 부풀었는데
막상 입장상을 받는데 그
쳤다. 입장상을 발표하는
데 "아!"하는 탄식이 절로
나왔다. '입장상이라면 대
통령상이 아닌데.' '뭔가

잘못 됐다.'라는 등등의 생각을 하며 끝까지 숨을 죽이고 시상을 기다렸
다. 잠시 후 우리가 장려상(3위) 수상자로 발표되었다. 대통령상이 한 순
간에 장려상이 된 것이다. 이렇게 허망할 수 있나.

뒷얘기를 들어보니까 심사위원 중 한 명의 반대가 극심하였단다. 누군가 당진에 사는 사람이 당진의 볏가릿대 거북놀이는 과거에 없던 것을 만든 것이라고 심사위원들에게 항의를 했다는 것이다. 그래서 주민들이 그 제보자에게 가서 항의하였으나 이미 엎질러진 물이라서 다시 담을 수 없는 상황이었다. 그 사람은 당진에서 살지 못하고 외지로 이사를 가버렸다. 그 일로 이사를 갔는지는 몰라도 지금은 당진에 살지 않는다. 공연 연출부분에서 자신이 배척된 것에 불만을 품고 의도적으로 애를 먹인 것이었다.

'만약에 그가 훼방을 놓지 않았다면 가학리 볏가릿대 거북놀이는 대통령상을 수상하였고 지금은 어엿한 문화재로 등재되어 당진의 전통문화로 자리 잡아 계승되고 있을 텐데.' 하는 아쉬움이 매우 크다. 지금은 이렇게 됐지만 이 후에 한 번 더 한국민속예술제에 출품하면 어떨까 하는 심정이며, 우리의 전통문화로서 계속 전승되어야 한다고 본다.

■ 문예의 전당 건립

내가 문화공보실장으로 발령 나기 전 '문예의 전당' 건립 추진이 확정되었고 2001년부터 시작되었다. 문제는 당초 300억 원으로 잡힌 사업비가 140억 원부터 시작됐다는 점이다. 사업비가 너무 많다는 의견이 있었고 지하 주차장이 계획되어 있었는데 사업비 과다라는 판정을 받아 지하주차장 조성 계획이 취소된 것이다. 이미 사업비가 확정돼 지하주차장을 다시 추진할 수는 없었다.

문화공보실은 사업비의 예산과 총괄업무를 맡고, 재무과 영선 팀이 공사감독을 하였다. 문제는 사업비였다. 땅값정산이 안 된 상태였는데 도시과에서 구획정리 사업을 하면서 문예의 전당에 평당 170만원 정도로 정산을 한 탓에 토지 값만 갑자기 50억원이 늘어 버렸다. 50억원을 어떻게 충당해야 하나 고민하던 중 수리박물관 때문에 문화관광부에 다녔던 터라 다시 한 번 문화관광부를 찾아가 담당 서기관에게 사정하여 국비 10억원을 확보하였다.

그럼에도 군비 부담이 워낙 커 군 의원들의 동의를 받기가 쉽지 않았다. 모든 군 의원들이 반대하는 입장이었다. 수 없이 각개전투를 벌였다. 김용원 팀장, 업무 담당자 강태순 씨와 저녁에 각 의원 집을 방문하여 설득 작전을 폈다. 고인이 되신 대호지 남기호 의원 댁을 찾아갔는데 마침 의원께서 혼자 계셨다. 사모님이 안 계셔 양주 한 병에 김치를 안주삼아 둘이서 한 병을 다 마셔 버렸다. 두 시간 정도 이야기를 나눴는데 나중에 의원께서 "그래, 해야지 어쩌나."라고 반대하지 않겠다는 약속을 해주었다. 이런 방식으로 의원들을 설득해서 여러 번 부족 예산을 세워서 마무리하게 되었다.

문예의 전당 설비에 필요한 기자재를 구입하고 운영직원을 뽑아야 하는 등의 과정에 대한 전문가들의 자문을 얻기 위해 서울 예술의전당과 2003년 10월에 개관한 대전예술의 전당을 다녔다. 내부 기자재 설계서를 보니 내역이 전부 영어로 되어 있어 이것이 맞는지 틀리는지를 알지를 못했다. 심지어는 감리사도 무슨 말인지 모른다고 하였다.

사업비에 맞추어 설계를 하다 보니 예를 들어 마이크가 10개가 필요하다면 반도 안 되는 숫자로 내역을 꾸며 놓았다. 모든 내역이 그렇게 되었으니 사업비 부족은 말할 것도 없고 이동식 무대도 예산을 확보해야 되는데, 예산이 없어 피트를 덮은 다음에 나중에 예산을 확보하여 추진해야 하나 고민이 이만 저만이 아니었다.

서울 예술의 전당에 가서 무대 감독, 조명감독, 음향감독 등을 전부 만나봤다. 무대 감독 밑에는 약 70명이 근무한다 하니 그 규모가 얼마나 대단한지 알 수 있다. 당시 순수 국내 뮤지컬 '토스카'를 100억원을 들여 무대에 올렸는데 대 성공을 하였다고 무대감독의 자랑이 대단했다. 그때 음향감독이 하는 말이 무선마이크를 사용해야 하는데 예를 들어 다이나믹 마이크가 똑같은 게 5만원짜리부터 3백만원짜리까지 다양한데, 그것을 공무원들이 어떻게 구별할 것이며 모든 기계의 성능 점검을 해야 한다고 하는데 눈앞이 깜깜해 할 말이 없었다.

그래서 우리의 고충을 이야기하고 설계 내역이 맞는 것인지 자문을 받고 각 설비를 운영하는 방법, 개관에 맞추어 역으로 계산해 직원을 채용하는 방법 등에 대하여 많은 자문을 받았다. 대전 예술의 전당에 가보니 초대 관장이 서울 예술의 전당에서 스카우트 된 인물이었다. 그가 우리에게 자세히 설명해 주었다. 그는 운영, 무대, 조명, 음향 감독을 미리 채용하여 사전에 준비토록 권유하였다. 2005년 5월에 개관 했으니까 내가 한 일은 문화공보실장 재직 시 개관준비단계까지였고 그때 감독들을 채용까지 했었다.

■ 두견주 복원

두견주 기능 보유자인 박승규 씨가 돌아가시고 난 뒤 수년 동안 두견주를 생산하지 못해 명맥이 끊겼다. 후계자는 고 박승규 씨 부인으로 지명이 되어있는데 부인은 서울에 거주하고 있고 양조장은 경매로 넘어간 상태였기 때문에 두견주를 생산할 수 없었다. 그래서 경매 낙찰자와 박승규 씨 부인과 합작으로 두견주 복원사업을 하면 되겠다 싶어 부인에게 수차례 내려오라고 하여 절충을 해보았으나 번번이 실패하였다.

부인은 자신이 후계자로 등록돼 있어 두견주를 자신만 생산할 수 있기 때문에 본인만 권한을 가져야 한다고 주장하였다. 그때 기억으로는 이익금의 50%를 주장하였던 것 같다. 반면 양조장 경매 낙찰자는 양조장 소유주가 자신이고, 자비로 생산을 해야 하기 때문에 7대 3정도의 배분을 주장하였다. 수차례 만남을 갖고 절충을 시도해 보았지만 결국은 합의점을 찾는데 실패하였다. 실패를 하였어도 무슨 방법을 찾아보기 위해 문화재청을 방문해 무형문화재과장을 만났다. 당진의 두견주가 기능보유자의 사망으로 생산을 못하고 있으니 문화재청이 도움을 달라고 하였다. 재생산을 할 수 있도록 도와주고 방법도 알려 달라고 하였다.

문화재청 문화재위원회의 무형문화재 분과위원인 주종재 군산대 교수가 술에 대하여 담당을 하니 주종재 교수와 협의를 하라고 무형문화재과장이 일러주었다. 그래서 군산대를 두 번이나 찾아갔다.

주 교수는 당진에 두견주 맛을 테스트하러 직접 왔다. 두견주 공장은 이미 문을 닫아 두견주가 없었고 면천에서 그래도 두견주를 제일 잘 담는다고 알려진 유창환 전 군 의원 댁에 미리 얘기를 해보니 사모님이 담가둔 두견주가 있었다. 유창환 전 군수 댁으로 두견주 양조장에서 공장장을 했던 송화석 씨를 오라고 했다. 아무래도 공장장을 했으니까 전문성이 있고 주종재 교수와 대화가 되리라 생각해서 불렀다.

호출을 받고 온 송화석 씨도 보관 중인 두견주 한 병을 가지고 왔다. 그것이 화근일 줄을 모르고 말이다. 주 교수는 유창환 댁의 두견주 맛을 보더니 아무 말이 없었다. 그리고 두견주 공장에서 생산한 두견주 맛을 보더니 "무슨 맛이 이러느냐?"고 했다. 내가 마셔보니 보관한 지 오래 되어 산화된 상태였다. 유창환 댁의 두견주 맛과 공장 두견주 맛이 큰 차이를 보였다. 주 교수는 "그래도 국가지정 문화재인데 이렇게 맛이 달라서 되겠느냐?"라고 부정적 말을 건넸다. 가용주이기 때문에 그렇다고 아무리 설명해도 소용없었다. 두견주는 동동주여서 제조한 지 오래 되면 산화하기 때문에 시어버리고 만다.

그러니까 주종재 교수가 말하기를 "국가지정 문화재 술이 일정한 도수가 없어서야 되겠냐?"는 것이다. 주 교수는 "앞으로 두견주도 도수를 지정하여야 한다. 그리고 시는 것을 방지하기 위하여 18도 정도로 도수를 올려야 한다."라고 의견을 피력하였다. 참고로 국가지정 문화재 술은 전국에 세 가지 밖에 없다. 그 것은 당진 면천 두견주와 경주 법주, 문배주이다. 나머지는 지방문화재로 지정되어 있다. 두견주가 국가지정 문화재로 알아주는 술이라고 자랑스럽게 홍보해야 된다.

주종재 교수로부터 보기 좋게 퇴자를 맞고 용역을 시작하게 됐다. 당진군이 용역을 발주해 두견주 기준을 다시 설정하겠다는 의지를 피력했고, 기능보유자를 개인으로 지정하다 보니 문제점이 많다는 이야기도 나왔다.

그러나 무형문화재과장은 관련법에 '음식과 관련된 무형문화재의 전승자는 한 사람으로 되어 있기 때문에 집단의 마을이나 여러 사람으로 지정할 수는 없다.'는 입장을 보였다. 서로 옥신각신 다투다가 용역에 그런 문제점을 지적하고 해결 방안을 삽입해 문화재청에 제출하겠으니 법령을 바꾸어 달라고 요구했다. 그래서 긍정적 의견을 얻어냈다. 과장은 용역을 잘 추진하고 제시했던 내용을 삽입해 제출하라고 허락했다.

두견주가 옛날보다 좀 독해졌다고들 하는데 도수를 18도까지 끌어올렸기 때문이다. 도수를 올린 만큼 보관 기간도 좀 길어졌다. 내가 도로교통과장으로 자리를 옮긴 후 면천에서 집단으로 기능보유자 지정을 받았다. 당진군의 용역결과를 받기 전에 문화재청이 법을 개정하였단다. 아마 지방자치단체의 건의를 토대로 법을 바꾸면 체면이 깎인다고 생각했는지 문화재청은 미리 스스로 법을 개정하였다.

두견주는 진달래꽃을 넣어 술을 담는 방법을 쓰는데 술을 담을 때 꽃의 수술은 넣지 않고 담는다. 수술을 넣고 담으면 독주가 되어 사람이 사망할 수도 있다. 아마 복지겸의 딸 영랑이 아버지에게 담아 주어 아버지를 병에서 낫게 했다는 두견주는 수술을 넣고 담지 않았나 생각된다. 조금 마시고 병이 나은 독주가 약주가 되었기 때문일 것이다.

■ 김대건 신부 생가 복원

과거 솔뫼에는 '김대건 신부 생가터'라는 표시만 되어 있었고 연수원 식으로 콘크리트 구조물이 한 동 있을 뿐이었다. 김대건 신부 생가 복원비 5억원의 사업비를 세워 놓았지만 복원의 근거가 될 자료가 없어 건축을 착공하지 못했다. 문화재를 복원하려면 과거 모습을 담은

솔뫼성지 김대건 신부 생가

사진이나 고증자료가 있어야 하고 문화재 심의 위원회의 심의 결정이 있어야 한다. 김대건 신부의 생가 복원도 문화재 심의 위원회에서 통과를 받아야 하는데 관련 근거가 없어 난감했다. 우리가 고증할 능력도 없고 또한 용역비도 없었다.

그래서 솔뫼성당 윤인규 신부의 고생이 많았다. 우강면 관내 고령자들의 고증으로 김대건 신부 집이 기와집이었다는 사실을 파악했고, 충청도 당진지역의 조선후기 기와집 건축양식을 원용하여 윤인규 신부가 복원에 착수할 만한 고증을 해냈다. 윤인규 신부는 '聖 김대건 신부 生家址와 生家 고증'이라는 학술 논문을 펴내어 충남도문화재심의위원회의 심의를 얻고 생가를 복원할 수 있게 했다. 사업비가 5억원에 그쳐 생가 전부를 복원하지는 못하고 본채만 복원하였다. 사랑채, 행랑채, 대문 등의 나머지 부속건물도 조속히 복원을 마무리하여야 한다. 본래 계획서에는 전체를 복원하는 것으로 구상됐지만 여러 여건상 우선 본채만 복원하게 됐다.

생가만 복원한다고 해서 솔뫼 성역화 사업이 마무리되는 것은 아니다. 전시관, 사제관 등의 건립과 운영에 대한 계획을 종합적으로 수립하여야 하는데 당시에는 솔뫼 정문이 옆으로 나 있었다. 그래서 윤인규 신부에게 성역화 사업을 하려면 옆으로 난 문을 없애고 콘크리트로 된 수련관을 철거해 아래에서 위로 들어갈 수 있도록 구조를 변경해야 한다고 강력히 주장하였다. 윤인규 신부와 논의하였던 전체 성역화 평면도에는 지금의 야외공연장인 '아레나'가 현 사제관 쪽으로 계획되었는데 계획서와 다르게 성역화 중앙에 자리 잡고 있어 아쉬움이 남는다. 이곳을 중앙 통로로 했으면 성지가 전체적으로 좀 더 웅장하지 않았을까 한다.

생가 복원과 전시관 건립으로 방문객이 1년에 6만 명에서 30만 명 이상으로 늘었다고 하니 당진 관광 활성화에 일조를 한 셈이다. 전시관 건립은 김대중 대통령 재임 시 특별교부세 10억원을 받아 추진하였다. 김동완 국회의원이 청와대 비서관으로 재임 시에 추진한 사항으로서 김명선 군의원 등 몇 명이 적극 나섰다. 청와대를 찾아가서 5억원의 특별교부세를 신청했는데 나중에 김동완 비서관이 김대중 대통령

솔뫼성지 전시관

에게 보고하여 10억을 내려 보내 추진하게 됐다. 그리고 천주교 대전 교구에서 자부담을 하여 건립토록 하였기 때문에 민간자본보조사업비를 솔뫼에 주어 건립하게 되었다.

기념관 건물의 모습은 의미가 있다. 2006년 개관한 제주도 '김대건 신부 표착기념 박물관'도 라파엘호의 모습을 본떠 건축하였듯이 김대건 신부 기념관 바닥의 물은 서해를 상징한다. 그리고 기념관 통로는 멀리 하늘로 두 평행선이 그어지는데 이는 김대건 신부의 미래를 내다보는 정신을 뜻한다. 이 지면을 통하여 솔뫼에서 두 번씩이나 근무를 하셨고 솔뫼 성역화에 헌신을 아끼지 않으셨던 윤인규 신부께 감사의 마음을 전한다.

■ 함상공원 감사

2001년도 감사원 정기감사를 보름동안 받았는데 주상무라는 감사관이 함상공원 한 가지만 보름동안 집중감사를 했다. '주식회사였던 함상공원은 공공기관이나 공기업이 아니기 때문에 공유수면 점사용료를 내야 하는데 왜 내지 않느냐'가 관점이었다. 관련법에는 분명히 내도록 되어있다. 사용료를 계산해보면 2000년 9월부터 계산하여 평가가격은 인근 지선에 준하여 정하도록 법에 명시되어 있었다. 그 지선이 삽교호 임시상가들이 장사하던 곳이라 평당 60만 원이 넘었다. 점유 사용료를 소급 적용하면 3억 원이 넘는 금액이었다.

그래서 감사관에게 "지금 함상공원이 발족도 못했는데 사용료를 부과 받으면 개관도 못 한다."라고 사정했지만 받아들여지지 않았다. 나와 주상무 감사관의 말다툼이 많았는데 감사관에게 "만약에 점사용료를 부과하게 만들면 군함 2척을 해체하여 감사원 정문 앞에다 팽개쳐 버리겠다."고 엄포를 놨다. "내가 신평면장 때 함상공원에 주민 200명에게 주식투자를 하라고 한 장본인인데 개관도 못하고 망하게 됐으니 200명을 동원하여 군함을 감사원 앞에다 버릴 테니 감사원이 이기나 주민이 이기나 해보자."고 했다. 내가 너무 강력하게 나가니까 감사관이 나를 달래기 시작했다. "법이 그렇게 되었으니 나도 어떻게 할 도리가 없다."며 이해해달라고 사정을 하였다.

그 감사관은 군청에서 보름간 감사를 하고난 후 충남도 정책관실을 3개월간 감사를 하였다. 본래 함상공원 관련 업무를 도청 정책관실에서 취급했기 때문에 감사를 한 것인데 일반 직원들에게는 책임을 묻지 않고 도청 기획정책실장만 징계를 주었다. 감사원에서 해양수산부 본부를 통하여 인천지방해운항만청으로 점사용료 부과 지시가 떨어졌다. 그 때는 평택 지방해운항만청이 생기기 전이어서 인천청에서 당진 지역을 관할하였다. 직원들과 함께 몇 차례 인천청을 방문해 사정을 해봤지만 담당자는 "감사원에서 본부를 통하여 인천청까지 내려 왔는데 처리를 안 하면 자기들은 직무유기로 징계를 받는다."며 이해해달라고 오히려 사정을 했다.

그래서 한 번 다른 방법을 강구해 보자고 제의를 하여 감면 조항을 적용하기 시작했다. 점사용료는 지선 토지를 적용하도록 되어있는데 위에서 함상공원 지선이 임시상가 자리여서 사용료가 높게 평가됐다. 그래서 개발이 안 된 논으로 지선 토지를 정하도록 했다. 그러니까 점사용료가 대폭 감면이 되었다. 3억 원에 이르던 사용료가 3백만원으로 감액되어 납부를 할 수 있었다. 아마 감액이 안 된 금액으로 계속 납부하였으면 함상공원은 흑자를 한 번도 내지 못했을 것이다.

인천청을 다니다 보니 그쪽 직원들 눈에 우리가 측은해 보였던 모양이었다. 업무 담당 직원이 "본부 연안계획과에 가면 좋은 것이 있으니 가보라."고 하였다. 그래서 곧바로 해수부 연안계획과를 찾아갔다. 김유진 팀장과 연안계획과를 방문했는데 박모·황모 두 명의 사무관이 있는데 김유진 팀장과 박 사무관이 잘 아는 사이였다. 김유진 팀장이 난지도 청소년 수련원에 있을 때 박 사무관이 난지도에 와서 같이 술자리를 하면서 알게 된 사이였다. 잘되었다 싶어 당진 연안 정비사업에 대하여 건의를 하였는데 이미 연안정비 10개년 계획이 끝난 상태였다. 장관 결재까지 나서 책으로 인쇄한 상태인지라 뭐라 말할 수 없었다. 당진이 한 건도 안 들어갔으니 한 건만이라도 계획서에 포함시켜 달라고 사정을 하여 받아 주는 것으로 허락을 얻었다.

그 한 건이 삽교천 친수공간 사업으로 함상공원 옆에 약 1만평의 공원을 만든 사업이다. 군에서 작성한 연안정비계획서가 도를 경유하여 해수부까지 올라가 연안정비 10개년 계획에 포함되었고, 10개년 계획 첫해에 전국 15개소 정도가 확정이 되었는데 충남에서는 당진 한 곳만 국비지원 등 70억 사업으로 선정되었다. 어찌 보면 무에서 유를 창조한 셈이다. 전국을 대상으로 전문가들의 현장 실사가 있었고, 친수 공간 조성 사업으로는 전국 최초로 선정된 것이다.

■ 내포에 대하여

충남도청이전신도시를 내포신도시라고 부르고, 매년 홍성에서는 내포문화제가 개최된다. '내포'라는 말을 자기들 마음대로 쓰고 있다. 내포라는 말은 바다가 육지에 들어온 지역이라는 의미이다. 이중환의 택리지(擇里志)의 팔도총론(八道總論)에 보면 내포에 대해 '충청도에서는 내포(內浦)가 가장 좋다. 경기도 바닷가 고을과 큰 못 하나를 사이에 두고 있으니 곧 서해가 쑥 들어온 곳이다. 그 가운데 유궁진(由宮津)인 가야산 앞뒤 10고을(면천, 당진, 예산, 홍주, 덕산, 신창, 태안, 서산, 결성, 해미)을 내포라 한다. 땅이 기름지고 평평하다. 생선과 소금이 매우 흔하므로 부자가 많고 여러 대를 이어 사는 사대부 집이 많다.'라고 기술돼 있다.

여러 시 · 군에 걸쳐있는 내포를 어느 한 지역이 명칭으로 사용하며 자신들만의 내포인 것처럼 쓰면 어불성설이다. 홍성 남당리에서 대하축제와 새조개 축제를 하고 있다. 자연산 대하는 원래 태안 백사장 채석포가 집산지였고, 새조개는 서산 간월도가 원산지이다. 타 시 · 군의 해산물을 자기들 앞바다에서 잡는 양 축제를 선점한 것이다. 여기서 재미를 톡톡히 봐서 그런지 축제 명칭도 '내포축제'라고 만들어 개최하고 있다.

내가 문화공보실장을 할 때 홍성군이 내포축제를 만든다고 하기에 군청으로 전화를 걸어 강력 항의했고, 예산군 담당 과장에게도 전화를 걸어 예산군도 항의하도록 했는데 홍성군은 이에 아랑곳하지 않고 내포축제를 만들었다. 내포에 대하여는 내포지역에 포함된 시 · 군이 모여 장기적인 시각으로 함께 발전할 수 있는 방안을 만드는데 머리를 맞대야 할 것이다.

■ 내포지역의 불상

내포지역의 불상을 보면 세밀하고 섬세한 신라 석굴암의 불상이나 금동미륵보살 반가사유상과는 아주 다른 이웃집 아저씨 같은 얼굴을 하고 있다. 서산의 마애삼존불이 그렇고, 태안의 마애삼존불도 그렇다. 또한 보물 100호인 당진 안국사지 석조여래삼존입상도 그렇다. 특히 서산 마애삼존불은 '백제의 미소'라는 별칭으로 불리고 있다. 어찌 보면 천진난만하고 푸근한 모습을 보인다. 백제 시대의 우리 지역의 정서를 잘 살려내고 있고 그 때의 삶의 본질을 볼 수 있다.

이렇듯 불상에도 그 당시의 지역 문화가 녹아있다고 보아야 할 것이다. 내포지역은 이중환의 택리지에서도 언급했듯이 해산물이 풍부하고 평야지대여서 먹고사는 데는 지장이 없었다. 구만리 보의 십장 둘째 아들이 말했듯이 하루에 메기 8가마니를 잡았다니 얼마나 수산물이 풍부했겠는지 상상이 된다. 그렇기 때문에 청풍명월 양반의 고장이라고 불리었고 사람을 대하는데 다른 지역보다는 여유가 있었고 인심이 좋았다. 그래서 불상에도 그런 여유와 인심이 그대로 표현되어 있고, 이웃집 아저씨가 웃는 듯 아름다운 미소가 불상에 반영되지 않았나 한다.

가야산을 등산할 때 예산 상가리에서 출발하기도 하지만 서산 마애삼존불 입구에서 출발해 수정봉-옥양봉-석문봉-일락봉-개심사 뒤로 이

서산마애삼존불상   태안마애삼존불상   당진안국사지삼존불상

어지는 코스를 자주 이용한다. 갈 때마다 마애삼존불 미소를 보면서 그 때의 여유를 느낀다. 나도 내포지역에서 나고 자란 사람으로 내포에 대한 깊은 애정을 갖고 있다. 내포지역의 모든 것이 사랑스럽다.

내포 지역은 충신, 열사, 선각자가 많았다. 위에서 언급했듯이 먹고 사는데 지장이 없었기 때문이다. 내가 평민이어도 먹고 사는 데는 지장이 없었기 때문에 내 자식은 공부를 시키려는 열망이 있었고 또 그렇게 실천을 많이 했었던 모양이다. 내가 어릴 적에 동네마다 서당이 있어서 동네 형들이 서당을 다녔던 생각이 난다. 대표적 선각자인 김대건 신부가 사회 개혁을 위해서 마카오로 간 사례이다. 또한 추사 김정희 선생, 매헌 윤봉길 의사, 만해 한용운 선생, 백야 김좌진 장군 등이 내포에서 배출된 인물들이다.

어릴 때 공부를 하다 이상과 현실의 괴리를 알게 되며, 그것을 타파해 보자는 열망이 싹 텄을 것이고, 국가의 안위를 위해서 몸을 바치고자하는 국가관이 싹 텄을 것이다. 대한민국 역사에 길이 남을 유명한 선각자와 충신, 열사들이 많이 배출된 이유가 풍요로운 고장이었기 때문이고 이러한 고장인 내포의 자랑거리이다.

도로교통과장이 되어

■ 가로등 수선 기사 사망 사건

당시 가로등은 거의 매일 수리할 대상이 있었고 실제로 거의 매일 수리가 이루어졌다. 일명 박아지 차라고 불리는 고소작업차를 군이 보유하고 있었고 수선 기능직이 일을 수행하고 있었다. 하루는 가로등 수리작업 중 고소차 연결핀이 부러지면서 박스에서 일하던 직원이 추락하면서 모서리에 머리를 부딪쳐 사망한 사건이 일어났다. 사고 발생 직후 관내 백병원으로 가니까 담당의사가 좀 더 지켜봐야 한다기에 느낌이 좋지 않아 가족들에게 "빨리 큰 병원으로 가는 것이 좋을 듯하다."고 하여 인천 길병원으로 후송하였다.

결국은 직원이 사망하였는데 정규직공무원 같으면 공무상 재해로 혜택을 받을 텐데 공무원이 아니라 보험 가입에 따라 배상이 결정됐다. 그런데 확인을 해보니까 자치행정과 인사팀에서 위생종목으로 보험을 들어 두어 보상액이 1/2정도밖에 안 된다는 것이다. 인사팀에서 위험업무 종사자들에게 세부적으로 보험을 들었어야 했는데 몰라서 그렇게 했는지 전부 위생으로 보험에 가입해 문제가 되었다. 천안 근로복지공단 이사장을 수차례 만나 애로사항을 이야기하고 해결방법을 찾아달라고 사정하여 극적으로 해결하였다.

그래서 직원부인에게 매월 연금으로 받도록 해 주었다. 사망에 따른 보상을 해주어야 하는데 회사 등을 알아보니까 많이 준 금액이 1억원 정도였으나 호프만 식으로 설정하여 1억 9800만원을 받을 수 있게 해 주었다.

행정을 하다보면 별의별 경험을 하지만 공직생활을 하면서 이런 경험은 처음이었다. 내 가족, 내 친구가 그런 일을 당했다는 상황을 생각하고 일 처리를 하면 보다 원활하게 일을 처리하지 않았을까 싶은 마음이다.

위와 같은 사건처리를 해야 할 상황을 대비해 경험이 되도록 자세히 적어본다. 장례식을 마치고 사건처리를 해야 하기 때문에 가로등 수선 차량을 보려고 하니까, 그 차량은 이미 제작자인 공주 소재 동해기계항공 공장으로 보내졌다. 그 소리를 듣고 뒤로 넘어질 뻔했다. 어떻게 사고 난 차량을 그 회사로 보낸다는 생각을 한 것인지, 도저히 이해가 안 되는 일이 벌어진 것이다. 그때의 심정은 뭐라 표현할 수가 없었다.

예상대로 차량을 받은 동해기계항공은 당진군에서 문제를 제기할 것으로 판단하고 만반의 준비를 하였다. 당초 그 차량은 조달청을 통해 구입했다. 그래서 조달청에게 이 사건을 해결하라고 압력을 넣어 조달청 담당 서기관이 수차례 차량 제조업체와의 협상 주선을 해주었으나 업체는 5000만원만 보상해 준다는 것이다. 내가 조건에 응하지 않자 담당서기관이 회사 사장을 데리고 우리 사무실로 왔는데, 동해기계항공 회사에서 동 차량에 대한 분석서류를 책자로 만들어 나에게 주면서 '자신들은 잘못이 없다', '당진군이 차량관리를 잘못하여 사고가 일어난 것' 이라고 주장했다. 그 근거는 이 책에 있다는 것이다. 다만 도의적 책임을 지고 5000만원을 보상해준다는 것이다.

그 책을 보면서 어떻게 사고가 난 차량을 회사로 보냈을까? 아무리 생각해도 이해가 안 되는 일이 내 사무실에서 일어났다는 것이 믿어지지 않았다. 제조물 책임법에 대해 이야기하여도 소용없었다. 제조물 책임법 제 3조에 '제조업자는 제조물의 결함으로 인하여 생명, 신체 또는 재산에 손해를 입은 자에게 그 손해를 배상하여야 한다.'는 조항이 있다. 치열한 다툼이 있었지만 해결되지 않았다. "당진군도 유족에게 2억원을 주었는데 5000만원 같으면 얘기할 것 없다."고 강력하게 이야기 했지만 사장은 "그 이상은 못해준다."고 버텼다. 그래서 사장에게 "당신이 정 그렇게 나오면 구상권 청구 소송을 하겠다."라고 해서 결론을 맺었다.

사고차량을 분석한 책자는 온통 전문 용어로 기록돼 있어 우리가 내용을 이해할 수 없었다. 그래서 관련학회 등 전문가들의 자문을 얻어 구상권 소송을 진행하게 됐다. 그 무렵 나는 교통·새마을 과장에서 의회사무과장으로 발령을 받았다. 떠나면서 담당자에게 "이 소송은 져도 좋으니까 절대 포기하지 말고, 만약에 법원에서 조정이 있어도 절대 응하지 말라."고 신신당부 하였다. 수년에 걸쳐 소송이 진행되었고 나중에 담당자들에게 들었는데 1억원을 배상하는 것으로 판결이 났다고 한다.

직원의 사망 사건은 전혀 생각지 못했던 일이고, 그 처리 과정을 한참 지난 다음 혼자 생각해 보니 일련의 일들이 주마등같이 지나갔다. 이 지면을 빌어 유족들에게 죄송하다는 말을 드리며, 재삼 고인의 명복을 빈다.

■ 어머님을 모시기 위해 집을 짓다

아버지께서 돌아가신 후 어머니가 갑자기 쇠약해지시더니 치매를 앓기 시작하였다. 그래서 천안 단국대병원에 모시고 가서 신경과장에게 진찰을 받아보니, 치매에 대하여 별다른 전문성이 없었다. 그래서 충남북 치매거점병원으로 지정된 충남대병원으로 모시고 갔다. 충남대에서 진료를 받고 당진의 모 신경과 병원을 소개받아 약을 처방 받았는데, 그 약을 어머니가 복용하더니 깔아지시는 것이다. 투약을 중단하니까 괜찮아졌다. 신경과에 모시고 가 진찰을 받고 다시 약을 처방받아 복용하니 어머니는 다시 깔아지셨다.

천안, 대전, 당진을 거쳐 서울 신촌 로터리에 있는 신경과 병원을 찾았다. 그 원장은 연세대 세브란스 병원 신경과장을 했고 아시아 태평양 치매학회 회장을 역임한 분이었다. 그분 이야기가 "충청도에는 치매 전문의가 없어." 하는 것이었다. 치매 전문의는 전국에 약 40여 명이 있는데 다 서울에 있고 부산에 몇 명 있단다. 그 분에게 처방을 받아 약을 드시게 하였더니 깔아지시는 현상은 없었다. 치매는 치료법이 아직 없고 더 이상 진행이 되지 않게 한다고 하였다. 내게 술을 마시냐고 묻기에 어울릴 정도로 마시는 편이라고 하니까 예순살 정도 되면 치매 전문의에게 치매 진단을 받아보라는 것이다. 치매전문의가 보면

'치매가 올 사람인지 안 올 사람인지'를 알 수 있다고 한다.

치매가 올 것 같으면 처방받아 약을 꾸준히 복용하면 죽을 때까지 치매가 안 걸린다고 하니 직원들의 가족 등도 나이가 들면 꼭 치매 조사를 받아보길 권하기까지 했다. 어머니를 당진 시내에서 모시기 어렵다고 판단하여 아예 신평 남산리 고향집으로 들어가 모셔야겠다고 집 사람을 설득했다. 그래서 집을 짓게 되었다.

치매에 걸린 어머니를 위해 흙집을 짓자고 결론 내 흙집을 건축하려니까 당진에 흙집 짓는 업자가 없어 안산에 있는 업자와 계약을 하게 되었다. 내가 가설계를 내어 건축을 하는데 이 업자가 기둥만 세워 놓고 손을 떼버렸다. 만나 보니까 돈을 더 달라는 것이다. 일주일 이상 협상을 해도 타협이 되지 않아 그만 두라고 하였다. 그리고 목수 세 명을 고용해 일을 시작했는데 하루 일당이 큰 목수 15만 원, 보조목수 12만 원에 세끼 식사와 담배까지 제공하니 하루 평균 50만 원정도 들어가는데 진도는 나가지 않았다.

3일 만에 그만두라고 하고 내가 직접 나서기 시작했다. 당장 천안 가서 공구부터 구입했다. 에어 컴프레서, 타카총, 커트기, 전기대패, 기계톱, 핸드그라인더 등을 샀는데 80만 원 정도 소요됐다. 약 5개월에 걸쳐 퇴근하면 밤 12시까지 일을 하고, 토요일 일요일 꼬박 일을 하였는데, 어머니가 임시거처에 불편하게 계셔서 겨울이 오기 전에 하루 빨리 모셔야 하는 입장이었다. 겨울이 오면 임시거처에서 계실 수 없는 형편이어서 11월에 현관도 마무리하지 않은 상태에서 신축한 집으로 모셨다. 엉성하기 짝이 없는 상태였지만 어쩔 수 없었다.

내 기와 혼을 모두 투입해 지은 집이어서 어머니가 돌아가신 후에도 당진시내로 나가려 할 때 몹시 갈등이 심했다. 15톤 덤프트럭 열다섯 대 분량의 황토가 들어간 이 집은 나의 노동으로 지었다. 나와 집사람의 인건비 빼고 평당 250만원 정도가 들어갔다. 집에는 30㎝의 통나무 1000여 개가 들어갔는데 통나무가 마르고 흙도 마르니까 사이가 벌어지기 시작했다.

안에서 보면 밖이 훤히 보일 정도였다. 그 사이 사이를 메우는데 누가 알려주는 사람도 없었고 인터넷에도 그런 내용은 없어 스스로 연구해 가며 메우는데 3개월이 걸렸다.

사람에게는 황토집이 좋다. 흙으로 쌓은 집이라 실내 온도가 항상 일정하게 유지되기 때문이다. 어머니가 살아계실 때 치매여서 냄새가 나니까 아침마다 목욕을 해드리는데 겨울에도 감기 한 번 걸리지 않았다. 한번은 대전 동생이 어머니 돌아가시기 전에 한번 모시고 싶다고 하여 대전으로 모셔갔는데, 이틀 만에 병원에 입원하여 신평으로 다시 모셔온 적이 있다. 그 집에서 어머니가 돌아가시기 전까지 5년을 모셨다.

3부

당진 발전의 청사진

지역경제과장이 되어

■ 당진 전통시장 현대화 사업

전통시장 정비는 오래 전부터 당진의 숙원사업이었고 민선군수의 공약사항이었다. 2007년 지역경제 과장으로 발령을 받고 보니 제일 급선무가 당진 전통시장 재개발사업(시장을 매각하여 조합에서 직접 개발하는 사업)이었다. 군이 오래 전부터 심혈을 기울였지만 시장 재개발사업은 전국에서 사례가 없었고, 그나마 법령의 제한에 발목이 잡혀 추진을 하지 못한 상태였다. 전통시장 정비에 대하여 자세히 알아본 뒤에 지인의 소개로 중소기업청 시장지원과장을 면담했는데 그분 설명으로는 '왜 못하느냐. 가능하다.'는 이야기였다.

그는 자신이 전국 전통시장의 불합리성을 파악하고 전통시장 및 상점가 육성을 위한 특별법을 만들었노라고 역설하였다. 과거는 일반법이었는데, 전통시장의 쇠퇴를 막아보자고 대통령에게 직접 보고하여 특별법을 만들었고 그 취지가 법령에 있다는 것이다. 그 분의 설명을 듣고 "그러면 당진군에서 재개발 가능성 질의를 하면 할 수 있다는 답변을 줄 수 있느냐?"고 하니까 "줄 수 있다."고 하였다. 그래서 정식 공문으로 질의를 하여 답변을 받았는데 '재개발이 가능하기는 하나 시장·군수가 판단해서 하라.'는 내용이었다. 만약 책임소재가 따르면 자신들은 쏙 빠지고 당진군수가 책임을 져야 한다는 결론이었다.

해당 법령을 애매모호하게 개정하여 명확한 결론을 낼 수가 없었다. 그 공문을 받고 직원들과 숙의하여 일단은 한 번 해보자하는 마음으로 당진전통시장에 공문을 보냈다. 내용은 사업계획서, 입점상인 동의서 등 8가지에 대하여 조건을 첨부하였다. 재개발을 바로 승인해 준다는 것이 아니고 그 조건을 충족하면 검토하여 처리하겠다는 내용이었다. 전통시장에 가서 수차례 설명회를 가졌으나 사업추진이 지지부진하였고 주민동의도 제대로 되지 않았다. 입점상인들이 200여 명이 넘었는데 재개발에 대한 찬성과 반대가 반반이었다.

상인들의 동의가 안 되니까 재개발 추진위원장이 사퇴를 하게 되었다. 이렇게 끌다가는 아무것도 안 될 것이라고 판단하였다. 그러던 차에 2008년 말에 중기청에서 시행하는 전통시장 현대화사업 지원액이 과거 50억~60억원 정도이던 것을 현실화해서 200억원까지 가능하다는 이야기를 전해 듣고 바로 중기청에 시장현대화 사업을 신청하였다. 200억원 정도면 재개발로 하나 현대화로 하나 전통시장을 탈바꿈할 수 있다고 판단했기 때문이다. 중기청에서 200억원 사업비를 지원받는 것으로 확정이 됐는데 당시 전국 시장경영지원센터 원장의 도움이 컸다. 이 사업은 군이 직접 시행하지 않고 중기청이 시행하면 군은 뒤에서 보조만 해주면 되는 역할이었다.

그리고는 당진을 사업대상지로 확정하고 중기청에 사업착수를 통보했다. 종전에 경북 경산과 전북 군산의 전통시장이 사업대상으로 확정됐고, 충청권에서는 당진이 최초로 선정됐다. 나는 합덕에 '한우 특화거리' 당진에 '수산물 특화거리'를 만들려고 내심 구상하고 있었다.

그러나 현대화 사업도 안 되었고, 재개발도 되지 않아 안타까운 심정이지만 현재 추진 중인 어시장 현대화 사업은 성공적으로 추진되길 바라는 마음 간절하다.

■ 철탑에 관하여

당진화력으로 인하여 전국 최초로 765㎸ 철탑이 설치되는 등 당진 관내에는 철탑이 14개 노선에 총 502개가 설치되어 있다. 철탑에 관하여는 할 이야기가 매우 많은데, 그 이야기를 세세히 한다면 책으로 한 권을 써도 모자랄 것이다. 여기에서는 요점만 정리하고자 한다.

공업계장 시절 당진화력 건설이 한창 진행 중이었고 765㎸ 철탑 노선이 확정되어 추진 중이었다. 한전 직원이 서류를 들고 와서 765철탑 노선을 바꾸어 추진한다고 협의를 해달라는 것이다. 그 노선을 보니까 철탑이 서산, 예산으로 가지 않고 정미면 신당진 변전소 쪽에서 송악 한진을 거쳐 평택으로 나가는 방향이었다. 한전 사장이 바뀌면서 "왜 765철탑이 충북을 거쳐 서울로 오게 만드나? 당진에서 직접 서울 쪽으로 오도록 하라."는 지시를 받았다는 것이다. 직접 연결시키면 그때 사업비로 약 400억원이 절약된다는 것이다.

그래서 "당진군의 정 가운데로 고압선과 철탑이 지나가면 장차 당진은 아무 것도 못하기 때문에 못 받아 준다."고 하니까, 한전 직원이 "서

철탑선로

류 자체를 안 받아주면 자신은 직장을 그만 두어야 한다."고 통사정을
하였다. 내가 "당신 그만두는 것하고 나하고 무슨 상관이 있느냐? 만
약 내가 그 안을 받아주면 주민들에게 쫓겨나고 내가 직장을 그만두어
야 한다."라고 응대해 결국은 받아주지 않았고 당초 노선대로 가도록
했다. 만약에 한진을 거쳐 갔으면 당진의 개발 구상이 상당이 바뀌었
을 것이다.

또한 현재의 신서산 변전소가 당초에는 면천면 율사리에 계획돼있
었다. 면천에서 신서산으로 옮기는데 상당히 노력을 많이 했다. 노선
을 급격히 바꾸는 것은 어렵지만 면천과 서산은 산 능선 차이이기 때
문에 송변소 건설처 직원들을 설득하여 어렵게 서산으로 넘겨버렸다.

지역경제과장으로 오니까 2005년도 1월에 정미면 신당진 변전소에서 아산으로 나가는 345㎸ 철탑 노선이 확정되어 정미, 면천, 순성, 신평, 우강주민들의 민원이 제기되었고 주민들의 반발로 해결의 기미가 없었다.

이에 대하여 고심하다가 문득 '과연 당진에는 앞으로 얼마나 많은 철탑이 들어서야 하는지?' 의문이 들었다. 그래서 당진군의 산업단지, 도시개발 등 개발계획 등 상세 자료를 한전에 건네주고 앞으로 당진군 관내에 철탑이 어떻게 들어와야 하는지 서류로 회신해 달라고 부탁을 하였다. 한전에서 받아보니까 정미면 신당진 변전소에서 이미 계획된 아산 신탕정 변전소까지 345㎸ 철탑이 세워져야 하는 것은 물론, 황해자유구역으로 154㎸철탑이 가야하고, 또 동부제철 산업단지로 345㎸철탑, 송산 2산단에 154㎸철탑, 석문국가 산업단지에도 154㎸ 철탑이 가야하는 상황이었다.

정미면 신당진 변전소에서 5개의 철탑 노선이 신규로 설치되어야 하니 철탑수가 현재와 같은 수인 약 500여 개가 추가로 늘어나게 되니 주민 피해와 민원 발생은 물론 철탑군이라는 오명을 쓰게 되었음은 자명한 일이다.

'이렇게 많은 철탑이 당진에 들어서야 하나?'

'그러면 해결책은 없나?'

이렇게 저렇게 머리를 쓰다가 생각난 것이 '하나로 통일하는 방법은 없을까?'이었다. 현대제철 T/L을 한전에서 인수하여 현대제철에서 GS EPS까지 345㎸로 연결하고, 북당진 변전소를 만들고 이어서 해월로 아산 신탕정 변전소로 보내면 해결될 것이라고 결론을 내고 추진하기 시작하였다. 이런 방법의 구상은 과거 공업계장 시절 발전소 업무뿐만 아니라 철탑민원을 보면서 배운 결과였다.

당시 한전에 건의한 사항을 소개하면, 제목은 '신당진-신온양 T/L 건설 사업 관련 당진군 민원해결을 위한 대안제시'라고 했다. 당진군 제시안 개요는 △현대제철T/L(신당진변전소-현대제철 23㎞, 철탑71기) 기존노선 활용 △현대제철~GS EPS발전소 7㎞구간 345㎸ 송전선로 접속 △GS EPS발전소(북당진변전소 신설)~해월송전선로(서부두)~신온양 변전소 송전 등이었다. 위와 같이 노선 계획도를 만들어 약 2년 이상 한전과 싸움을 이어갔는데 이를 관철하는데 어려움이 무척이나 많았다.

먼저 현대제철 T/L을 한전에서 인수하려면 인수 금액을 산정해야 하는데 현대제철은 금액산정 방법을 감정평가 방법으로, 한전은 감가상각으로 해야 한다고 서로의 의견이 좁혀지지가 않고 평행선만 수개월 째 지루하게 이어갔다. 그래서 고심 끝에 그러면 3개 회사가 균등분할하자고 하였다. 한전과 현대제철의 금액 차이가 약 92억 원 정도였다. 현대제철의 감정평가로 할 때에는 184억 원 정도, 한전의 감가상각으로 하면 약 92억 원 정도였다. 그래서 1/n씩 나누어 한전에서 31억원, 현대제철에서 31억원, GS EPS에서 31억원 공평하게 처리하자고 제의하여 현대제철하고 GS EPS는 협의를 완료하였다. GS와도 황해경제자유구역 송악지구 154㎸, 동부제철 345㎸ 등 인근에 공급할 북당진 변전소 부지를 제공해 주기로 하고 협의를 완료했다. 그 당시 현대제철과 GS-덴DML 협조가 없었더라면 협상이 불가능하였을 것이다.

수개월 전부터 한전 직원들과 수없이 협의를 하였는데, 한전 실무진은 원칙적 합의를 해놓고도 세부 협의를 하는데는 상황을 어렵게 끌고 갔다. 그런데 한전 사장이 김쌍수 씨로 바뀌더니 경영 철학이 바뀌어 인수를 못한다고 태도로 돌변하고 나섰다. 신임 사장은 △한전에서 현대제철 송전선로를 인수하는 것은 당위성이 없다. △현대제철 T/L을 한전에서 인수하여 공용선로로 관리한다면 특혜시비가 있다. △북당진 변전소 신설은 현재노선 필요성이 없다. △한전에서 현대제철 T/L을 인수하고 해월송전선로를 구축하여 신온양 변전소에 송전하는 방법이 한전에는 무슨 혜택이 있는가? △ 또한 해월송전선로에 소요되는 건설 사업비는 누가 부담하는가? 등을 지적하고 나섰다.

LG 출신의 신임 김쌍수 사장은 대내외적으로 한전이 기업이라는 점을 재인식시키며 돈이 들어가는 일은 최대한 억제하라는 방침을 마련해 협상이 이루어지지 못했다. 직원들과는 더 이상 협상이 안 되고 한전 사장을 만나야 대화가 되겠구나 싶어 민ㅇㅇ 군수에게 한전 사장을 좀 만나 대화를 해봐야 할 것 같다고 건의하여 한전사장 면담을 요구하였으나, 사장은 만나주지 않았다. 전무만 시간이 된다하여 김ㅇㅇ 전무를 만나서 한전 직원들하고 협의했던 자료를 주면서 당위성을 설명하였다. 설명을 하였는데 김ㅇㅇ 전무도 같은 이유를 들어 현대제철 T/L을 인수하지 못한다는 것이다. 또한 담당 처장도 동부제철은 자신들이 가져가면 되고 황해경제자유구역은 한전이 설치해주면 된다는 투로 이야기했다.

상황이 이쯤 되면 군수가 목소리를 높이든 설득에 나서든 어떤 조치를 해야 하는데 아무 말도 없이 앉아만 있었다. 그래서 내가 전무와 한판 언쟁을 시작했다. 내가 "전국 지방자치단체 중에 철탑노선에 대하여 대안을 제시한 지방자치단체가 있으면 얘기해 보세요."라고 하니 전무가 없었다고 답변을 하였다. 그래서 내가 "철탑을 설치하지 말라는 것도 아니고, 수백 개의 철탑노선을 단일화하자고 대안을 제시하였고, 한전 직원들도 찬성하여 추진을 하였는데 사장이 바뀌었다고 안 된다고 하는 회사가 국가가 운영하는 회사냐?"고 따졌다. 그러니까 전무가 열받아서 "한전에서 철탑노선을 바꾸어본 역사가 없고 철탑을 못 세워본 적도 없다."고 악담을 하였다. 군수까지 모시고 찾아갔지만 전무의 엉뚱한 답변만 듣고 돌아오게 됐다. 나중에 보니 김 전무가 부사장이 되었는데 2011년 전력대란 사건으로 옷을 벗었다고 들었다.

2009년 4월에 당진군과 한전이 함께 당진군 제시안에 대하여 합동 검증위원회를 발족하게 되었다. 해월 철탑에 대하여 현장답사로 시화호를 다녀오는 등 노력을 하였으나 2009년 7월에 한전에서 당진군 제시노선에 대하여 합동검증 타당성 경과보고서(그 내용은 해월로는 안 된다는 것이었다)를 보내와서 9월에 한전의 타당성 검증 보고서에 대한 당진군 의견서를 책자로 보내줬다. 그 책자를 당시 한광현 에너지팀장이 작성하느라고 고생을 많이 했다. 내용에는 여러 가지가 있으나 생략하기로 하고 결론적으로 당진군 중심부로 철탑이 관통하는 것은 절대 불가하다는 입장을 분명히 밝혔다.

서부두의 해월선로에 대하여 지속적으로 주장하다가 지역경제과에서 총무과로 2010년 1월에 자리를 옮겼다. 그 뒤로 2012년 1월에 경제산업국장으로 와보니 내륙으로 345KV 선로가 확정되어 환경영향평가서 초안이 환경과에 접수가 되었다. 이미 선로가 확정되어 버린 상황이지만 한전 중부건설처 처장, 부장에게 다시 해월선로로 가라고 하여 주민피해가 없는 서부두의 해월선로로 다시 추진을 하였다.

그러나 지금은 다시 변경되어 추진되고 있어 안타까운 심정이다.

■ 600여 개의 기업유치

의회사무과장에서 6개월 만에 지역경제과장으로 발령이 났다. 하루는 부군수와 술자리를 가졌는데 부군수가 "오 과장, 군수님에게 잘 해. 자네 지역경제과장으로 추천했다가 나 많이 혼났어"라고 하여 내가 한참이나 웃었다. 윤 부군수가 나를 추천하니까 민모 군수가 "오 과장이 어디를 들어와? 안 돼"하더란다. 그래서 부군수가 오 과장이 젊고 일을 잘한다고 하며 한번 써 보자고 사정을 하였단다.

지역경제과장으로 부임해서 경제 관련 업무가 처음이면 업무를 배우는데 시간이 걸렸겠지만 공업계장을 거친 경험이 있어서 기업의 생리라든지 다루는 요령 등이 몸에 익숙했기 때문에 직접 뛰기 시작했다. 또한 그 때는 노무현 정부에서 수도권정비계획법에 의해 수도권 규제를 해놓은 상태여서 수도권에서는 일정 규모 이상의 공장의 신축 또는 증·개축이 금지되어 있었기 때문에 증설하려면 수도권에서 지방으로 이전을 해야 했다. 수도권 규제의 덕도 있었지만 기업유치팀 직원들의 노력으로 매년 200여개의 기업을 유치하여 3년 연속으로 충남도에서 기업유치 1위의 업적을 쌓았다. 이 지면을 통해 그때 노력하고 고생한 직원들에게 감사의 마음을 전한다.

당시에 직원들하고 일주일에 많게는 3~4회 수도권 공장을 방문하며 기업유치 활동을 벌였다. 3년 동안 1년에 평균 200개 이상 기업을 유치, 모두 600개 이상의 기업을 유치하였다. 직원들이 저녁 늦게까지 서류를 처리하느라 고생이 많았고 또한 민원을 상대하느라 무척 힘들었다. 수도권을 다니면서 기업유치 활동을 하는데 기업유치 활동 수당을 주는 것도 아니고 또 전용 차량도 없이 자가용을 이용하는 등 애로가 많았다. 지역발전을 위해 일한다는 자부심 하나만으로 활동해준 직원들이 고마울 따름이다. 그때 고생했던 직원들이 '기사모'라는 모임을 만들어 주기적으로 만나 회포를 푼다.

당시 얼마나 기업을 많이 유치하였으면 금강유역환경청 직원들이 현장 확인이 많다고 불만을 표출하기도 했다. 그래서 몇 차례 식사를 대접한 적이 있었는데, 그 자리에서 금강청 직원이 하는 말이 금강청 사업소가 충북에 있는데 이를 당진으로 옮겨야 할 지경이라고 말했다. 금강청 관할 구역이 충남, 대전, 한강 이남의 충북 지역인데 민원처리 건수 중 50% 이상이 당진이라는 것이다. 그 정도로 당진은 기업들로부터 신대륙으로 각광받는 곳이었다.

그리고 2007년 미국의 서민투자 상품이었던 서브프라임 모기지론으로 인해 부동산 시장의 거품이 붕괴되면서 2008년 9월 미국 리먼브러더스의 파산으로 세계적 금융위기가 발발하여 엄청난 영향을 끼쳤다. 우리나라도 직격탄을 맞아 외국은행권에서 자금을 회수하는 바람에 PF(프로젝트 파이낸싱)가 물 건너가고 기업들도 많은 어려움을 겪게 됐다.

일례로 현대제철의 경우, 당시 현금 보유액이 1조 3000억원 정도이었는데 그 금액이 몇 달 만에 소진되어 상당히 큰 어려움을 겪었다고 한다.

1997년도 IMF 외환위기 사태 당시 우리나라만 어려웠고 다른 나라는 괜찮았기 때문에 경제위기를 극복하는데 어려움이 없었다. 수치를 보면 1998년도 우리나라의 경제 성장률은 -6.9%였는데 1999년도에는 9.5%였다. 금융위기 때에는 외국부터 어려움이 밀려왔기 때문에 수출 주도형 경제 전략을 채택하고 있는 우리나라가 더 어려웠다. 2008년도 경제 성장률은 2.3%였는데 2009년도에는 0.3%대이었다.

2008년도에 경제인들뿐만 아니라 주민들이 걱정을 많이 하여 가원 예식장에서 당진지역 경제인, 기관단체장 등 50여 명을 초청해 금융위기에 따른 설명회를 개최하였다. 그 자리에서 나는 "당진에는 금융위기가 없다. 앞으로 5년 이내에 당진에 투자되는 금액이 24조원이다. 그렇기 때문에 5년 이내에 당진에는 금융위기가 없다"라고 단호하게 말하였다. 24조원 중 지역경제과가 추진하는 금액이 약 16조원 이었다. 이 같은 금융위기를 겪으면서도 당진은 2008년 160개, 2009년 194개의 기업유치를 했다.

■세계최고의 회사 유치

명화금속은 직결나사를 생산하는 공장으로 시화공단에 있었다. 직결나사는 패널과 H빔을 연결할 때 사용한다. 명화금속은 일본이나 독일보다 생산성이나 기술력이 월등히 앞서는 회사이다. 독일, 일본 업체들은 분당 500개를 생산하지만 명화금속은 같은 시간에 1000개를 쏟아낸다. 우리나라 직결나사 공급량의 70%를 점유하고 30여 개국에 수출하는 해당부문 세계 최고의 회사이다. 기업 사주인 임정환 회장은 홍성 출신이었다. 홍성군 지역경제과장이 15차례 이상 명화금속 임 회

명화금속

장을 방문해 고향인 홍성으로 공장을 이전해 달라고 사정을 했으나 결국 당진 신평으로 이전했다.

제품을 만드는 원료가 중국에서 들어오는데 홍성에 공장을 설립하면 그만큼 물류비가 많이 든다는 것이다. 1kg에 1원으로 계산하고 있었다. 제조업체들이 당진으로 몰려든 첫 번째 이유는 항만을 갖추고 있어 수출입에 절대 유리한 조건을 가지고 있기 때문이다. 앞으로 당진이 지속 발전하려면 항만의 확충이 절실히 필요하다. 모든 정책의 1순위를 항만 물류 거점 도시로 정해서 정책을 펴 나가야 할 것이다. 명화금속은 2012년까지 신평으로 이전을 완료해 생산시설을 가동하고 있다.

세계 유수의 공장이 당진에 있다는 것만으로도 자랑스럽게 생각하여야 한다. 그리고 이런 회사들이 더욱더 성장할 수 있도록 행정에서 뒷받침을 해주어야 당진이 성장할 수 있다.

■ 희성피엠텍·희성촉매 유치 건

희성촉매는 자동차 촉매인 순간 공기 정화기를 주로 만드는 회사이다. 자동차 머플러 속에 벌집모양의 공기정화 장치가 있는데 이 제품을 만드는 것이다. 이 속에는 백금, 로디움, 플로티움 등 희귀 금속이 있어 순간적으로 공기를 정화시키는 작용을 한다.

즉 엔진 연소 시 배출되는 유해 가스인 HC, CO, NOx를 정화시키는 장치이다. 우리나라 자동차뿐 아니라 BMW 등 외국회사에도 수출하는 회사로 연간 매출은 1조 4000억원 정도이다. 이 회사는 희성그룹과 BASF사가 50대 50의 지분을 갖고 있는 외국합자회사이다. 여러 번 희성촉매공장을 갔는데 한번은 백 이사가 약 한 말 정도의 액체를 보여주며 내게 가격이 얼마나 할 것 같으냐고 물어보기에 저거 한 1억 아니면 2억원 정도 될 것 같다고 하니까 백 이사가 한다는 말이 24억원이란다. 로디움이라는 희귀금속이란다.

희성피엠텍은 촉매장치 등에서 백금 등 귀금속을 회수 정제하는 업체이다. 예전에는 회수하는 기술이 없어 일본으로 보내 회수를 했는데 지금은 우리나라에서 유일하게 희성피엠텍이 회수를 하고 있다. 당진에 온 희성촉매희성피엠텍은 매출이 연간 7000억원 이상 된다. 희성촉매나 희성피엠텍은 화학업종이지만 공장에 가보면 화학업종이라기보다는 자동차 부품사업의 한 종류로 볼 수 있다. 희성을 유치하기 위해서 충남도도 상당히 공을 들였다. 박정화 팀장이 기업유치의 달인인데 충남에 LG나

희성그룹의 공장이 없다는 것이다. 그래서 더더욱 희성을 유치하려고 안 달이 나 있었다.

당진에서 공장을 유치하려고 할 때 희성은 어지간히 배짱을 부렸다. 내가 찾아가 당진 유치를 권하면 공장장인 백 이사가 "가면 무엇을 더 해 줄 것이냐?"며 여유를 부렸다. "그러면 다른 곳으로 가라. 내가 오라고 해서 희성촉매가 오는 것도 아니고, 가라해서 가는 것도 아니고, 당신들이 알아서 하는 것 아니냐?"라고 당당히 얘기했다. 한번은 공장장실에서 백 이사와 얘기하고 있는데 경기도 투자유치 담당관실에서

희성촉매

전화가 걸려왔다. 내용은 경기도개발공사가 파주에 산업단지를 조성했는데 희성촉매를 유치하기 위해 화학업종 금지를 해제했다며 파주 산업단지로 공장을 이전해 오라는 내용이었다. 그래서 내가 "그럼 파주로 가시오."라고 했다.

생산품이 주로 자동차촉매인데 자동차공장이 주로 위쪽에는 없고 중부지방 및 울산에 있기 때문에 파주에 공장이 들어가면 물류비 감당이 어려울 것이 뻔해 도저히 파주에는 못갈 것이라고 판단했다.

희성촉매 유치가 무르익고 있는데 희성과 같은 몫의 지분을 갖고 있는 BASF가 상해 푸동으로 공장을 이전하라는 것이다. 푸동지구는 50년 간 무료로 땅을 제공하기 때문에 BASF에서 강력히 밀어붙인 것이다. 그러나 희성측은 상해를 탐탁지 않게 생각하고 있었다. 상해로 가면 직원들이 외국생활을 해야 하기 때문이었다. 아무튼 우여곡절 끝에 희성을 유치했고, 도청에서 이완구 지사를 모시고 MOU 체결식을 하였다. 그때 구본능 회장을 만나 명함을 건넸는데 나중에 내가 준 명함이 다시 나에게로 돌아왔다. 구본능 회장 명의로 명함이 왔는데 명함 전면에는 금 도금 후면에는 은 도금을 했다. 기념으로 보내는 것이란다. 아마 희성의 기술력을 자랑하려고 한 모양인데 지금도 그 명함을 고이 간직하고 있다.

■ 기업 유치에 대한 기본

기업을 유치하기 위해 기업인들을 만나 이야기 하다보면 전문 경제 용어가 수시로 나온다. 나도 처음에는 무슨 말인지 이해가 안 되는데 물어볼 수도 없고 답답한 적이 많았다. 그러나 경제 부서에 오래 근무하다 보니까 자연히 경제신문이라든지 인터넷에서 경제 부문만 보게 되어 지식이 하나하나씩 쌓여갔다. 지역경제과장을 할 때에는 하루에 한건씩 경제 용어를 우편함에 올리도록 하여 직원들의 경제 상식을 쌓게 했다. 경제와 관련된 기본 상식이 있어야 기업인들과 대화가 가능해지기 때문이었다.

기업체 직원이 우리들과 상담을 한 내용을 회사에 돌아가 상사에게 보고를 할 때에는 당진시청 과장의 용모는 어떠했고 지식수준은 어떠했으며 기업유치 열정은 어떠했는지까지 보고하는 것이 일반적이다. 예를 든다면 산업단지 조성을 위하여 PF(프로젝트 파이낸싱)를 해야 하는데 은행권에서 조사역들이 나온다. 조사역들은 자신들이 조사를 잘못하여 은행권에 피해를 안기게 되면 책임을 져야하기 때문에 철저한 조사를 한다. 감사원 감사를 하듯이 시장조사를 한 것이 잘 됐는지 여부를 따진다.

만약에 담당 과장이 경제에 대하여 잘 알지도 못하고 대화가 안 되는데다 열정과 의지가 없으면 당진에 누가 투자를 하겠나 생각해 보면 답이 나온다. 행정의 확신이 없으면 기업인들은 투자에 대하여 망설이게 된다. 회사에서 당진에 수백 억, 수천 억 원을 투자하는데 엉성하게 투자할 리는 없기 때문이다. 우리가 알지 못하는 분야까지 회사는 면밀하게 분석하고 있다. 내가 본 투자유치의 귀재는 충남도에 근무하다가 지금은 세종시에서 근무하고 있는 박정화 사무관이다. 충남도청 투자유치 담당관실 투자유치계장으로 근무할 때 '2012년도 행안부 기업유치를 통한 지역경제 활성화의 달인'으로 선정된 분이기도 하다.

그분이 나에게 준 '2012 달인학개론' 책자의 일부 내용을 참고로 소개하고자 한다. 그 책에는 이렇게 적혀 있다. "나는 기업유치가 아무리 힘들어도 기업유치와 관련된 일이면 내가 최고의 전문가라는 생각으로 더 고민하고, 열심히 발로 뛰고, 더 치밀하게 준비한다. CEO가 원하는 것을 적시에 제공하려면 CEO의 입장에서 생각하는 열정과 전문성을 겸비해야 한다. CEO의 물음에 정확히 답변을 못하면 CEO가 신뢰하지 않는다. 기업유치와 관련해서는 아무도 대신할 수 없기 때문에 나만의 노하우를 쌓기 위해서 쉼 없이 배우고 학습해야 한다. 그 누구도 따라올 수 없는 전문가가 되지 않고는 성과를 낼 수 없다."

이러한 자세로 박정화 사무관은 2007년부터 5년 연속 기업유치 전국 1위에 오르는 업적을 달성했다. 예를 든다면 충남이 어느 회사를 유치해야하는데 후보지 선택에서 전북이 1위, 충남이 2위였지만 유치를 성공시켰다. 아침마다 회장이 출근할 때 회사 입구에서 인사를 하니까 "저 사람이 누구냐"고 회장이 물어 "충남으로 회사를 유치하기 위해 찾아온 공무원입니다."라고 했더니 회장이 행동에 감탄해서 충남에 투자한 사례가 있다.

박정화 사무관이 세종시로 전출갈 때 당진에 와서 식사를 하는데 내가 박 사무관에게 "이젠 충남은 기업유치 다 끝났네, 과장님이 세종시로 다 끌고 갈 거 아녀?"라고 농담을 한 적이 있다. 충남 입장에서 보면 아까운 인재를 놓친 격이다. 투자유치는 법으로 하는 것이 아니다. 순전히 인맥이다. 여건도 여건이지만 사람이 하는 일이라 같은 값이면 인맥에 의해서 이루어지는 경우가 많다.

■ 신도시 추진

지역경제과장으로 오면서 당진군 전체를 볼 때 신도시 개발의 문제점에 대하여 검토를 해본 적이 있었다. 고대 부곡단지의 이주단지의 문제점이 상존하고 있고, 또한 석문국가산업단지의 주거단지 등 곳곳에 신도시들이 생기면 지방자치단체에서 관리하는데 예산이 상당히 더들어갈 뿐만 아니라 민원도 더 폭주하고 주거하는 주민들도 불편한 것은 자명한 일이기 때문이다. 예를 든다면 30년 전에 서산시 대산읍의 도시계획을 수립할 때 인구 10만 명 규모로 예상했지만 현재까지 아파트 몇 채가 들어선 것이 전부일 뿐 도시 발전은 더디게 진행되고 있다.

이를 반면교사 삼아 당진도 도시계획을 잘해야 되겠다 싶어 토지공사 본사를 방문 입지처장을 만난 적이 있다. 만나서 석문국가공단 추진문제와 토지이용 문제에 대하여 대화를 하는데 이상한 느낌을 받았다. 당진에 새로운 신도시를 구상하는 느낌을 받았는데 구체적으로 답변을 해주지 않아 답답했다. 나중에 아는 사람을 통해 확인해 보니까 약 100만평 규모의 신도시를 추진하고 있었다. 만약에 이렇게 신도시가 들어온다면 당진시가지, 신도시, 이주단지, 석문주거단지, 송산주거단지 등 당진의 도시계획이 정말 어렵겠구나 하는 생각을 하고 토지공사 직원들을 만났다.

건설교통부 내에 신도시개발팀을 찾아가보니 청와대와 토지공사 직원들이 파견을 나와 일하고 있었다. 이들을 만나보니 도시 그림이 자세히 나온 상태였다. 토지공사 직원들과 이야기를 나누면서 내가 "현재의 당진 시내와 붙여서 신도시 개발을 해야지 이렇게 시가지와 동떨어진 곳에서 개발을 하면 당신들은 싼 땅 구입해서 개발해 팔아 버리면 끝이지만 우리는 이 도시를 어떻게 관리를 해야 한답니까?"하고 설득을 해서 당진 시가지와 인접한 곳으로 개발 대상지를 옮기는 쪽으로 방향을 틀었다.

아무에게도 이야기를 하지 않고 나 혼자 토지공사 직원들을 상대로 현장 안내를 해주었고, 나중에는 토지공사 본부장을 안내하기도 하였다. 토지공사 본부장으로부터 "당진군이 토지공사에게 개발권한을 협의해 주면 당진시내 근처로 변경하여 추진하겠다."는 확답을 들은 후, "토지공사가 사업을 할 수 있도록 적극 협조하겠다."고 대답했다. 그 후 군수에게 사실을 그대로 보고하였다. 내가 "토지공사가 100만 평 이상 신도시를 개발해 주겠다고 하는데 군수님 의견은 어떻습니까?" 하니까 군수도 흔쾌히 수락하였다.

그렇게 해서 본부장에게 군수께 인사드리고 사업설명을 하라고 하여 본격 추진되기 시작했다. 그런데 나중에 들으니 토지공사 직원들의 이야기가 "사업 추진이 어렵게 흘러가고 있다."고 한다. 군수가 신도시 사업을 토지공사가 아닌 다른 시행자에게 주려한다는 것이다. 그래서 내가 군수에게 수차례 얘기를 하였다. 국내에서 대단위 도시개발을 하는 곳은 토지공사 뿐이라고 설명하며 왜 시행자를 바꾸려 하느냐고 물으니 군수가 대답하기를 "토지공사는 말을 안 들으니 민간 기업에 사업권을 주겠다."는 것이다.

지금 생각하면 당진은 진짜 아까운 기회를 놓친 것이다. 어느 기업이 방대한 면적의 도시개발을 할 능력이 되는가? 토지공사와 결별한 후 군수가 갖은 방법을 동원해 시행자를 발굴했으나 실패했고 나중에는 면적을 대폭 축소하여 충남개발공사를 통해 사업을 추진하려고 했으나 그것도 무산되었다. 지방비를 한 푼도 들이지 않고 계획적인 도시개발을 할 찬스였는데 한 사람의 판단 미스로 이렇게 허망하게 끝날 줄은 꿈에도 생각지 못했다.

항상 '그때 신도시 개발을 토지공사가 정상 추진했더라면…' 하는 아쉬움이 남는다.

■ 산업단지 조성

지역경제과장으로 자리를 옮겨온 후 파악해보니 합덕산업단지는 지정이 완료되고 극동건설로 사업자가 선정된 상태였다. 그래서 보상단계부터 일을 시작하게 되었다. 보상을 해야 하는데 우강면 내경리 국지도 70호선 도로 편입부지 보상액이 절대농지인데 평당 6만 4000원 정도였다. 그래서 주민들이 보상 거부운동을 해서 도로공사가 상당히 지연되고 있었고 민원이 야기되고 있는 상황이었다. 그래서 한국감정원이 보상대행 감정평가사들에게 허용 범위 안에서 감정 평가액을 높여달라고 사정을 하였다.

산업단지 분양에 대하여는 우리가 책임을 질 테니 당신들은 아무 걱정 없이 평가액을 최대한 높여달라고 하였다. 그래서 평가액이 나왔는데 절대 농지가 평당 약 11만 6000원 정도였다. 합덕산단 30만평 중에 절대농지가 약 30%가 넘었는데 주민들이 일제히 보상을 수령하여 별문제없이 사업이 추진되었다.

합덕산단에 대해 기업들을 대상으로 사전 입주 신청을 받아 봤는데 공급대비 수료가 200%를 넘었다. 그래서 전국 최초로 조건부 분양을 했다. 15가지 정도에 대하여 기준을 정하여 통제하는 시책이었다.

미국, 유럽 등 선진국의 공장을 보면 우리나라 공장과는 완연히 틀린다. 공장 앞에 연못 같은 저수조가 있고 가정집 모양으로 매우 아름답게 건축을 했다. 합덕산단에 이 같은 시책을 마련해 시행해보자고 아이디어를 내서 추진했다. 제목은 '아름다운 공장 건축 기준'으로 정했고, 내용은 공장 건축 색깔은 군이 지정하는 색으로 할 것, 건물은 도로로부터 5m 이격시켜 지을 것 등등이었다.

금융위기 중에 분양했지만 처음 분양 때 약 70%대의 분양률을 보였고 지금은 거의 분양이 완료됐다. 합덕산단은 매우 성공한 케이스로 전국 건설회사에서 평가하고 있다. 한번은 조선일보 기자가 당진 산업

합덕일반산업단지 기공식

화에 대하여 취재를 했는데 '조건부 분양' 이야기를 듣더니 "이건 특종 감이다."라고 하면서 신문에 보도한 사례가 있었다. 그리고 경북신문 편집부장이 당진에 취재 와서 한 시간 반 동안 나하고 기업유치, 산업단지 조성, 분양 등을 주제로 이야기를 나누고 갔다. 그는 나에게 포항시청을 방문해 직원들을 대상으로 특강을 해 달라고 부탁하였다. 그는 "당진은 이렇게 뛰고 있는데 포항시청 공무원들은 지금 낮잠을 자고 있다."며 "당진에 기업을 다 빼앗기게 되어 있다."라며 걱정했다.

합덕산단에 대하여 특이하게 한 것이 또 하나 있다. 산업단지를 개발·분양하면 개발자가 보통 6~7%정도의 이윤을 가져가는 것이 상례로 되어있다. 시행자인 극동건설은 직접 공사에 참여하지 않고 전부 하청으로 공사를 진행해 앉아서 몇십%를 챙길 수 있는데 거기에 사업이윤까지 챙기는 것은 안 된다 하여 전국 최초로 '시행사 이윤 제로'를 선언했다. 이윤 제로를 선언하니 극동건설 김ㅇㅇ 상무가 "MOU에도 이윤을 주도록 협약이 되어있는데 왜 안주느냐?'고 줄기차게 따지는데 "그때 상황하고 지금 상황이 다르다."고 강하게 주장했다. 결국은 본 계약을 체결하며 이윤을 주지 않도록 했는데 그때 일로 김ㅇㅇ 상무가 회사를 그만 두게 되었다는 이야기를 듣고 미안한 마음이 들었다. 하지만 합덕산단은 약 100억 이상의 지출 절감 효과를 볼 수 있었다.

■ 현대제철 일반산업단지

내가 지역경제과장으로 발령 났을 때 현대제철에서 토목 공사를 한참하고 있었다. 고로와 원료 저장고인 돔의 공사를 하기 위해서 토목

공사와 기초공사인 파일을 박아야 하는데, 파일을 박는 과정에서 항타기의 소음으로 주민들과 갈등이 엄청 심했다.

협상 중재를 하면서 2~3일 밤을 꼬박 새운 적도 있었다. 협상을 하는데 처음에는 서로가 날을 세우고 공격을 하지만 잠을 못자고 협상을 하니까 나중에는 눈꺼풀이 내려와 모든 것이 귀찮아져 그냥 어느 정도면 서로가 수긍하는 그런 태도였다. 그때 처음으로 '건강한 사람이 이기는 구나' 라고 판단했다. 잠을 못 자면서 크로키 상태에서는 건강한 사람이 맨정신으로 협상을 리드하는 것은 자명한 일이었다. 그때의 경험이 내가 행정을 하는데 엄청난 이득을 주었고 마음의 평정을 찾을 수 있게 해 주었다.

이러한 주민들의 노력과 현대제철의 협상으로 현대제철이 탄생하게 됐다. 결과적으로는 주민들이 만족하지는 않겠지만 이주보상 뿐만이 아니라 송산 2산단과 연계하여 주거지 100평 원가의 70%공급, 또 상업지구 10평 제공 등 타 지역보다는 좋았다고 판단한다.

이현산업 주식회사가 있었다. 이현산업은 이주자의 '이'자와 현대제철의 '현'자의 앞 자를 따서 이름을 만든 주식회사이다. 당초 이주자 30여 가구가 회사를 설립하여 함바나 청소 등 현대제철을 상대로 사업을 하였다. 하루는 주주총회를 한다고 오라고 해서 갔는데 첫 배당을 받은 날이었다. 술잔을 주고받으면서 배당금 얼마나 받았냐고 물어봐도 대답이 없었다. 내 느낌으로는 서운치 않게 받았으니까 대답하지 않는 것으로 보였다. 분위기 또한 매우 좋았다. 당시에는 이현산업 주식회사가 잘 나간다고 보았는데 나중에 주식회사가 없어졌다는 말을 듣고 상당히 아쉬웠다.

현대제철 원형돔

　'이런 회사가 지속적으로 성장을 해야 당진이 상생발전의 모범 케이스가 되는데.' 하는 아쉬움이 남았다. '미리 알았으면 도와줬을 텐데.' 하는 아쉬움도 가졌다. 이주자의 보상은 최대한 현실 보상과 그 이상의 보상이 되도록 행정에서 무척이나 노력했다. 그러나 지역 주민들의 입장에서는 금액이 적다고 불평이 많은 것이 사실이다. 그러더라도 행정은 중간에서 주민들이 최대의 보상을 받을 수 있도록 노력하여야 한다.

　현대제철 원료 실내 저장고 건립을 위해서 현대제철 직원과 환경단체 회원, 송산주민, 군 공무원들이 대만 포머스사를 방문한 일이 있었다. 포머스사는 대만에서 제일 큰 기업으로 300만kW급 발전소를 운영하는데 원료 저장고를 세계 최초로 돔으로 설치하여 운영하고 있었다.

배에서 석탄을 관으로 돔까지 자동으로 하역하고 돔에서 발전소까지 관으로 배부하는 형태인데 먼지가 없을 정도로 깨끗하였다. 주민들의 요구와 현대제철의 노력으로 세계 최초로 원료 저장고를 4000억원 정도 들여 돔으로 설치한 결과이다.

■ 지원 없는 지원 팀

군 지역경제과에 현대제철지원 팀이 있었는데 내가 생각하기에는 지원 팀이라기보다는 현대제철 착취 팀이라는 표현이 맞을듯 했다. 현대제철지원 팀을 만들어 놓고 지원을 해주는 것이 아니라 현대제철에 대하여 태클이나 걸고 인·허가를 해주지 않는 등 정 반대 역할을 하였다. 그래도 홍승수 부사장이 언론 인터뷰 때마다 "당진군이 현대제철지원 팀을 만들어 우리를 지원해 준다."고 말하는 모습을 보고 혼자 '배알도 없구먼.' 하고 웃은 적이 있었다.

당초 송산일반산업단지(현대제철산업단지) 인가 관련 서류를 충남도에 올려야하는데 당진군이 바로 올려주지 못했다. 그래서 5~6개월 뒤에야 충남도에 허가서류를 전달하게 돼 결국은 5~6개월 늦게 송산산업단지 인가가 나게 되었다. 만약에 원래 계획대로 인가가 났으면 금융위기의 충격이 훨씬 덜하지 않았나 하는 생각이 든다.

군이 현대제철을 도와주기도 했지만, 군 때문에 알게 모르게 어려움을 겪은 것 또한 사실이다. 한 가지만 예를 들겠다. 현대제철 B지구에 사선으로 군유지 도로가 있었다. 이 B지구 일부가 산업단지로 편입되어 냉연강판 공장을 건립해야 하는데 군이 매각을 하지 않아 냉연강판 공장을 건축할 수가 없었다. 현대는 감정평가를 통해 가격을 산출해 매입하겠다는 입장이고 군 재무과는 감정평가가 아닌 일정금액을 달라는 것이었다. 행정기관도 토지를 사고 팔 때에는 감정평가에 의하여 거래하는 것이 마땅한데 무슨 특례제도가 있는지 130억 원인가를 요구했다.

현대제철은 어떻게 행정기관이 금액을 가지고 흥정을 하느냐는 입장이었다. 아무튼 결과적으로는 감정평가에 의하여 현대제철이 매입을 했다. 건설과에서 용도 폐지하는데 많은 시간이 소요됐고, 재무과에서 매입하는데 많은 기간이 걸렸다. 기업은 시간이 돈인데 얼마나 어려움이 컸을까 하는 생각이다. 현대제철은 궁여지책으로 수천 평의 공장건축을 군 유지를 제외하고 양쪽으로 나누어 두 동으로 건축 설계를 하였다. 두 동으로 건축 승인을 받아 건물을 짓고 나중에 군유지를 사면 합치는 쪽으로 추진을 했는데 그 심정이야 이루 다 말할 수 없었을 것이다.

기업이 우리 지역에 오면 행정은 최우선적으로 기업 활동을 잘할 수 있도록 도와주어야 한다. 나는 공업계장부터 경제 분야에 많이 근무를 해서 기업생리라든지 기업의 애로 사항을 알고 있다. 기업을 위해서 많은 일을 해봤지만 당진의 발전과 국가의 발전을 위해서는 무엇보다 제조업이 경쟁력을 갖춰야 한다는 생각이다. 우리나라의 대외 의존도가 70%가 넘는다고 한다. 즉 우리나라는 수출로 먹고 살고 있다는 이야기이고, 제조업이 우리나라를 먹여 살린다는 결론이다.

앞으로 당진에 들어온 기업들이 모두 잘될 수 있도록 도와주어야 하는데 수도권에서는 당진에 대해 여론이 안 좋게 돌아가고 있다. 당진에 가면 민원도 많아 기업하기 어렵고, 여기저기서 달려들어 기업에 무엇인가를 빼앗아 가려고만 하고 행정에서도 적극적이지 않기 때문에 절대로 당진으로 가지 말라는 소문이 돌고 있다고 한다.

'기업하기 좋은 당진'이라고 주장 하는데 '기업하기 나쁜 당진'이라는 소문이 돌고 있다니 그 오명에서 빨리 벗어나야 좋은 기업을 당진이 유치할 수 있을 것이다.

■ 송산 2산단

송산 2산업단지는 현대제철 공장과 접해 있는 곳으로 현대제철이 먼저 개발을 하겠다고 신청하였다. 현대제철이 신청하여 충남도에서 협의를 완료하여 건설교통부에 인가 요청을 하였는데 도 직원이 건설부 직원과 대화를 하는 과정에서 "2산단 밑에 또 2개 지구를 산업단지로 추진하고 있다."고 하여 건설교통부 직원이 "그럼 같이 신청을 해야지 따로 신청을 하면 어떻게 하느냐?"며 하여 1지구 개발 인가관련 서류를 반려하여 3개 지구를 한꺼번에 신청하다보니 절차가 1년여 늦게 추진되었다.

현대제철이 1지구를 먼저 추진하고 2지구는 KUP와 충남개발공사, 3지구는 키온건설이 각각 추진하는 것으로 계획됐다. 3개 지구를 묶어서 추진하다보니 주거단지, 녹지비율, 지원시설용지, 폐기물처리장, 오폐수처리장, 도로 등등에 대해 3개사의 비용부담을 어떻게 할 것인지 의견을 조율하는데 많은 어려움을 겪었다. 또한 전반적인 의견을 조합해 MOU를 체결해야 하는데 의견 통일이 되지 않아 우선 승인을

송산2일반산업단지 조감도

받는데 주력하였다.

　송산2산단의 산업단지 승인신청이 충남도를 거쳐 건설교통부로 올라가서 중앙도시계획심의위원회에 상정되었다. 중앙도시계획심의위원회에서 설명 및 질의 답변을 주로 시·도청 과장들이 해야 하는데, 충남도는 송산2산단에 대하여 잘 모르기 때문에 당진군이 직접 하라고 했다. 용역을 맡은 대전 드림이엔지가 중앙도시계획위원회 상정은 처음이어서 내게 해달라고 부탁하는데 나 역시 심적 부담이 매우 컸다. 나 때문에 송산2산단이 승인 받는데 어려움을 겪거나 규모가 축소되면 어쩌나 하는 걱정이 앞섰다. 드림이엔지가 제공한 예상 질의 답변을 준비하였으나 막상 중앙위원회 본회의에서는 엉뚱한 질의가 나와서 상당히 당황했다. 그러나 지역사정이나 산단 계획을 자세히 알고 있었기 때문에 무사히 넘어갈 수 있었다.

중앙도시계획위원회는 주거단지와 산단의 가운데에 배치되어 있는 지원시설 용지의 용도가 비슷하다고 지적하며 중복된 지원시설 용지를 줄이라고 요구했다. 지원시설 용지를 줄일 수 있지만 그렇게 되면 산업용지 분양가가 전체적으로 상승해 경쟁력에서 떨어질 수 있다는 단점이 발생한다. 지원시설용지가 실질적 상업용지이기 때문에 사업자 입장에서는 놓칠 수 없는 땅이다. 중앙도시계획위원장이 나에게 줄이는 방안을 질문하기에 지원시설 용지를 줄이는 것은 불가하다고 답변했다. 왜냐하면 지원시설 용지 내에 현대제철 본사가 들어오기로 했기 때문이라고 했다.

현대제철 부지 내에는 배치가 끝나 도저히 안 되고, 송산2산단 내에 현대제철 본사가 들어와야 하기 때문에 지원시설 용지를 축소하는 것은 도저히 안 된다고 역설하였다. 위원장은 자신 때문에 본사 입주가 불발되면 문제가 될 수 있다고 판단했는지 반론에 대하여 아무 대응도 하지 않았다. 나는 지금도 현대제철 사람들을 만나면 "송산2산단 중앙도시계획위원회 회의 서류에 현대제철 본사가 들어오기로 되어 있으니까 분명히 들어와야 한다."고 역설한다. 현대제철 고로의 주력사업이 당진공장에 있으니 본사가 당진으로 오는 것은 당연하다. 고로 3기가 완성되어 가동하기 시작하면 본사 이전 운동이 시작되어야 할 것이다.

위원회에서 위원장은 또 "주거지역이 너무 많은 것 아니냐?"며 주거용지를 줄이라고 요구했지만 나는 "주거용지 축소도 안 됩니다."라고 하였다. 주거용지는 430가구에 이르는 현대제철 산업단지 이주자와 송산2산단 이주가구에게 가구당 100평씩 조성원가에 70%로 공급하도록 주민들과 약속이 되어있기 때문에 곤란하다고 했다. 그러니까 위원장이 "그럼 상업용지를 줄여 주세요."하기에 내가 "죄송합니다. 상업용지도 이주가구 430가구에 가구당 10평씩 주기로 약속이 되어 있어 줄이면 곤란합니다."라고 답변하여 당초 안대로 관철시켰다. 송산2산단에 대하여 아무 수정 없이 원안대로 인가를 받았을 때 그 만족감이란 말로 표현하지 못할 정도였다.

송산2산단 주거단지에는 고등학교 부지와 병원용지를 일부러 삽입하였다. 원래 산업단지에는 초등학교와 중학교부지만 들어가는데 송산 2산단은 현대제철이 있으니까 특목고를 염두에 두고 고등학교 부지를 구상했다. 당진에 근로자들이 많이 들어오지만 고등학생은 전입이 되지 않고 있다. 초등학생이나 중학생은 당진지역으로 전학이 가능하지만 고등학생은 외지에서 당진으로 전학이 안 되기 때문에 고등학생을 둔 근로자는 당진으로 오기 어려워 기업의 큰 민원이 되기 때문에 고등학교 부지를 마련한 것이다.

총무과장 때 조직 개편하면서 교육 분야를 담당하는 과가 없었는데 군수께 건의하여 평생교육과를 만들었다. 이런 노력에도 불구하고 특수목적고 설립이 추진되지 못해 아쉬움이 매우 크다. 특목고는 충남에 이미 설치돼 있어 추가 설립이 어려웠던 것이다. 그렇다면 추진대상을 자율형사립고로 재빨리 전환해 현대제철과 협의를 통해 추진했어야 했다.

송산2산단에 병원부지를 확보해 둔 것은 현대아산병원 같은 종합병원을 유치하려는 계획 때문이었다. 종합병원이 아니더라도 산업단지가 많이 있으니까 특수병원이라도 유치했으면 하는 바람이다.

■ 석문국가산업단지

석문국가산업단지

석문국가산업 단지는 당초에는 국가에서 추진했으나 충청남도에서 지방자치단체에선 처음으로 1991년도에 국가산업단지 개발권자로 지정을 받았다. 그 당시에는 개발 이익을 법에 의해 10%정도를 주었기 때문에 그 이익 때문에 심지사가 국가에 건의를 하여 개발자로 지정을 받았는데 충남도에서 직접 할 수는 없고 참여 사업자가 없게 되자 2004년도에 한국토지공사로 넘겨주었다.

토지공사에서는 2007년도에 보상공고를 하여 2008년도에 보상에 착수하였다. 당초 365만평 중에 매립지 국가 소유 땅을 제외하고 민간인 소유 토지는 약 100만 평 정도였다. 민간 소유 100만 평은 통정리 쪽의 주거단지와 삼봉 쪽의 산업단지로 나뉘어져 있는데 보상대책위원회가 각각 1개소씩 2개소에 설치되었다. 이를 하나로 묶어야 하는데 나중에는 자신들이 서로 대표성이 있다고 감정 대립이 되어 도저히 하나로 통합이 안 되고 각자가 사무실을 내어 추진하게 돼 애로 사항이 많았다.

결국은 강공 밖에 없다고 결론을 내어 양쪽 보상대책위원회에 최후 통첩을 하였다. 이렇게 통합이 안 되면 이제는 행정을 할 수 없다. 행정에서 손을 떼겠다고 하니까 일정기간 지난 후 결국은 하나로 통합이 되었다. 군에서 보상대책심의회를 하면서 행정에서 할 일, 위원회 민간위원들이 할 일에 대하여 설명을 해주었다. 합덕일반산업단지, 현대제철 송산산업단지의 보상현황 및 수준 등에 대하여 설명을 해주었다. 어떻게든 보상액이 최대한 나오도록 노력하자는 내용이었다. 공식적인 보상대책심의회는 두 번밖에 열리지 않고 해결되었다.

결국은 보상액이 나왔는데 절대농지의 평당 보상액이 24만원 수준이었다. 전국 최고의 보상액이 산출돼 토지공사 임원회의에서 이 산업 단지 개발사업 참여를 해야 하나 말아야 하나 격론이 벌어졌다는 후문 이 있었다. 내가 지역경제과장 시절 산업단지 보상이 매년 수천 억 원 이 지급됐다는데 개인 보상액이 가장 컸던 것은 석문국가산업단지 300억원, 현대제철 송산산업단지 100억원, 합덕일반산업단지 30억원, 송산2산단 1지구에서도 30억원 등이다.

■ 주물단지

인천 청라지구가 정비되면서 그 곳에 위치한 주물단지가 이전을 해 야 할 상황이었다. 업체들은 당진으로 오고 싶어 당진에 50만평의 주 물단지 전용 산업단지를 조성하려 했다. 당진에 50만평의 주물단지가 들어오면 그 주변은 주민들이 피해는 물론 행정에서도 민원을 감당하 지 못하기 때문에 절대 반대했다. 이미 시화산단의 주물공장을 지켜봤 기 때문이다. 시화산단에 있는 주물 공장들이 당진으로 오려고 개별공 장으로 지역경제과에 입주신청을 했다. 서류에는 주물공장으로 표현 되지 않았지만 서류를 보다가 아무래도 이상해서 직원을 동반해 시화 산단을 방문한 적이 있었다.

당진에서 과장이 간다고 하니 주물 업체 대표들 5명이 모여 있었다. 내가 그들에게 "죄송합니다. 당진으로 오시는 것은 재고하여 주십시오." 하니까 사장들이 "그럴 줄 알았다. 당진에서는 당연히 안 받아 줄 것으로 예상했다."고 하였다. 그러면서 "서산이나 예산으로 가면 어떻겠느냐, 도 와 줄 수 있겠느냐?" 등등 질문을 하였다.

주물공장은 말 그대로 주물을 생산하는 공장이다. 쇳물을 주물 틀에 넣어 일정한 모양의 쇠를 만들어 내는 공장이다. 그 공정을 보면 주물에서 시뻘건 쇠를 꺼내어 시멘트 바닥에 놓으면 시멘트가 튀기 때문에 시멘트 바닥에 약 30㎝ 정도의 모래를 쌓아 놓아 그 위에 던지는데 쇳덩이가 하나 둘이 아니고 수십 개여서 덩어리가 모래 위에 놓이면 먼지가 날리고 냄새가 진동을 하게 된다. 그 먼지와 냄새가 밖으로 다 날아가 버리는데 문제가 있다.

행정관청에 허가를 받을 때는 집진 설비를 다 해놓고 허가를 받지만 막상 공장을 가동할 때에는 창문을 다 열어놓고 작업을 하기 때문이다. 창문을 닫아놓고 작업을 하면 그 속에서 작업하는 인부들이 빨간 쇳덩이에 녹초가 되기 때문이다. 주물공장의 인부들을 보면 한국 사람들은 한 명도 없다. 전부 외국인 근로자들로 작업환경이 매우 열악하다. 이런 공장들이 당진에 입주하면 공단주변 주민들의 피해는 불을 보듯 뻔한 일이다. 내가 절대적으로 반대하니까 공장주들이 나를 회유하기도 했다. 그렇게 1년여 넘게 시달림을 겪었다.

결국 주물업체들이 당진을 포기하고 서산 운산면에서 작업을 한다는 소식을 들었다. 그러나 소문과 달리 예산으로 이전이 추진되고 있었다. 그것도 면천면과 접경 지역을 이전지로 추진하고 있었다. 순간 할 말을 잃었다. 기업체 입장에서 보면 땅 값이 싸고 당진과 접경하여 물류비 면에서 경쟁력이 있기 때문에 택했을 것이다. 또한 예산군은 기업 입주에 갈증을 느끼고 있던 터라 비선호 업종이지만 단체로 이전한다니 받아준 모양이다.

당진이 1년에 200여 개 기업을 유치할 때 서산은 약 20여 개를 유치했고 그리고 예산은 10개도 안 되었으니 이해는 된다. 아무리 주물 공장을 첨단 소재공장으로 포장하여 신청을 했다지만 그 내용도 모르고 받아준 담당자들이 무슨 생각을 했는지 모르겠다.

■ 친환경 시책 추진

2007년 지역경제과장으로 발령을 받자마자 아무 공장이나 무분별하게 받지는 말아야 한다는 소신을 가지고 입지 금지 업종을 고시했다. 환경과에서 코드를 받아보니까 약 50개 업종이었다. 그래서 표준 분류표를 놓고 하나하나 체크하여 110개 업종을 선택하여 고시했다. 공업계장을 지낸 경험이 있어 기업 업종을 알기 때문에 직접 선정하여 고시했는데 110개 업종은 당진군 내에 개별 입지로는 들어올 수 없도록 만들어 버렸다. 현재 당진시 관내에 개별입지 중에 도금, 염색, 주물 등 환경을 저해하는 공장은 없다고 보면 된다.

■ 해양테마과학관

해양테마과학관은 교육과학기술부 공모사업이었다. 지방테마과학관 사업으로 국비 10억원, 도비 5억원, 군비 10억원을 확보해 추진하게 되었다. 2008년, 직원이 교육부에서 지방테마과학관 사업의 공모가 발표되었는데 한번 공모에 응해보고 싶다고 하였다. '좋다. 그러면 한번 해보자.'하여 전국의 사례를 연구하였다. 당진은 바다를 끼고 있으니까 해양을 테마로 한 과학관으로 응모하자고 결론을 내고 직원이 일주일 이상 밤을 새가면서 준비를 하였다.

전국을 대상으로 한 응모 사업이라 전국에서 신청이 들어와 힘들겠구나 생각하였다. 대전 대덕밸리에 있는 표준과학연구원에서 심의를 하는데 심의위원은 약 8명 정도였다. 8명이 당진 삽교호 관광지 해양 테마 과학관에 대하여 설명을 듣고 질의 답변을 했는데, 나는 떨어져도 본전이니까 해주고 싶으면 해주고, 말고 싶으면 말라는 심정으로 임했는데 오히려 마음이 편했다. 경북 울진군의 경우 군수가 직접 와서 심의위원들에게 인사를 하는 모습을 보고 '야! 치열하구나.'하는 생각을 하였다. 울진은 과학체험관을 지원받아 조성한 것으로 들었다.

마음 편하게 심의를 받았는데 당진도 공모에 합격하였다. 당진은 공업도시라는 인식이 너무 강하게 박혀 있어 테마과학관을 조성하면 도시 이미지 변화에 적지 않은 기여를 할 수 있을 것이라고 생각했다. 처음에는 삽교호 관광지 친수공간에 설치하려고 계획하였는데 향후 여의치 않아 함상공원 내에 설치하게 되었다. 지역경제과에서 추진하다가 삽교호 관광지 내에 위치하고 있어 관광개발사업소에서 사업을 마무리하였다.

■ 기업을 위해 한 일들

당진은 많은 기업이 이전해와 지역 주민의 고용을 창출했을 뿐 아니라 세수 확장에 크게 기여했지만 정작 지역에서 기업에게는 지원해주는 시책은 미미했다. 지역경제과장 자리를 맡아보니 말로는 '기업하기 좋은 고장'이라고 떠들면서 지역 민원을 막아주지도 못하고 직접적으로 지원

해주는 시책도 없는 상황이어서 '문제가 있구나.'라고 생각하였다. 예를 들든다면 2013년도 예산 중 농업분야와 복지 분야에 각 1000억원 가량을 지원하는 것으로 예산이 편성됐지만 기업지원 분야는 별로 없다. 세금의 대부분은 기업에서 받으면서 말이다.

지역경제과장을 맡은 이후 기업을 위해 발굴한 시책이 세 가지였다. 노사한마음대회를 좀 더 키웠고, 조찬 경제포럼을 개최하였고, 기업인대회를 개최하였다. 조찬 경제포럼은 당진에 입주한 기업인들에게 무엇인가 서비스를 해주겠다는 마음으로 유명 강사를 초빙하여 급변하는 환경에 걸맞은 지식을 기업인들에게 전달해 주기 위해 마련됐다. 막상 군에서 직접 시행하면 강사료 때문에 유명강사를 데려오지 못해 민간자치단체 보조비로 당진상공회의소에 예산을 배정하여 시행하게 한 사업이다. 주로 삼성경제연구소 임직원들을 초청하여 기업을 하는데 도움을 주는 사례를 듣는다. 많은 이들이 경제포럼을 상공회의소 사업으로 보고 있는데 사실은 행정에서 예산을 지원해 시행하는 사업이다.

2009년도에는 기업인대회를 개최하였다. 기업인대회는 말 그대로 기업인을 위한 대회이다. 당진군 관내에 많은 기업들이 입주해 '이제 당진도 기업인대회를 열 수가 있구나.' 판단이 되어 개최한 것이다. 그 내용은 최우수상과 분야별로 우수상을 주는 형태이고 기업인들을 위한 잔칫날인 셈이다. 지역경제과 직원들에게는 고생하는 날이지만 말이다. 기업을 제대로 평가하기 위해서는 자료를 충실히 검토하고 등위를 결정해야 하기 때문에 담당 직원들의 노고가 상당히 컸다.

재무제표, 손익 계산서, 수출 실적 등 서류를 하나하나 검토를 해야 하기 때문이다. 당진에서 기업인 대회를 한다니 이완구 지사가 방문했고, 문예의 전당에 주민들과 기업인 등 약 1000여 명이 참석해 대성황을 이루었다. 이완구 지사가 인사말을 하는 도중에 당진시 지역경제과장 앞으로 나오라고 하더니 마이크를 주면서 내 전화번호를 참석자 앞에서 대라는 것이다. 그러면서 한다는 말이 "앞으로 기업을 운영하면서 애로 사항이 있으면 이 전화번호로 전화를 주면 모든 것을 다 해결해 줄 겁니다."라고 말해 장내가 웃음바다가 되기도 했다. 그런데 당진 기업인 대회는 1회로 끝이 났다. 기업인 대회를 하면 직원들이 어려움이 있지만 그래도 행정의 연속성은 있어야 하는데 어찌된 영문인지는 몰라도 기업인대회가 열리지 않아 아쉬움이 있다.

위 세 가지 시책을 추진하는데 예산은 1억원도 들지 않았다. 당진에 들어와 당진에 세금을 내는 기업인들인 만큼 기업을 위해서 새로운 시책을 펴야함은 당연한 일이고 행정을 하면서 평소에도 기업 편에 서서 행정을 해주었으면 하는 바람이다. 그래야 보다 좋은 기업들이 지속적으로 당진으로 입주하여 당진을 풍요롭게 해줄 것이다.

총무과장으로

지역경제과장을 하면서 만 3년이 넘었기 때문에 어느 곳으로든 발령이 날 것이라고 나 혼자 생각하고 있었다. 잘 가면 재무과장 정도 갈 수 있을 것이라고 생각했다. 나보다 연장자가 있었으며 또한 로비를 하는 과장들이 있었기 때문에 총무과장으로 발령이 날 것이라고는 생각하지도 않았고 군수에게 총무과장으로 발령을 내달라고 해본 적이 없는데 막상 총무과장으로 발령을 받았다. 왜 나를 총무과장으로 발령을 냈는지 스스로가 믿어지지 않았다. 나중에 곰곰이 생각해보니 만 3년 동안 기업유치, 산업단지 조성, 철탑민원 해결 등 수많은 일을 했는데 변두리 과로 보내는 것이 마땅치 않았던 것 같다. 그 외에는 달리 나를 총무과장으로 발령 낼 이유는 없었다.

■ 인사팀 개혁

총무과장으로 부임하면서 인사팀에 대하여 항상 "과거 인사팀은 권력부서로 행동하였지만. 지금은 시대가 바뀌었으니 서비스 부서로 탈

바꿈해야한다."라고 주지시켰다. 그리고 "인사에 대하여 지식을 가지고 일을 해야지 기본 상식도 모르고 1000여 명의 직원들을 다룬다면 조직을 무시하는 것이다."하여 인사행정론, 조직론의 책을 사서 보도록 하였는데 내가 너무했나 하는 마음도 들었다.

참으로 안타까운 사연 한 가지를 소개하고자 한다. 직원으로부터 나에게 민원이 들어왔다. 내용은 근속 승진이었는데 과거 경력을 따지면 이번에 근속 승진이 되어야 하는데 얘기가 없다는 것이었다. 민원 내용을 듣고 인사팀 담당자를 불러 내용을 주고 판단해 보라고 했는데 안 된다는 결과를 가져왔다. "인사팀은 직원들이 하루라도 일찍 승진할 수 있도록 하는 것이 목적이다."라고 누누이 강조했는데 안 된다고 하니까, 더 따지지 않고 지나갔다. 그 뒤 구두로 민원을 낸 직원이 다시 나에게 동일 사안에 대하여 민원을 제기하였다. 그래서 담당자를 불러 가져온 인사 서류를 보면서 하나하나 대조하니까 그때서야 "되네요."라고 하는데 심정은 이루 말할 수 없었다.

총무과장으로 오면서 그렇게 강조하였는데도 시정이 안 되니 과거에는 어찌했을까 싶었다. 담당자에게 "이 직원이 당신 때문에 약 3~4개월이 늦었으니 책임져!"라고 야단을 쳤지만 흘러간 일인데 어찌하랴. 이 같은 일이 있었으니 어떻게 인사팀을 믿고 일을 하느냐 말이다. 과거 모 과장이 농산과에 직원으로 있을 때 내가 기획계에 근무했다. 그때 모 과장이 나를 보자고 해서 들어보니까 내용은 이랬다. 근속승진 제도가 이번에 생겼는데 행정계 인사담당자에게 얘기하니까 그것은 중앙공무원 얘기이고 지방공무원은 해당이 안 된다고 핀잔만 들었다는 내용이었다.

그래서 그 지침을 보니 지방공무원도 해당이 되는 내용이었다. 그래서 총무처 인사담당자에게 직접 문의를 해보는 것이 어떠냐 결론을 내고 서울 총무처 담당자에게 문의를 하니 "지방자치단체도 당연히 해당된다."고 답변했다. 그 내용을 군청 인사담당자에게 얘기하니까 나중에 승진한 인사발령장을 담당자가 가지고 와서 "여기 있어."하고 내밀었던 사실이 있다. 아마 가만히 있었으면 몇 년 늦게 진급했을 것이다.

그리고 직원들 근무평가를 할 때 각 과장 읍·면장들이 서열을 부여한 것을 가지고 컴퓨터 프로그램으로 항상 돌려보도록 했다. 그래야 직원들 각자 각자의 서열을 비교할 수 있기 때문이다. 6급과 7급에 대하여는 기존 서열 명부를 놓고 현 서열과 비교하여 3계단 이상 차이가 나면 '왜 이런가?' 인사팀의 설명을 듣고 타당해야 넘어갔다. 왜냐하면 평점도 사람이 하는 일이라 관리자들이 실수를 할 수 있다. 그리고 과장 및 읍·면장들이 서열을 산정하면 부군수가 고칠 수 없기 때문에 근본이 중요하며 인사팀의 기술이 상당히 필요하다.

총무과에 와보니 과연 후생팀이 필요한지, 행정팀이 이렇게 많은 인원이 필요한지 의문이 들었다. 후생팀은 모 군수가 직원들의 인심을 얻기 위해 직제를 만들었지만 와서 보니까 담당자 한 명이면 족히 해낼 수 있는 업무였으며, 팀장과 7급행정직이 필요가 없었다. 해당 팀장과 7급 행정직도 일이 없어 마냥 놀 수만은 없는 입장이었다. 본인들은 얼마나 답답했었을까 하는 생각이 들었다. 그리고 총무과에서 인사를 담당해서 그런지 일 잘하는 직원들만 행정계에 놓고 일하고 있으니 그 점도 안타까웠다. 이런 인력을 사업부서로 돌리면 당진이 더 발전할 텐데 하는 생각을 했다.

경제부서에서 많이 근무를 해본 나는 어떻게 해야 당진이 발전을 하는지 어떤 인력이 있어야 발전을 하는지 판단은 할 수 있었다. 항상 하는 얘기지만 총무과 등 지원 부서에 아무리 똑똑한 공무원을 배치해도 당진발전에는 별 보탬이 안 된다. 똑똑한 인력은 사업부서에 있어야 당진이 발전한다고 나는 항상 주장한다. 그래서 인사팀에게 후생팀을 없애고 행정계 한 명을 빼서 실무부서로 돌리라고 했고, 인사를 하는 총무과가 모범을 보여야 한다고 하여 실행을 하였다. 총무과에서 모범을 보이자고 내가 욕을 먹으면서 강행했는데, 그 뒤로 보니까 서무팀이 생겼다. 과연 서무팀이 필요한 건지 반문하고 싶고 그 인력을 실무부서로 옮기면 당진이 조금이라도 더 발전할 텐데 하는 심정이다. 그건 관리자들이 어떻게 생각하느냐에 달렸는데 세상을 좀 더 넓게 생각했으면 하는 바람이다.

■ 서기관 승진

모 공직 선배가 술 한 잔 하며 내게 "진급에 대하여 어떻게 생각하느냐?"고 묻기에 "먼저 하세요. 저는 나이도 있으니 걱정 마세요."라고 한 적이 있다. 내가 진급서열이 1위였기 때문이다. 그 뒤로 그 분이 서기관이 되고서 나에게 전화를 걸어와 고맙다고 하였다. 그리고 다음에 또 서기관 진급을 양보했는데 부담을 덜어주기 위해서 아예 교육점수를 이수하지 않았다. 한 번은 감사원 감사가 나왔는데 총무과장이 교육점수가 미달되는 것을 보고 문제 삼았다. 감사관은 "담당과장이 어떻게 교육 점수가 미달됩니까? 이건 무슨 꿍꿍이속이 있는 것 아닙니까?"라며 담당자에게 사실대로 얘기하라고 다그쳤다. 담당자가 "이 분은 먼저도 양보했고 이번에도 양보하려고 아예 교육점수를 이수하지 않은 것입니다."라고 하여 그냥 넘어간 적이 있었다.

당진지역은 좁다. 서로가 너무 잘 아는 사이이고 퇴직해도 봐야할 일들이 많다. 그래도 공무원으로 들어와 30년 넘게 부딪치고 살아가는데 서로가 돌봐주지 않으면 조직이 삭막하고, 퇴직해서도 서로 미움으로 가득한 것을 과거부터 보아왔다. 공직 들어와서 30년, 퇴직해서도 오래 살면 30년이다. 과연 퇴직 30년을 어떻게 살 것인지는 잘 생각해 봐야 할 것이다.

내가 기획정책실장을 할 때 2011년 말쯤일 것이다. 한 번은 부군수가 나를 불러놓고 하는 말이 "잘해라. 그렇지 않으면 국장을 다른 데서 데려온다."는 것이다. 그래서 내가 "뭘 잘해야 하느냐?"고 반문하면서 "나는 그렇게 못한다."라고 하였다. 나는 "30년 공직 생활하면서 진급해 달라고 해본 적도 없고, 좋은 자리 보내달라고 한 적도 없다. 내 성격이 그렇고 내 태생이 그런데 어떻게 하느냐. 그러면 국장을 데려다 쓰세요."라고 반박을 한 적이 있다.

공직생활을 하다보면 이런 일 저런 일 별의별 일을 다 겪어보지만 제일 참기 힘든 일은 자존심을 건드리는 것이다. 그래도 올곧게 열심히 살았고, 서기관 진급을 여러 차례 양보도 했는데 국장을 데려다 쓴다 하니 내 자존심이 허락하지 않았다.

■ 해상도계 분쟁

해상도계 분쟁에 대하여는 할 이야기가 많다. 또한 하지 못할 이야기도 많고…. 당진과의 해상도계분쟁과 관련해 평택시가 헌법재판소에서 패소를 하고 잠잠했는데 2009년 4월 1일자로 지방자치법(제 4조)이 개정돼 공유수면 매립지 명칭과 구역에 대하여는 행정안전부 장관이 결정하도록 하여 문제가 다시 불거지기 시작했다. 당초 헌법재판소 결정에 의해 서부두 일원 매립지를 당진시가 지적등록을 한 것은 하자가 없지만 '2009년 4월 1일 이후 추가로 매립한 토지를 행안부 장관의 허락 없이 임의로 지적등록한 것은 법위반으로 무효이다.'라고 평택시가 행안부장관에 이의를 신청한 것이다.

나중에 안 사실이지만 행안부 담당자 말이 당진은 지방자치법 개정안이 공표될 때 개정이 안 되도록 했어야 했다는 것이다. 아무래도 2009년도 개정안은 경기도에서 로비해서 만든 것 같다고 한다. 경기도와 평택시에서 이의를 제기했을 때 충남도와 당진군도 이에 대한 답변서를 작성하여 행안부에 제출했어야 했다. 도계 분쟁이다 보니 충남도에서 전적으로 나서야 했지만 도는 뒷짐 지고 먼 산 구경하듯이 소극적이었다. 도에서 행정부지사 주재로 도계분쟁에 대하여 회의를 하는데 부지사가 한다는 말이 서부두는 평택 쪽에서 관리하는 것이 맞는다는 것이다.

아무리 서천 쪽하고 반대 형국이고 행안부에서 내려왔다고 하여 입장 표명이 난처하더라도 도의 책임자가 그런 식으로 얘기하는 걸 보고 도계분쟁 건은 우리가 직접 나서는 것이 나을 것이라 판단했다. 변호사도 우리가 선임하고 비용 4000만원도 지급하였다. 신촌 법무법인 변호사를 선정했는데 헌법재판관 출신이고 도계분쟁을 맡아봤던 분이다. 지인의 소개로 이 변호사를 선정했다.

행안부에 올릴 답변 내용 중에 법령해석이나 판단은 변호사가 해야 하지만 서부두 여건이나 지리적 역사적 상황 등에 대하여는 어차피 우리가 담당해야 했다. 이해선 행정팀장이 주로 작성하고 나는 지리적 여건에 대하여 보충하는 식으로 업무를 분담 추진하였다. 몇 가지 평택의 행동을 예로 들겠다. 행담도를 매립할 당시 평택시는 '행담도가 매립이 되면 평택시가 수장된다.'며 10만 서명운동을 벌여 환경부와 건설부에 제출했다. 이 때문에 12만 4000평 매립계획이 7만 4000평으로 줄어들어 외자유치에 실패하는 참담한 결과를 낳았다.

IMF 외환위기가 터지면서 각 부처에서 외자유치에 사활을 걸었는데 한국도로공사에서 싱가포르 이콘그룹에 행담도 관광지 사업계획을 제시해 외자유치에 성공했으나 계획이 빗나가 실질적으로 외자유치가 불발됐다. 행담도개발 사업에 대한 외자유치가 불발된 것은 결국 평택시의 반대였다고 볼 수 있고, 국가에서 약속한 사업이 계획대로 안 된 것은 국가적 망신이라고밖에 볼 수 없다.

평택항은 당초에 '아산항'이었다. 내가 기획계에 근무할 당시 서해안 개발업무를 보면서 분명히 항만법 시행령 제2조 항만의 명칭 및 위치에서 분명히 아산항으로 되어 있었다. 그런데 아산항이 갑자기 평택항으로 바뀐 것은 경기도의 욕심에서 비롯됐다. 인천직할시가 경기도에서 분리되면서 경기도 항만과 직원들이 갑자기 할 일이 없어졌고 그래서 아산항에 관심을 갖기 시작했다. 이 때 경기도가 로비를 해서 시행령을 평택항으로 고친 것이 아닌가 생각된다. 아산항이 평택항으로 바뀔 때 충남도는 물론이고 아산시나 당진군도 감쪽같이 몰랐다. 나중에 평택항이 평택당진항으로 이름이 바뀌니까 아산시가 '왜 아산은 빠졌냐'고 뒤늦게 뛰어들었지만 이미 때는 늦었다.

서부두에 업체들이 들어오면서 전기, 공업용수, 생활용수, 가스 등이 공급되어야 하는데 사사건건 평택시에서 태클을 걸고 있다. 평택시에서 공업용수를 공급할 수 없다 하기에 그러면 공업용수가 아산정수장에서 들어가는데 충남에서 단수 조치를 하자고 한 적이 있었다. 가스도 서해도시가스가 공급됐는데 그것도 평택에서 태클을 걸어 무척이나 어렵게 들어갔다. 그리고 서부두 입주업체에 대하여 평택시 인근 주민들이 아무 피해도 없는데 사업권에서 밀렸다고 환경피해를 주장하고 감사원 감사를 요구하여 애매한 우리 직원만 징계 맡게 한 사실도 있었다. 지금까지도 수많은 갈등이 생기고 있는데 내가 볼 때는 우선 평택 쪽에서 마음을 열어야 할 것 같다.

장기적으로 당진항이 발전하려면 평택과 손잡고 공동 번영을 해야만 하기 때문에 추후 평택당진항상생협의회 등을 구성해 상생하는 방법을 찾아야 명실상부한 국제항이 될 것이다. 거슬러 올라가면 도계분쟁은 문화공보실장 시절 서울에 있는 후배가 나에게 관련된 사람을 소개해 주어 수차례 접촉하면서 내용을 깊게 알게 되었고 도움을 많이 받았다. 지면상으로는 그 과정의 자세한 이야기는 말할 수 없지만 후배와 그분께 깊은 감사의 말을 전한다.

■도계 분쟁과 행안부

행안부의 도계분쟁 관련 담당부서는 자치제도과이었고 담당사무관은 이ㅇㅇ 씨이었다. 행안부에 가면 담당사무관이 대막대기로 자신 어깨를 안마하면서 "무엇 때문에 오셨어요?"하며 퉁명스럽고 거만하게 대하곤 했다. 그는 "헌법재판소에서 결정이 났지만 다루는 주안점이 지방자치법이니 그 점을 착안하여 일을 하라는 것이었고, 전문가로 구성된 위원회에서 결정할 계획이기 때문에 어떻게 될지 모른다."는 것이다. 하루는 행안부를 방문했는데 로비에서 신평출신 김ㅇㅇ 사무관을 만났는데 이ㅇㅇ 사무관을 잘 안다고 안내해주어 이야기를 하는데 상당히 말투가 부드러워졌다.

이런 얘기 저런 얘기를 하는데 청원 출신으로 7급 공채인데 아산시에서 초임, 대덕군을 거쳐 행안부 소양고사에서 1등을 해 발탁됐다고 하였다. 충남에서 지방직으로 재직할 때 무척이나 텃새에 시달려 고생을 한 탓에 충남에 대하여는 아주 부정적 시각을 갖고 있었다. 얘기를 하던 도중 내 동생도 7급 공채로 대전시에서 근무하고 있는데 이모 사무관과 연배가 비슷할 것 같아 "오규환 아세요?"라고 하니까 동기라고 했다. 그 뒤부터 내가 가면 "형님 오셨습니까?"하면서 깍듯이 대우해주었다.

이모 사무관에게 이번 사건은 최대한 미루어 달라고 하였다. 왜냐하면 경기도에서 당초 이의신청을 할 당시 서부두가 경기도에 편입되어야 한다는 타당성에 대하여 전문가들의 의견을 모아 책으로 펴내 제출했기 때문에 당진에서도 전문가들의 의견을 모아 책을 발간할 시간을 벌어야 했던 것이다. 경기도는 경기발전연구원에서 발간하였는데 나와 이해선 팀장이 충남발전연구원에 가서 협의를 했는데 자신들은 전문가가 없기 때문에 도저히 용역을 수행할 수가 없다는 답변이었다. 그래서 항만전문가가 있는 업체를 선정하여 책으로 발간 의견을 제출한 바가 있다.

전국적으로 매립지에 대하여 경계분쟁이 된 것은 2004년 당진과 평택이 시발점이 되었고 2006년 광양시와 순천시의 분쟁에 이어서 2010년도의 부산 신항만 사건으로 부산시 강서구와 경남 진해시의 경계분쟁사건이 있다. 이 세 곳은 모두 해상경계에 의해서 결정이 되었다. 즉 국립지리정보원 발행 '국가 기본도상 해상경계선'을 기준으로 관할 권한이 분할 귀속된 것이다.

그 중에 부산 신항만 사건, 신항만 북컨테이너기지의 경우가 특별하다. 북컨테이너기지의 경우 매립이 다된 상태에서 경계다툼이 있었으며, 국립지리원 발행 경계가 당진처럼 줄곧 하나로 표시되어 있는 것이 아니고 경계가 지도를 발행할 때마다 다르게 3개로 되어 있었다. 왜냐하면 부산과 경남의 도계가 계속 이어져 내려온 것이 아니고 옛날 경계는 도계가 아닌 리 경계이어서 지도를 발행할 때마다 다르게 표시가 된 것이다. 행정구역상 리 경계였는데 행정구역 개편에 따라 도 경계가 된 것이다. 그래서 헌법재판소에서도 선을 긋기가 어려워 3차례에 걸쳐 양 자치단체를 불러 조정을 했는데 도저히 조정이 안 되어 어쩔 수 없이 세 가닥 중에서 가운데로 경계를 획정하여 종결한 사례이다.

이 사례를 비추어 당진이 유리하게 해석할 수 있는 것은 2009년 4월

1일 개정된 지방자치법 부칙에 보면 '이법 시행당시 지방자치단체의 관할 구역에 관한 분쟁이 발생하여 헌법재판소의 권한 쟁의 심판이 진행되고 있는 경우 시장·군수·구청장은 헌법재판소의 결정에 따라 지적공부에 등록한다.'라고 규정되어 있다. 이를 유추해석하면 당진의 경우는 육지가 아닌 해상이지만 부산의 경우는 육지이다. 육지도 해상 경계를 가지고 결정했으며, 또한 부산의 경우 지방자치법에 의하여 결정된 사항이다.

행안부 자치제도과에서 줄곧 주장하는 지방자치법의 경우는 헌법재판소하고 다르다고 하는데 부산의 경우는 지방자치법(부칙)에 의하여 육지도 국립지리원 발행 지도의 해상 경계를 가지고 결정된 사항이기 때문에 행안부가 주장하는 지방 자치법도 헌재의 결정에 구속됨은 자명한 일이다. 그리고 부산과 당진평택 모두 해상경계에서 결정이 되었는데 행안부가 당진만 해상경계에서 하지 않고 평택이 주장하는 편리성을 들어 경계를 다시 조정한다는 것은 있을 수 없는 일이다. 아무튼 지금까지 행안부에서 결정이 나지 않았기 때문에 법 논리와 지역 정황을 세밀히 분석 대응하여야 할 것이다.

지금 치열하게 싸우는 곳이 있는데 새만금 방조제 축조에 따른 행정구역 분할 다툼으로 군산시, 김제시, 부안군이다. 이곳은 농림수산식품부가 행정구역 결정신청을 내어 2010년 10월 27일 행안부 중앙분쟁조정위원회에서 해상도계대로 비응도항~신시도 구간의 행정구역을 군산시 관할로 결정 의결을 하였다. 이에 대해 김제시와 부안군은 대법원에 구역 결정 취소 소송을 제기하였다. 중앙분쟁조정위원회는 "다만, 향후 매립·개발 추진상황에 따라 일정단계에 주민편의와 행정효율 등을 더욱 높이는 방향으로 새만금 전체구역에 대한 행정구역 재설정을 포함한 합리적 구역관리 체계를 검토 시행할 것을 정부에 권고하기로 했다."라고 발표했다. 이 때문에 당진시도 안심하지 말고 철저히 대응해야 하고 할 수 있는 모든 방법을 강구해야 한다.

중앙분쟁조정위원회에서 언급한 '주민편의와 행정효율 등을 더욱 높이는 방향으로'라는 말을 귀담아 들어야한다. 지금도 서부두 입주업체들은 내심 경기도로 편입되기를 원하고 있다. 경기도에서 행안부에 제출한 서류에 입주업체의 종업원에 대하여 설문조사를 했는데 전부 평택시에 귀속되는 것을 원한다고 답변하였다. 지역경제과장 때 서부두 슬래그 업체에 도움을 줬기 때문에 업체마다 방문하여 기업명의의 당진귀속을 원한다는 서류의 확인서를 받아 소송서류에 첨부한 사례가 있었다. 앞으로 당진시의 행정에서는 서부두 입주 업체들의 불평이 없도록 최대의 서비스를 제공하여야만 위에서 언급된 주민편의, 행정효율 사항을 뛰어 넘을 수 있다.

기획 정책 실장으로

2011년 당진에 구제역이 터지면서 축산농가 뿐만이 아니라 공무원, 기관 단체, 군민에 이르기까지 무척이나 고생을 많이 했다. 군청 내 소회의실에 처리반, 지원반, 소독반 등등 상황실이 꾸며졌다. 소회의실에 상황실이 마련되었는데 직제 통괄이 미흡하여 직접 상황실장을 맡아서 일을 하였다. 지난 일이라서 쉽게 이야기하지만 말이 그렇지 가축 13만 두를 매립한 것은 농가뿐 아니라 공무원들도 얼마나 어렵고 고통스러웠는지는 상상을 초월할 정도였다. 매일 수십 명의 공무원들이 매몰조로 투입돼 하루에 1만 여두를 매립해도 잔여 두수가 1만 여두가 남았었다. 그리고 경험이 없어 처음에는 허둥지둥 헤매는 일도 많았다.

살 처분반 직원들에게 현지로 점심을 제공해야 하는데 오후 2시까지 배달이 안 되어 지원반 직원을 호되게 나무란 적이 있다. 하루는 "점심식사를 무엇으로 제공했느냐?"고 물으니 도시락으로 주었다기에 "이렇게 추운데 도시락으로 주면 그게 넘어가나? 그래도 뜨거운 국물을 주어야 하는 것 아니냐?"고 야단을 친 적도 있었다. 하루는 직원으로부터 항의가 왔었다. "돼지를 땅에 몰아넣는데 돼지국밥을 주면 그게 넘어 갑니까?" 라는 것이었다. 지원반이 식당에 가서 확인을 못하니까 그런 일이 벌어진 것이었다. 엄동설한에 돼지를 몰아넣어 매몰하는데 돼지는 안 들어가겠다고 버티지, 춥기는 한데 새벽까지 일은 해야 하고…. 직원들이 참으로 고생을 많이 했다.

그때 급하게 일을 하려면 직원들에게 좋지 않은 말도 많이 했는데 한 직원에게 항의전화를 받았다. 그 직원이 "실장님! 저에게 그렇게 심하게 얘기할 수 있습니까?"하여 사과한 적이 있다. 구제역 상황실장을 자천하여 보았는데 '왜 내가 이 일로 욕을 먹어야 하나?'라는 생각도 하였다. 행정을 하다보면 너무 엄하게 하면 일은 되는데 직원들에게 욕먹고, 너무 마음만 좋아 직원들에게 잘해주면 일이 안 되는 양면성이 있어 중심잡기가 힘든 때가 많다. 그때 나에게 꾸지람을 들은 직원들에게 지면을 통해 진심으로 사과하는 바이다.

지나간 얘기지만 돼지 살 처분하면서 나중에는 직원들 동원을 하지 않았다. 그것은 다 이유가 있었다. 합덕에서 돼지 농장을 운영하는 친구로부터 자신 농장에 약 8명의 인부가 구제역 살 처분을 마친 뒤 놀고 있으니 데려다 일을 주라는 것이었다. 다른 사람이 알면 말이 많으니까 모르게 데려다 쓰라고 하였다. 숙련된 인부들이라 공무원 수십 명 몫을 대체할 수 있기 때문에 공무원들을 동원하지 않게 되었다. 구제역 사건으로 산림축산과장 이하 직원들이 고생을 많이 하였는데 특히 장명환 팀장은 출근도 못하고 현장에서 숙식하면서 고생을 했고, 고석범 등 산림축산과 직원들이 너무 고생을 하였다.

구제역 사건을 보면 국가 시스템에도 문제가 많았다. 식약청 직원들이 교대로 당진에 파견근무를 했는데 옆에서 지켜보니까 매뉴얼이 있지만 그 매뉴얼이 현실하고 맞아 떨어지지가 않았다. 나중에는 살 처분 보상비가 너무 들어가니까 반경 500m에서 범위를 대폭 줄여 시행하는 등 국가비상시스템이라고는 믿어지지가 않았다. 만약에 그런 식으로 지방자치단체가 시스템을 가동했다면 감사원에서 어떻게 했을까? 살 처분 방법을 현실대로 했으면, 그리고 구제역백신을 좀 더 일찍 공급해 주었으면, 축산 농가는 물론 직원들도 그렇게는 고생하지 않았으리라. 지나간 일이지만 농민들뿐만이 아니라 전 국민을 공포로 몰아넣은 이러한 일이 앞으로는 발생하지 않도록 근원적 차단 방안을 마련해야 할 것이다.

■ 전기 자동차 선도도시

이상문 서울 사무소장이 "환경부에서 전기자동차 선도도시 공모가 발표됐는데 한번 응모해보는 것이 어떻겠느냐?"며 한번 해보자 하였다.

공모 서류를 작성해 제출했는데 다행히 서류 전형에 합격하였다. 전기자동차 공모는 두 번째였다. 첫 번째

전기자동차

공모 때는 서울시, 부산시, 영암군이 선정되었고, 두 번째 공모에서는 광주시, 창원시, 당진군이 서류에 합격하여 서울 자동차 학회 사무실에서 심의가 있었다.

심의장에 가보니 광주시와 창원시는 첫 번째 공모에서 탈락한 재수생들이었다. 재수를 하다 보니 해당 과장들이 철저히 준비하여 브리핑을 하는데 내가 알아들을 수 없는 전문 용어까지 써가면서 설명을 하는데 속으로는 대단하다 느꼈고 과연 저렇게 설명해야하는지 부담을 느꼈다. 그런데 깊게 설명하니까 심사위원인 전문가들이 전문적으로 질문하니 해당 과장들이 설명 못하는 것은 자명한 일이었다. 심의위원들로부터 질책 받는 것을 보고 당진차례가 됐고 나는 단순하게 설명하였다. '해주고 싶으면 해주고, 싫으면 해 주지 말고.'하는 심정으로 말이다.

당진은 철강단지화되고 있어 공해가 심해지고 있어 걱정이다. 신생 공업지역으로 앞으로 친환경 정책이 필요한데 마침 환경부가 전기자동차 사업을 공모하는 것으로 보고 전기자동차를 계기로 친환경 정책의 전환점을 삼고자 신청하게 되었노라고 설명했다. 그리고 나는 행정직 공무원으로 전기자동차에 대하여 잘 알지 못하기 때문에 아는 범위에서 설명하고 답변을 드리겠다고 했다. 이렇게 서두를 꺼내고 간단히 설명을 했더니 질문하는 것도 별로 없었는데 전기자동차 선도도시로 선정이 되었다.

선정이 되어 도비를 지원받으려고 충남도 환경과의 전폭적인 지원이 진행되었는데, 예산담당관실에서 도비가 반영이 안 되었다. 내가 수차례 도청에 가서 사정을 했는데 도비 2억 4000만원이 없어 지연되었다가 나중에 반영이 되었다. 이 일을 추진하느라 환경과 유재호 과장, 인치도 팀장이 너무 고생을 하였다. 특히 당진은 전국 최초로 기업체에도 전기자동차를 공급하게 된 것은 환경과 직원들의 노력이 있었기 때문에 가능한 일이었다.

■ 10대 비전 제시

2012년 당진시의 출범을 앞두고 2011년 말에 2012년 업무계획 구상 보고를 하는데 기획정책실에서 만든 것을 보니까 매년 하는 일상적인 업무계획만 작성하였다. 그래서 기획계 직원들에게 "시가 되는데 매년 반복적인 것만 수록할 것이냐? 뭔가 획기적인 사업으로 시민들에게 비전을 제시해야 하는 것 아니냐?"라고 반문한 뒤 10대 비전 작성방법을 알려주었다.

과거 기획계 근무 때 2000년대 비전을 어렵게 작성해 본 경험이 있었기 때문이다. 서해안시

당진시 10대 비전

대의 거점도시, 신 성장 잠재력 도시 등등 시 승격 원년에 시민들에게 미래 당진이 나아가야 할 방향을 분명히 제시해야 하는 것은 물론이다. 만약 시 승격만 되고 미래 비전을 제시하지 못한다면 행정의 수준이 심히 걱정되는 상황이라고 봐야 할 것이고 당진의 미래가 어두워질 것이다. 앞으로 당진을 먹여 살릴 신 성장 동력의 그 무엇을 제시해야 하는데 내가 볼 때는 항만이다. 지역경제 과장 시절 수많은 기업인들과 대화를 나누어 보면 그들이 하는 이야기 중 하나가 항만이다.

당진에는 현대제철이 들어와서 관련 기업이 들어오고 있지만 대다수 기업은 현대와 관련이 없는 기업들이다. 이들 기업들이 당진으로 들어오는 이유가 항만이 있기 때문이다. 물류비용 면에서 그만큼 경쟁력이 있기 때문이다. 인천은 항만이 도크식으로 되어 있어 2~3일을 공해상에서 대기해야 하기 때문에 당진항은 그에 비해 월등한 경쟁력을 갖추고 있다. 그래서 10대 비전의 제일 중요한 부분으로 국제항만도시를 강조하였다.

경제산업국장이 되어

2012년 1월 1일자로 경제산업국장으로 발령 나면서 10개 실·과를 어떻게 관리를 해야 할 것인지 걱정이 앞섰다. 내심 의회사무국장으로 발령이 날 것으로 기대를 했는데 경제산업국장으로 발령을 받으니 상당히 부담됐다. 예전에 실·과장으로 과 운영은 해보았지만 10개 과를 운영한다는 것은 난생 처음이고 걱정이 앞서는 것은 당연지사이다. 그러나 지나온 경험을 살려 도전을 해보자는 결의를 다지고 업무에 임했다.

각 과를 순회하며 과장, 팀장들과 회의를 하면서 각과에서 해결이 안 되고 어려운 일이 있으면 나에게 넘기라고 하였다. 각과에서 각자 하는 현안사업이 잘 풀리지 않는 것도 과장 혼자 고민하는 것보다 국장과 상의하고 또 다른 과장들과 협의하면 의외로 쉽게 풀릴 수도 있다. 아무래도 머리를 맞대면 좋은 아이디어가 나오기 때문이다.

■ 장고항 배수로 민원

건축과가 별 민원이 없는 줄 알았는데 인·허가의 최종부서라 민원이 건축과 쪽으로 몰리고 있는 것을 국장으로 와서 알았다. 석문면 장고항 배수로 민원이 있는데 몇 년간 해결이 안 되고 있고, 심지어 1억 원의 예산을 세워 놓았는데도 해결이 안 되는 상태였다. 하루는 김ㅇ ㅇ 팀장이 나에게 와서 "이제는 못 하겠네요."라고 하는데 심성이 착한 팀장이 나에게 저러면 얼마나 속상해서 저러나라고 생각하여 산림과, 건설과, 도시과팀장들을 대동하고 현장에 몇 번이나 나갔었다. 13가구 집단 취락지 허가를 하면서 산림과나 도시과에서 배수로를 끝까지 파악하지 않고 허가를 해주어 산림개발이 끝나니 개인집 앞마당으로 물이 쏟아져 개인이 피해를 보는 상태였다.

민법 제221조(자연유수의 승수의무와 권리)에 보면 '토지소유자는 이웃토지로부터 자연히 흘러오는 물을 막지 못한다.'라고 되어 있다.

그러나 민법 제223조(저수·배수·인수를 위한 공작물에 대한 공사 청구권)에 보면 '물을 저수·배수·인수하기 위해 공작물을 설치하면서 타인 토지에 손해를 가하는 경우 타인은 그 공작물의 보수 등에 대한 필요한 청구를 할 수 있다.'라고 되어 있다. 장고항 민원은 배수로 인하여 피해를 보았기 때문에 임야를 훼손한 사업자가 대책을 해 주어야 하는데 부도가 난 상태인지라 행정에서 해주어야 할 지경에 이르렀다.

아무튼 마무리를 하였는데 부락이장, 석문면장, 도시과·건설과·산림과·건축과장, 각 팀장들이 고생을 많이 하였다. 또한 부락 이장께서 우리에게 고생했다고 저녁까지 사주었는데 고마운 마음을 이 글로 대신한다. 행정에서 인·허가를 해주면서 물길에 대하여 민원이 많이 발생하고 있다. 물길에 대하여는 위 민법 사항을 잘 숙지하여 행정을 하면 민원을 최소화할 수 있을 것이다.

■ 장고항 마리나 시설

농림수산식품부에서 국가어항으로 지정된 장고항을 정비하면서 마리나 시설을 설치하는데 항 내에 설치하느냐 항 밖에 하느냐를 놓고 장고항 어촌계에서 다툼이 되었다. 항 내에 설치하면 외곽 방파제를 국가에서 설치해야 하기 때문에 국비가 약 300억원 정도 더 들어가지만 장점은 항 내에 마리나가 설치된다는 점이다. 마리나는 시가 직접 설치·운영할 수도 있고 민자유치가 쉽다. 반면 항 내 설치했을 때의 단점은 범위가 넓어져 어촌계의 어장이 좁아지고 고기잡이 선박과 요트의 입출항에 문제가 생기고 어민과 요트 승선자들 간 위화감이 생긴다는 점이 있다. 항 밖에 설치하면 장점은 설치할 때까지 어업활동을 할 수 있고 어선과 요트와 입출항에 지장을 안 준다는 것이고, 단점은 장고항 밖에 마리나 시설을 하려면 방파제를 설치해야 하기 때문에 약 300억원 정도가 더 들어간다는 점이다.

농림수산식품부 인천어항사무소는 어민들이 동의하면 마리나 시설을 항 내에 설치할 수 있도록 해주겠다고 하였으나 어촌계는 바지락, 굴 채취 면적이 축소되는 데다 어업활동을 할 수 없고 어민들과의 위화감이 조성되기 때문에 줄곧 반대하였다. 76명의 도장을 받아 마리나항 건설 반대의견서를 인천어항사무소에 제출하였다. 이러한 반대의견에 대하여 객관적으로 판단을 해보자고 하여 항만수산과에서 양양군 수산항을 견학하기로 하여 어촌계 등 석문사람들과 항만과 직원들이 수산항을 견학하였다. 수산항을 견학하는데 수산항 어촌계장이 직접 나와서 그간 상황을 설명해 주었다. 어촌계장도 처음에는 반신반의하였으나 외국에서 생활한 경험으로 한 번 해보자 하는 결의로 찬성하였으며 적극적으로 도와주고 전국 최초로 항 내에 우럭 등 양식장까지 설치하여 소득을 올리고 있었다.

어촌계장은 "사람들이 와서 쓰레기도 버리고 해야 돈도 버는 것 아닙니까? 제가 식당을 하는데 연 매출이 10억원 정도까지 늘었습니다. 이게 다 마리나 시설이 들어왔기 때문입니다"라고 말했다. 그리고 마리나 항에서 요트학교를 운영하여 1년에 약 6000여 명이 다녀가기 때문에 지역경제에 보탬이 된다고 하니 석문 분들이 고무적으로 변하였다. 이런 동기로 인해 장고항 어촌계 90명 이상이 '마리나 시설 찬성 건의서'를 인천어항사무소에 제출하였으나 결국 시간이 너무 늘어져 반영이 안 되었다. 너무 안타까운 일이었다.

■ 제 5 LNG 생산 기지 건설

2012년 10월경에 한국가스공사에서 LNG 5기지를 당진에 세우겠다고 4개소 후보지에 대하여 시에 의견을 물어왔다. 대상지는 석문국가공단 내, 장고항 위쪽과 아래쪽, 대난지도 북쪽이었고 면적은 30만 평이상, 투자비는 약 2조 4000억원 정도, 시행자는 한국가스공사이며 전국 대상지는 10개소라고 하였다. 석문면에서는 반대의사를 표명하였으나 항만수산과 직원들은 이럴 때 찬성하여 국가부두를 늘려야 한다는 의견을 피력하였다. 그 이유는 만약에 석문국가공단에 유치할 경우 약 30만톤급 이상 배가 들어오고 나가야 하기 때문에 항로가 저절로 생기고 어업보상도 한국가스공사에서 해주기 때문에 국가항만이 조성된다는 결론이었다.

그 이야기를 듣고 그럼 한 번 해보자 하고 석문 면장에게 이장단회장, 개발위원장을 같이 만나자하여 면장실에서 LNG기지유치에 대하여 설명을 했다. 과거 석문국가산업단지 앞 국가부두가 BC분석에서 0.723으로 계획에서 취소되어 없어졌지만 LNG기지가 들어오면 자연히 BC분석에서 1이상이 나오기 때문에 국가항만유치가 가능하다고 설명하였다. 또한 국가항만을 유치해야하는 이유도 설명하였다.

평택의 경우 홍보관에 30억원 이상, 마린센터에 300억원 이상을 경기도에서 투자하여 설치해 주고 있지만 당진의 경우 충남도는 보령항만 신경을 쓰지 당진항은 신경을 쓰지 않기 때문에 우리 스스로 해쳐나가야 할 형편이다. 만약 석문산단 앞에 국가항만이 들어오면 합덕역에서 고대·부곡산단까지 연결되는 산업철도를 석문까지 연결하면 자연히 컨테이너 기지를 만들 수 있고 여객부두를 만들 수 있기 때문에 당진의 꿈과 희망이 여기에 있으므로 반드시 LNG기지를 유치하여야 한다는 것을 강조했다. 석문면장 등이 설득하여 찬성을 이끌어 냈으며 강원도 울진군에 건설하고 있는 제4 LNG건설현장을 석문 사람들하고 같이 다녀와서 많은 것을 배웠다. 울진은 한국가스공사로부터 약 300억원의 지역협력사업을 지원받고 있었다.

제5 LNG기지가 당진에 유치되기를 간절히 희망한다. 지역에 있는 제조업체를 방문해보면 물류비에 대하여 불만이 무척이나 많다. 당진은 컨테이너 기지가 부산항으로 되어 있어 그 비용이 1TEU당 평택당진항에서 입·출항하면 15만원 조금 더 들어가는 편인데 부산으로 보내면 70만~80만원이 들기 때문이다. 이 같은 문제점을 해결하기 위해서 진일보된 항만 정책이 필요한 시점이다.

■ 약 1조 원 공장유치

경제국장으로 와서 보니까 부곡산단에 위치한 희성피엠텍, 희성촉매 공장에서 추가로 1조원 매출 규모의 공장을 증설하는데 천안 쪽으로 추진한다는 소리가 들렸다. 시화공단에 있는 희성촉매 공장 백 이사에게 전화를 하고 바로 방문을 하여 쐐붙였다. "나하고 약속한 사항이 있는데 당진을 놔두고 뭐 천안으로 간다고? 그럼 당신 맘대로 천안으로 가시오. 한번 해 봅시다." 그러니까 공장장이 "아니, 오 국장님 왜 그러십니까? 아직 결정된 것도 아닌데 참으세요."하는데 나중에 이유를 들어보니까 충남도 박 사무관이 천안의 외투지역을 권유한 것이었다. 도가 조성한 산업단지이기 때문에 빨리 분양하려고 천안으로 권유한 것이다.

희성촉매는 희성과 독일계 바스프사가 50대 50 합자한 회사이다. 내가 강하게 말한 이유는 과거 지역경제과장 시절 희성촉매를 어렵게 유치하면서 백 이사, 손 사장, 부회장과 앞으로 희성그룹, LG그룹이 충청도에 투자하면 우선 당진으로 온다고 약속한 사항이 있기 때문이다. 이렇게 백 이사에게 내질러서 백 이사가 '오 국장만 보면 시달려 못살겠다'고 지휘부에 보고해 당진으로 가겠다는 확답을 들었다. 석문 국가 산단이든 송산2산단이든 현장을 보고 결정하겠다고 하였다.

희성촉매는 순간 공기정화장치를 생산하는 공장으로, 앞으로 자동차뿐만 아니라 선박과 심지어는 예취기에도 공기정화장치를 장착해야 하는 등 그 수요가 엄청나기 때문에 우리나라에서 독보적인 존재인 희성촉매가 공장을 증설하는 이유이다. 그 뒤로 희성그룹 부회장(실질적 실권자), 손 사장, 백 이사가 현장을 방문하여 석문공단과 송산2산단을 둘러보았는데 기존 공장과 신설공장을 합해 근무자가 약 300여 명이 되기 때문에 석문국가산단보다는 송산2산단이 좋겠다고 의견을 피력하였다.

그리고 이주단지에 아파트나 타운하우스를 건립해 직원숙소를 별도로 짓겠다고 약속하였는데 백 이사 얘기하고 부회장 얘기하고 판이하게 다른 점이 있었다. 백 이사는 촉매를 생산한다고 했는데 부회장 얘기는 합작회사인 바스프사에서 촉매가 아니고 유화제품을 생산하는 공장이라고 하는데 환경오염 때문에 어렵지 않느냐고 내가 대답을 하였고, 생산 공정이 담긴 책자를 보내오면 다시 검토하겠다고 하였는데, 경제국장을 떠나서 이후 어떻게 됐는지 모르겠다. 촉매공장에 대하여는 백 이사가 현재 부곡공단 희성피엠텍 공장 옆 다른 공장 터를 추가로 사서 추진하기로 합의하여 추진하고 있다.

■ 롯데캐슬 민원

롯데캐슬 아파트에서 할인분양을 하자 기존 분양받은 사람들이 피해를 본다며 기존 분양받은 가구들도 똑같이 할인해달라고 건축과에 지속적으로 민원을 제기했다. 시장실을 직접 찾아가기도 했다. 하루는 롯데캐슬 분양사무실에서 민원인들과 롯데캐슬 현장소장 등이 입회한 가운데 중재가 붙었었는데 롯데건설 부장이 잘못 얘기를 해서 싸움이 벌어졌다. 한 명이 책상을 뒤엎는 바람에 책상 위에 있던 커피가 내 가슴으로 떨어져서 옷이 버린 일도 있었다. 그런데 그 장소에 젊은 부인이 있었는데 얼마나 욕을 잘하던지 책상이 들썩거리는 것보다 그 여자 욕하는 것만 신기해서 구경했을 정도였다. 나도 군대에서 욕이란 욕은 많이 해봤지만 그 여자에 비하면 이도 안 들어갈 정도였다.

하루는 국장실 여직원이 건축과에 민원인들이 수십 명 쳐들어왔다고 하여 가보니 난장판이었다. 박영수 건축과장 책상을 쓸어버렸고 욕설이 난무하고 수습할 수 없는 지경이었는데 이대로는 도저히 안 되겠기에 대표자에게 "여기서는 대화가 안 되니 대강당으로 갑시다. 대강당으로 가서 대화를 합시다."라고 설득하여 약 80여 명을 대강당에 모아놓고 대화를 하였다.

80여 명하고 한 시간정도 대화를 하였는데 속마음으로는 '어차피 많은 인원이 왔으니까 쉽게 끝나지는 않을 것이다.'하는 심정으로 마음 편하게 먹고 대하였다. 민원인들에게 대화 도중에 한번 역으로 제안을 해 보았다. "내가 롯데건설 본사를 갈 테니까 여기 계신 대표자들도 같이 본사에 갑시다. 가서 시에서 당신들 입장을 대변해 주겠다."라고 하였다. 그러니까 여기저기서 웅성웅성하더니 그렇게 해보자고 자신들끼리 협의를 마쳤다. 그러더니 집회를 접고 해산을 하였다.

입주자 대표와 같이 롯데건설 본사를 방문해 중재를 하였는데 사전에 롯데 측에 당진시에서 직접 여기까지 왔으니까 한 가지라도 선물을 줬으면 좋겠다고 부탁하여 타협의 실마리를 찾게 되었다.

■ 관리자가 갖추어야 할 모습

행정을 하면서 '관리자가 어떤 모습이어야 하는지'에 대해 많이 생각해보았다. 여러 공직 선배분들을 모시면서 느낀 소감을 가감 없이 기술해 보고자 한다. 우선 관리자는 덕으로 베풀어야 한다. 과거 군수 가운데 어떤 분은 곧잘 결재판을 집어 던졌다. 직원들이 결재하기 무서워 군수실에 들어가질 않으려고 했었다. 말이 그렇지, 직원들이 덜덜 떨 정도면 의사소통이 안 되어 직원과 관리자와의 괴리가 있었다. 그만큼 행정이 어려웠던 것은 두 말할 나위가 없다. 관리자가 덕으로 행정을 하면 의사소통이 자연스럽게 되어 행정이 더 발전하게 된다.

관리자의 다음 덕목은 권한을 주어야 한다는 것이다. 관리자가 모든 일을 혼자서 하려면 시간도, 능력도 부족할 수밖에 없다. 직원들은 사소한 일조차 스스로 결정하지 않고 관리자만 처다보게 될 것이다. 결국 직원들이 결론을 내고 쉽게 처리할 수 있는 일들도 일부러 하지 않고 관리자에게 미룰 수가 있다. 권한을 직원들에게 준다면 직원들이 창조적으로 일을 할 수 있고, 조직이 더 발전할 수 있다. 이렇게 되면 관리자도 시간적 여유가 있어 큰 일에 집중적으로 시간을 할애할 수 있다.

다음 덕목은 지시 보다 토론 문화를 키워야 한다는 것이다. 관리자가 지시를 많이 하다보면 밑에서는 지시사항만 처리하게 된다. 관리자가 지시를 했는데 그 사항을 처리하지 않을 수도 없고 중간보고, 결과보고를 하다보면 시간을 빼앗길 수밖에 없다. 하루에도 몇 시간을 결재 대기로 소비할 수가 있다. 또한 지시사항만 처리하다보면 새로운 일은 하지 않으려 해 신규시책을 개발하거나 발전적인 행정을 할 생각도 못하게 된다.

그리고 토론문화가 활성화 되면 의견 개진을 하여 새로운 아이디어가 나올 수 있다. 어떠한 결론이 도출되기까지 토론의 과정을 거치게 되면 각 부서에서 분출될 수 있는 불만을 사전에 잠재울 수 있다. 그만큼 조직을 부드럽게 이끌고 갈 수 있게 되는 것이다. 하지만 핵심을 벗어난 토론을 한다면 시간만 허비될 뿐 결론을 이끌어낼 수 없다는 사실도 꼭 염두에 두어야 한다.

다음은 관리자의 마인드도 중요하다. 관리자가 어떤 마인드를 가지고 있느냐에 따라서 조직원들이 그 마인드를 따르게 되어 있다. 행정절차를 중요시한다면 직원들이 절차를 중요시하게 여길 것이고, 행정의 목표를 중요시한다면 직원들이 목표 지향적으로 나갈 것이다. 또한 행정 내부적으로 지원부서를 중시여기면 행정력이 지원부서로 몰릴 것이고, 관리자의 시각이 사업부서에 쏠리면 사업부서로 행정력이 모이게 된다. 관리자의 마인드가 별스럽지 않은 것으로 여겨질지 모르지만 전체 조직원들이 어디에 기준과 가치를 두고 움직이느냐는 중대한 사항이 될 것이다.

다음은 관리자는 또 전면에 나설 줄 알아야 한다. 행정을 하다보면 관리자가 민원인이나 골치 아픈 사항이 있으면 전면에 나서지 않고 회피를 하는 사례를 볼 수가 있다. 관리자가 그런 모습을 자주 보이면 하부직원들이 민원인을 만나지 않게 하는 경향이 생긴다. 이러한 행정이 계속된다면 주민들의 아픈 상처를 낫게 하기는커녕 더 곪아 터지게 하는 악순환이 거듭될 것이다. 관리자는 지역에서 일꾼으로 뽑아준 봉사

자이다. 봉사자가 주인을 만나지 않고 아픈 현장을 외면한다면 책임과 의무를 다하지 않고, 또한 주민을 모독하는 처사일 것이다.

다음은 파이를 키우는 사람이어야 한다. 충남에서 예산규모를 보면 천안, 아산 다음으로 당진이다. 년 7,000억 정도 되는데 매년 농업예산에 1,000억원 이상, 복지예산에 1,000억원 이상 투자된다. 이러한 예산을 편성하게 되는 재원은 기업으로부터 나온다. 관리자는 양질의 기업을 유치하여 재원을 늘리는, 즉, 파이를 키우는 사람이 되어야 한다.

이밖에 관리자는 미래를 내다볼 줄 알아야 한다. 당진의 경우는 매우 역동적인 도시이고, 개발 잠재력이 큰 도시이다. 이 같은 역동적 도시의 행정을 펼치면서 미래를 내다보지 않는다면 매우 큰 손실이 발생하는 것은 물론 돌이킬 수 없는 상황에 다다를 수 있게 된다. 미래를 보지 못하고 행정을 하다가 실패한 사례를 수차례 목격하였다. 당진의 미래가 어디에 있는지, 어디로 가야하는지에 대한 혜안이 있어야 한다는 것은 더 말할 나위가 없다.

당진의 현실 분석

　현재 당진이 가지고 있는 현실과 문제점에 대하여 간단히 논하고자
한다. 많은 문제점이 있지만 지면 관계상 간단하게 설명하고 그 대안
에 대하여는 미래비전 부분에서 대안을 제시하고자 한다.

■ 경제에 대하여

　당진은 대형 철강업체가 입주하면서 많은 협력업체들이 들어와서
가동 중에 있다. 어찌보면 이러한 업체들에 의하여 당진이 이만큼 커
왔고 지역경제의 튼튼한 버팀목이 되고 있는 것은 부인할 수 없다.

　그러나 이러한 현상이 마냥 좋지만은 않다. 당진이 철강 산업위주로
편중이 된다면 철강경기가 좋을 때는 괜찮지만 반대로 철강경기가 죽
거나 철강이 다른 산업으로 재편된다면 오히려 심각한 현상이 초래될
수도 있다.

　연간 철강재는 세계적으로 21억톤이 생산되는데, 2013년 초에는
철강재 재고가 약 1억톤 정도였는데, 년말에는 약 3억톤이 재고량으로

늘어 철강업체들이 고전을 면치 못하고 있는 것이 현실이다.

철강업체들이 어려우면 당진에 있는 협력업체들도 어려움을 겪는 것은 당연하다. 그리고 철강업체의 어려움과 함께 당진은 현대제철 산업단지, 합덕 산업단지, 석문 국가공단, 송산 2산단 1지구 등이 끝나면서 장비업체들이 힘들어 하고 있고 장비를 내다 파는 형편에 와있다. 또한 건설 경기가 침체되면서 건설업체들이 면허를 반납하는 지경에 이르고 있다. 이렇게 경기가 어려움을 겪게 되니까 당진 시내에 있는 가게들도 덩달아 어려움을 겪고 있는 건 사실이고 매장 사장들의 이야기를 들어 보면 매출액이 약 10%정도 줄어들고 있다고 한다.

또한 당진의 노동시장을 보면 생산직 인력이 부족하기 태반이다. 기업체들을 다니다 보면 임직원들의 불만이 이만저만이 아니다. 기업하기 좋은 당진이라고 해서 당진에 들어왔는데 종업원을 구할 길이 없어 기업을 운영하기가 너무 어렵다는 이야기들을 많이 하는 것을 들어 왔다.

충남 취업률을 분석한 것을 보면 생산직 취업률은 제일 높고 대학교 출신 취업률은 제일 빈약한 것으로 분석되고 있다. 즉 생산직은 사람이 없어 취업률이 높은 반면에 대학교 출신들은 대기업에만 관심이 있고 중소기업에는 관심이 없기 때문에 취업률이 낮은 것으로 분석된다.

■ 항만에 대하여

당진항은 고대공단의 고대부두와 현대제철앞의 송악부두와 바다건너 서부두로 되어 있고 대산항에서 관리하는 당진화력 부두로 되어 있다. 고대부두의 경우 동부제철의 전용부두가 대부분이고 공용부두는

3만톤급과 5만톤급이 전부이다. 또한 송악부두는 현대제철의 전용부두가 대부분이고 공용부두는 3만톤급 2선석 뿐이다.

이렇듯 당진항의 부두가 대부분 전용부두(기업이 전용으로 쓰는 부두)로 되어 있고 공용부두가 거의 없다. 반대로 평택항은 전용부두는 거의 없고 공영부두 위주로 되어 있다. 즉 쉽게 말한다면 일반 기업들이 공영부두를 이용하여 화물을 외국으로 보내고 받아야 하는데 그렇지 못하다는 이야기이다.

그리고 화물의 형태를 보면 극명하게 갈리고 있다. 평택항의 경우 자동차 부두와 컨테이너 기지, 여객터미널로 되어 있어 말그대로 clean cargo형태이다. 그런데 당진의 내용을 보면 물동량 증가율은 3

고대부두 공사현장사진

년 연속 전국 최고라고 하는데 철광석, 유연탄, 고철 등의 dirty cargo 로 되어 있다.

그리고 당진항에는 컨테이너 기지와 여객부두가 없다.

평택의 경우 평택항 여객부두가 2선석으로 중국 위해, 영성, 일조, 연운항과 정기항로의 연평균 이용객이 59만명이 넘고 있으며, 평택시에서는 여객부두의 규모가 작다고 국토해양부에 여객부두 4선석 증설사업비로 국비 포함 2,135억원을 요구했으나 C/B분석에서 되지 않자 다시 민자사업으로 승인을 받아 추진하고 있다.

또한 대산항도 기존 컨테이너 부두가 있고 여객부두도 중국 산동성의 용안(龍眼)항과 항로를 개설하려고 중국 사하구 그룹과 한국 대륭해운과 서산시가 이미 협약을 했고 240억원을 들여 여객부두를 금년도에 준공하여 정기항로를 개설하기 위해 무척 애를 쓰고 있다.

이렇듯 평택항과 대산항에서는 부두 운영면에서 상당히 앞서나가고 있는데 당진항은 아직도 갈 길이 멀어 안타까운 심정이 이루 말할 수 없다.

또한 당진항에는 C.I.Q가 아직 없다.

세관, 출입국관리 사무소, 검역소의 C.I.Q(Customs, Immigration, Quarantine)기관이 없어 입출항하는 선박의 애로사항이 이만 저만이 아니다. 당진항으로 들어오는 선박의 경우 세관, 출입국관리, 검역의 인허가를 받으려면 평택으로 가는 수고를 하여야 한다.

그리고 이러한 기관이 없어 선박의 선원들이 배에만 묶여 있고 당진 땅에 내리지 못하고 외국으로 그냥 돌아가는 것이 현실이다. 이는 국가적으로나 당진의 지역경제에 엄청난 손해를 끼친다고 봐야 한다.

1년에 5만여 명이 지역에 내려서 돈을 써야 하는데 못쓰게 하고 외국으로 되돌려 보낸다고 보면 그 돈이 얼마나 되는지 아까울 뿐이다.

■ 농업에 대하여

당진의 농업현실을 보면 많은 문제점을 안고 있다.

먼저 규모 면에서 보면 농가 가구당 1ha가 조금 넘고 있다. 아주 영세하다고 볼 수 있다. 당진 전체 면적 중에 논의 면적이 33%와 밭의 면적이 10%정도를 감안하면 상당히 영세하다. 이러한 규모를 가지고는 경쟁력을 가질 수 없음은 자명한 일이다.

당진의 농사면적 중 대부분이 답으로 되어 있는데 그 많은 답면적에서 나오는 쌀 조수익은 약 2,400억 정도밖에 되지 않는다고 한다.

또한 농업 인구의 경우 고령화되어 농업경쟁력을 확보하기가 곤란하다. 시골 농촌을 가보면 40~50대 이하는 거의 없고 60대 이상이 대부분이다. 노령화가 되면 새로운 작물의 재배나 기술 개발은 엄두도 못내는 것이 현실이다.

그리고 농약값 등 자재비의 상승과 인건비가 오르고 있다.

농민들의 이야기를 들어보면 농약값, 종자값, 농자재값 등이 매년 오르고 있어 어려움이 가중된다고 한다. 또한 농촌의 인구가 고령화되면서 인건비가 오르는 것은 사실이다.

그런 반면에 농산물 가격은 예나 지금이나 비슷하고 오히려 떨어지고 있는 것도 있다. 자유무역협정(FTA)으로 외국의 값싼 농산물이 들어오면서 농어촌의 경제를 더욱 어렵게 만들고 있다.

그리고 당진의 경우 특화된 작물과 지구가 없다. 특화 되었다고 볼 수 있는 것은 면천의 꽈리고추인데, 노동력의 확보가 어려워 재배면적이 지속적으로 줄고 있다. 또한 대호지의 달래, 쑥새가 있는데 아직 전체적인 규모 면에서는 더 확대되어야 한다고 본다.

또한 농산물 유통에 있어서도 상당한 문제가 있다.

당진의 농산물 유통센터에서 서울의 학교급식센터에 감자, 고구마, 양파 등 20여 가지의 품목을 납품하고 있는데 물량이 없어 납품을 못하고 있는 실정이다. 판매처는 있는데 농산물이 없어 팔지를 못하는 안타까운 현실이 당진에서 발생하고 있다. 농산물 특성상 홍수출하되는 물량을 받을 곳이 없기 때문이다. 이에 대한 대책을 하루빨리 강구하여야 할 것이다.

그리고 친환경 농산물의 학교급식을 높여야 한다. 현재 당진의 경우는 5%도 안 되고 있다. 타 지역의 경우 50% 이상을 공급하는 지역도 꽤나 있다. 당진의 친환경 농업을 권장해도 팔 곳이 없으면 친환경 농업의 발전은 상당히 어렵고 농촌 경쟁력이 뒤쳐질 것이다.

축산의 경우 1년 조수익이 4,500억에서 5,000억원 정도 된다고 하는데, 축산물 가격의 하락과 사료값의 인상으로 적자를 면치 못하고 있는 곳이 많다. 또한 시설들이 오래되고 낡은 곳이 많아 지역주민들과 갈등이 야기되고 있다. 축사를 옮기려고 해도 민원으로 인하여 옮기기가 어려운 것이 현실이다.

인근해 어업의 경우도 영세성을 벗어나지 못하고 있다. 당진의 바다는 경기도에 대부분을 내주었기 때문에 어업 활동에 제약이 많이 따른다.

석문 바로 앞에 있는 국화도도 경기도 화성시에 속하여 있어 바로 앞에서 바라다볼 뿐이다.

또한 시와 발전소 지원사업으로 지원하는 치어 방류 사업에 있어서 치어로 방류를 하면 어민 소득과는 상당히 멀어 보이기 때문에 중간 성어로 방류 방법을 바꾸어야 할 것이다.

■ 교육에 대하여

지방교육에 있어 문제점은 상당히 많이 있다. 고등학교 설립이 되지 않는 점, 사교육비의 지출 과다, 우수한 인재의 외지 유출, 산업인력 교육 시스템 부족, 특성화된 대학 부재 등 많은 문제점이 산적되어 있어 하나 하나 기술하기는 어렵고 대표적인 예를 들어 두 가지만 설명하고자 한다.

지역경제과장으로 근무하면서 기업체를 많이 방문하였는데 한번은 기업체 직원한테 상당히 꾸지람을 들은 적이 있었다. 당진이 기업하기 좋은 곳이라고 떠들면서 고등학생이 전학이 안 되는 곳이 어디 있냐면서 야단을 치는데 대꾸할 여지가 없었다.

안산에서 기업이 이전을 했는데 전 직원이 당진으로 이사를 오기로 하여 직원들이 이사를 오는데 고등학교 학생을 자녀로 둔 가정이 오지를 못했다는 것이다. 그래서 직원들이 함께 당진에 오지 못하는 기업체의 심정은 오죽하겠는가?

당진의 경우는 학급이 농촌학급으로 정원이 23명 정도라고 한다. 도시학급은 33명 정도인데 당진은 전부 도시학급으로 적용을 했어도 중학생 졸업생 200여명이 외지 학교로 가야 했었다. 또한 고등학교 신설은 도교육청 소관인데 충남 전체로 보기 때문에 신설이 되지 않는 것이 문제이다.

그리고 당진은 예전부터 교육도시가 아니기 때문에 우수한 인재가 외지 학교로 가버리는 악순환이 되고 있다.

다음은 당진은 산업도시인데 기업체에 맞는 인력을 공급하는 시스템이 부족하다. 기업들의 이야기를 들어보면 알맞은 인력이 없어 고통을 호소하고 있다. 당진의 경우 아산 폴리텍 대학 등에서 산업기능사 자격시험 과정을 개설하여 배출하고 있어 다행인데 막상 기업체에서 요구하는 기술 수준은 한층 높아 문제점이 되고 있다.

용접의 경우 한국폴리텍 대학에서 졸업하고 산업체에 들어오면 몇 년간 숙련되어야 쓸 수 있다고 한다. 이러한 사항에 대하여 폴리텍 대학과 협의하여 심화과정을 개설한다든지, 새로운 방안을 모색해야 할 것이다.

■ 관광에 대하여

당진의 관광지는 삽교호 관광지, 왜목 관광지. 난지도 관광지 등 3개소가 관광지로 지정되어 있다. 당진의 관광지는 주로 먹거리 위주로 되어있고 볼거리는 거의 없다고 봐야 할 것이다. 단지 수도권에서 오면 바다가 보여 마음이 확 트이는 느낌일 뿐이다.

삽교호 관광지와 왜목 관광지는 먹거리가 강점이어서 그 분야로 강점을 살리면 보다 더 발전할 수 있다고 판단되고 난지도 관광지는 한 계절에만 편중되어 문제점이 있고 또한 개발이 잘못되었다고 여겨진다.

난지도 관광지는 애당초에는 자연 그대로 개발 방향을 정했었다. 왜냐하면 난지도 앞바다에서 해사채취를 무분별하게 하여 모래사장이 없어지고 있어 문제점이 되고 있고, 대산항에는 1년에 수백척의 유조선 등의 선박이 드나들고 있어 항상 위험에 노출되고 있다.

이들 3개소의 관광지를 비롯하여 당진 전체를 보면 당진의 관광은 특성화된 부분이 없고 그냥 평범할 뿐이어서 이의 대책이 시급하다고 본다. 행담도 관광지도 이콘그룹에서 경남기업 씨티증권, CJ로 넘어가는 등 투자자를 찾지 못하고 10여 년 이상 방치되고 있다. 또한 농촌공사에서 시도했던 1백만 평의 도비도 관광지도 추진되지 못하고 있다.

■ 지역 문화에 대하여

외지에서 당진으로 이주한 주민들의 이야기를 들어보면 당진에는 갈곳이 없다고들 말을 한다. 즉 이주민들을 위한 문화 탐방 등 프로그램이 없고 문화시설 등이 없어 소일할 거리가 없다는 이야기이다. 그나마 문예의 전당이 있어 많은 문화예술의 행사를 소화할 수 있어 다행이다.

그리고 청소년들이 갈 곳이 없다. 문화원에 청소년 문화의 집이 있고 경찰서 입구에도 청소년 문화의 집이 있는데 그러한 시설만으로는 청소년들을 수용할 수도 없다. 부모들의 이야기를 들어보면 청소년들을 어디로 보낼지도 모르고 보낼 곳이 없다고들 한다. 청소년들을 위한 프로그램이 없다고 봐야 한다.

그리고 축제의 경우 자치단체별로 축제수가 너무 많이 늘고 있으며, 당진의 경우도 축제수가 늘고 있는데 이에 대한 통폐합이 검토되어야 한다고 보고 있고, 대표성 축제에 힘을 실어주어야 한다고 본다.

과연 당진을 대표할 수 있는 축제가 무엇인지 분석하여 집중 육성하여야 한다.

그리고 당진시에서 운영하는 합창단의 경우 그 운영비가 9억원 이상 많이 들어가기 때문에 각 시군에서 운영하는 예술단체와의 상호 교환 방문을 통한 공연으로 그 비용을 절약하여야 할 것이다.

전통문화의 경우도 당진을 대표하는 것은 기지시 줄다리기가 대표적이라고 볼수 있다. 그 외의 경우는 당진을 대표하고 지역적 특색이 있기에는 역부족이라는 느낌이 든다. 그리고 문화재의 경우 지역 특색 있는 경우는 김대건 신부의 솔뫼 성지, 신리 성지와 영탑사 금존 삼존 불상, 안국사 보물, 남이흥 장군 유물, 면천읍성, 당진포 진성, 심훈의 필경사 등이다.

이러한 당진의 문화재를 이용한 관광상품으로 팔기에는 한계가 있다. 이러한 한계를 극복하기 위해서는 인근 예산군, 서산시와 연계한 관광상품을 개발해 보아야 한다. 예를 든다면 서산 마애삼존불과 태안의 삼존불, 당진 안국사의 보물 100호인 삼존불을 엮어 분석해보는 관광상품을 구성하면 관심을 끌만도 하다.

■ 서민 복지에 대하여

복지부분에 많은 예산이 투입되고 있으나 서민 각자에는 피부에 와 닿지는 않는다고 말한다.

복지에 대하여는 하도 그 종류가 많고 다양하기 때문에 전부 다 거론한다는 것은 불가능하기 때문에 몇 가지만 거론하고자 한다.

먼저 노인복지에 대하여 거론하고자 한다.

노인 인구의 10%가 치매노인이라고 한다. 당진의 65세 이상 노인 인구가 23,000여명 정도이면 2,000명 이상이 치매노인이라고 보면 된다. 가정에서 치매 노인이 있는 경우 누군가는 항상 보살펴야 하기 때문에 한명은 옆에 대기하고 있어야 한다. 지금은 가정마다 거의 맞벌이를 해야 하는데 옆에 있기는 대단히 어렵다.

여기에 해결 방법은 어쩔 수 없이 요양원에 보내야 하는데 지금 정서상 보내기도 그렇고 부모들이 요양원에 가기를 싫어하는 가정도 많다.

이런 현상을 해결할 수 있는 방법은 어린이 집처럼 노인을 보호해 주는 주간보호 센터를 설치하는 방법이다.

지금 어린이집은 160여개가 넘는다. 어린이 집을 운영해야 부모들이 맞벌이를 할 수 있어 국가적 경쟁력이 생기는 것은 당연한 일이다. 국가적으로나 지방자치단체에서 어린이 집에 대한 지원과 사고방식에 대하여는 상당히 발전되어 고무적으로 생각되나 노인에 대한 지원과 생각에 있어서는 아직 상당히 멀었다고 여겨진다.

어린이집처럼 노인을 돌보는 주간보호 센터 즉 탁노소는 없어야 하는가? 반문하고 싶다. 보건소에서 주간보호 센터를 운영하는데 일주일에 3일만 운영하고 있고 그 수용 인원도 매우 적다.

읍면별로 탁노소가 있으면 출근할 때 부모님을 맡겨 놓고 퇴근할 때 모셔올 수 있기 때문에 주민들이 선호할 것은 두말할 필요가 없다. 읍면에 비어있는 복지 회관 등 공공시설을 활용한다면 큰 예산이 들지 않고도 해결할 수 있다.

당진의 서민 복지를 다루는 부서는 사회복지과와 여성복지과가 있고 읍면동의 사회복지사들이 업무를 다루고 있다. 생활보장 담당 가구를 실질적으로 방문하고 돌보는 직원들은 읍면동 직원들이 하는데 사회복지사 인원이 턱없이 부족하여 업무량 과다 및 사기저하로 서비스의 질이 떨어지고 있다.

그리고 복지는 무엇보다도 일자리 창출에 있다. 일자리가 없으면 국가나 지방자치단체에서 무상복지를 책임질 수가 없다. 당진시의 경우 대기업 및 중소기업들이 입주하여 취업률이 높다고는 하나 실질적으로 지역주민들의 이야기를 들어보면 불만이 적지 않다.

아무래도 임금의 격차가 있기 때문에 대기업을 선호하는 것은 당연지사이다. 그러나 대기업의 문턱이 높아 지역 주민들이 들어가기는 상당히 어려운 것이 현실이다. 불만을 들어보면 왜 지역의 자식들이 지역기업에 취업을 못하고 외지인에게 내주어야 하느냐이다.

대만 포머스 그룹을 갔을 때 임원이 하는 말이 지역주민 채용률이 50%가 넘는다는 이야기를 들었다. 처음부터는 무리가 있어 안 되겠지만 같은 조건이라면 지역주민들에게 보다 많은 가점을 주어 뽑아주는 것이 윈윈 전략이 아닌가 생각한다.

▓ 당진의 미래 비전

당진의 미래 비전에 대하여 이야기해 보고자 한다.

당진의 지명을 보면 당나라 당(唐)자와 나루 진(津)자로 당나라와 교역이 있어서 唐津으로 지명이 붙여졌다. 일본에도 당진시가 있다. '가라쯔시'라고 하는데 일본 당진시도 당나라와 교역이 있어서 당진이라고 지명이 붙여졌는데 부산 건너에 있으며 임진왜란 때에 우리나라를 침략한 전진기지였다.

내가 기획계에 근무할 때 일본 당진시장과 의회 의장 등 일행 20여명이 당진군을 방문했었다. 설악가든에서 환영식을 해주었는데 일본 사람들의 반응이 상당히 호의적이었다. 당진 로타리클럽의 초청으로 왔었는데 그들이 원하는 것은 우리 당진군과 자매결연이었다. 그런데 사실 우리 당진군에서는 너무 시기상조라고 보았고, 또한 임진왜란 때 전진기지였기 때문에 거절을 했었다.

그 후로 우리 당진군에서 일본 당진시보고 자매결연 의사를 타진했었는데 일본 당진에서 옛날에 자매결연하자고 할 때는 안 하고 이제 와서 하자고 하느냐고 일본 당진시장이 거절을 했다. 그 뒤로 일본 당진시장이 젊은 사람으로 바뀌어 자매결연을 하자고 했다는데 귀추가 주목된다.

이렇게 우리나라의 당진과 일본의 당진을 비교한 이유는 우리나라뿐만 아니라 일본도 중국의 영향을 예로부터 받았기 때문에 역사적, 지리적 중요성을 강조하고자 함이다.

2009년 4월달에 한승수 국무총리가 당진군청과 CT&T회사를 방문한 적이 있었다. 그 당시 총리께서 하신 말씀 중에 이런 말을 하였다.

"당진이라는 지명에 맞게 옛날의 영광이 오늘에 이르러서 재연되는 거 같다. 앞으로 잘 관리하여 영광을 되찾도록 해달라."는 말씀이 지금도 잊혀지지 않는다. 우리나라의 모든 문물이 당진을 통하여 들어오고 당진을 통하여 나갔다는 것을 보면 얼마나 대단한 곳인지 알 것이다.

원효대사가 당진항을 통하여 중국을 가려고 했었다는 일화도 있다. 당진항을 통하여 가려고 했는데 동굴에서 썩은 해골바가지 물을 감로수처럼 맛있게 먹은 후 다음날 알고 일체유심조(一切唯心造)의 일체 모든 것이 마음에 달려있다는 화엄경 구절에 대오 각성하고 당나라 유학 결심을 파기했다는 설화가 전해져 온다. 그리고 서산 태안이 당진보다 중국에 가까운데 왜 당진이 지리적으로 중국과 교역하기 좋은 장소로 각광을 받았는지는 아마 태풍 등의 영향이 컸을 것으로 본다.

당진의 지명을 보면 고대면 당진포리가 있다. 조선 시대에는 당진포진성이 자리 잡은 곳이기도 하다. 지금은 대호만 간척사업으로 바닷물이 들어오지도 않고 또한 해창 저수지로 인해서 그 기능을 잃어버린지 오래다.

문화공보실장을 할 때 당진포리를 방문하여 노인분의 고증을 들은적이 있었다. 그 노인분의 이야기를 들어보면 옛날에 배를 댈 때에는 당진포진성 서쪽에서 배를 대고 정박은 당진포진성 동쪽 지금 해창 저수지 쪽으로 했다는 고증을 들었다.

그 이유는 태풍 등 위험요소가 없는 곳을 선택했다고 본다. 이러한 지리적 이점 때문에 중국하고 교역하기 좋은 장소로 각광을 받았을 것이고 모든 문물이 당진을 통하여 들어오고 나갔다는 이유가 될 것이다.

당진의 역사에 대하여 비전 편에서 장황하게 이야기하는 것은 중국이 커지기 때문이다. 옛날에 당진이 중국의 관문이었듯이 앞으로 어떻게 하면 옛 선조들이 쌓아 놓은 업적을 이어받느냐 하는 것이다.

지역경제 과장을 할 때 기업인들하고 수도 없는 대화를 해보았는데 기업이 당진으로 오는 이유는 첫 번째가 당진에 항만이 있기 때문이다. 중국으로부터 원자재가 들어오고 또한 중국에 수출하는 기업이 많기 때문에 물류비 등 원가를 줄이기 위해서는 당진을 택할 수밖에 없다는 것이다.

명화금속에 대하여 설명이 있었듯이 물류비를 1kg에 1원으로 보고 있었다. 그러면 당진의 지리적 이점을 어떻게 잘 활용하느냐에 따라서 당진의 미래가 운명지어진다고 본다.

■ 첫째로 당진항의 업그레이드이다.

현재의 당진항을 보면 3년 연속 물동량 증가율 1위라고 하는데 그 속을 들여다보면, 그 물동량 중에 당진의 발전이라든지 지역경제에 얼마나 이바지하는지는 곰곰이 따져 보아야 할 때이다.

현재 물동량이 약 6천만톤 정도이고 향후 1억톤의 물동량을 처리한다고 하는데 그 내용을 보면 거의 다 더티 카고로 되어 있다. 물동량

대부분이 철광석, 석탄, 고철 등으로 클린 카고는 거의 없다. 또한 공용부두는 극히 일부분이고 회사의 전용부두로만 되어 있다. 클린 카고는 전부 평택항쪽에서 처리하고 있다.

충남에는 항만의 전문가가 없어 이러한 현상이 나타났다. 사람의 힘이 얼마나 대단하고 지역의 판도를 어떻게 변화시키는지를 단적으로 보여주는 실례라 할 수 있다.

그러면 당진이 이렇게 앉아 있을 수만은 없다. 어떻게는 후발주자지만 앞서나가야 한다. 먼저 컨테이너 부두를 만들어야 한다. 장소는 석문 방조제 앞이다. 옛날에 석문 방조제 앞에 3만톤급 3선석이 계획되어 있었지만 B/C분석에서 1.0이상이 나와야 하는데 0.7정도 밖에 나오지 않아 3선석이 취소된 상황이다.

왜냐하면 대화퇴 주항로에서 석문 방조제로 항로를 개설해야 하는데 약 11km정도 된다. 그러한 항로 준설 비용과 어업 보상이 있기 때문에 B/C분석에서 뒤지는 것으로 나오고 있다.

그러면 그 해결 방법은 없을까? 고민해 봐야 한다. 경제국장 시절 한국가스 공사 5기지 30만평을 유치하려고 했던 것이 그 이유이다. 그렇게만 되면 일시에 해결할 수 있었는데 아쉬움이 크다. 석문 분들하고 삼척도 다녀오고 의욕적으로 추진했는데 의회 사무국장으로 발령이 나버려 이러지도 못하고 저러지도 못하고 속만 타는 심정이었다.

석문 방조제 앞에는 30만톤급의 배를 정박할 수 있기 때문에 컨테이너 기지로는 안성맞춤 격이다. 그리고 합덕역에서 석문 국가산단까지 산업철도를 연결하면 이보다 좋은 곳은 없다할 것이다. 한국 철도공사의 사전 협의 과정에서 긍정적인 반응을 얻은 바가 있다.

컨테이너 기지가 필요한 이유로는 앞에서 이미 설명한 바와 같이 천안, 아산, 당진의 경우는 부산항으로 지정이 되어 있어 기업들의 부담이 상당히 크다. 당진항에서 처리하면 1TEU에 15만원에서 20만원에서 처리가 가능한데 부산항으로 보내면 약 80만원 이상이 소요되기 때문에 기업인들의 불만이 이만 저만이 아니다. 내가 기업인이라도 그럴 것이다. 당진 항만을 옆에다 두고 멀리 떨어진 부산항으로 보내는 심정이야 오죽하겠냐 라는 것이다.

컨테이너 기지뿐만 아니라 철도가 연결이 되면 여객 부두로도 안성맞춤이다. 수도권에서 열차로 바로 여객부두와 연결이 되기 때문에 이용자 입장에서는 상당히 편하고 경쟁력이 되기 때문에 평택항이나 대산항과의 비교분석에서 우위를 점할 수가 있다.

그리고 여객부두뿐만 아니라 배후 부지를 조성하여 위락단지라든지 관광과 연계한 프로젝트를 구사한다면 한 차원 높은 지역으로 거듭날 수 있을 것이다.

■ 다음은 경제의 활력화이다.

지금 당진의 경제 현실을 보면 한결같이 침체되고 있다고 하고 하향 곡면에 접어들었다고들 한다. 과거 한참 잘 나가던 당진의 영광이 점점 사그러들고 있는 형국이다.

그리고 지금 당진에 입주한 기업의 분포도를 보면 현대제철, 동부제철, 동국제강, 환영철강 등의 대기업의 철강업체가 들어옴으로 인해서 그와 관련된 협력업체들이 입주해 있고 들어오고 있다.

당진의 현안사항에서 지적했듯이 철강위주의 업체들로 구성이 되면 단점이 철강 산업이 침체되면 지역경제가 침체되고 어려움을 겪는 것이다. 미국 디트로이트 시가 자동차 산업으로 한때 미국의 최대 공업도시로 성장했었지만 외국 자동차로 인해 자동차 산업이 붕괴되면서 시가 파산한 사례가 그것이다.

해결 방법은 산업의 다각화이다. 당진의 경우 철강 산업과 관련한 기업이 약 20%정도여서 다행이라고 하지만 지금부터라도 산업 구조의 다각화를 꾀하여야 한다.

그 대표적인 예가 석문 농공단지에 입주한 동아원 제분 공장이고, 합덕 산업단지에 입주할 SPC그룹의 밀다원 제분 공장이다. 그리고 서부두에 입주한 카길공장이다. 당진은 항만이 있기 때문에 항만과 관련된 산업을 입주시킬 수 있다.

그리고 한 가지 제안하고자 한다. 이러한 이야기를 하면 나보고 비난을 할지 모르지만 오랫동안 기업업무를 하면서 노하우를 배운 경험이다.

화학업종에 대하여 이야기 하고자 한다. 통계청의 표준분류상 화학업종으로 분류되어 있지만 그중에 첨단 산업이 상당히 많이 있다.

내가 유치한 희성촉매, 희성피엠텍이 그러한 기업이다. 코드는 화학업종이지만 내용을 보면 자동차 부품기업으로 부가가치가 상당히 높은 기업이고 지방세를 많이 낼 수 있는 기업이다. 화학업종 중에서 환경오염을 일으킬 수 있는 업종을 제외시키고 첨단산업을 유치한다면 당진의 지역경제가 한층 높아질 것이다.

지금 당진시청 내부를 보면 지원부서 위주의 인사가 이루어지기 때문에 사업부서로 가려고 하는 직원들이 드물다. 당진을 발전시키고 도약시킬 부서는 사업부서인데 말이다.

경제부서가 활성화되면 당진의 경제가 활성화되는 것은 자명한 일이다. 내가 기업유치할 때 아무리 기업을 유치해도 인센티브가 없었다. 중국의 경우 외국 기업을 헌팅하면 유치금액에 걸맞는 금액을 포상금으로 지급하기 때문에 한 개 시에서 수십 명의 외국기업을 헌팅하고 있고 중국 전체를 보면 수만 명이 외국기업을 유치하고 있다.

중국처럼은 못한다고 하지만 인사상 혜택을 주면 직원들이 서로가 사업부서로 몰릴 것이며 신바람 나게 일할 것이다. 기업을 담당하는 직원들이, 투자유치를 담당하는 직원들이 밤낮으로 뛰어다닌다면 당진의 미래는 한층 더 밝아질 것이라고 본다.

■ 다음은 첨단 농업 육성이다.

지역경제과장 시절 합덕 산업단지에 SPC그룹의 밀가공 공장을 유치했다. 석문에 있는 동아 한국제분의 공장과 비슷한 공장이다. SPC그룹 내에는 삼립빵, 파리바게트, 파리크라상, 던킨도너츠, 베스킨라빈스 등의 회사와 우리나라 햄버거 빵의 약 80%를 공급하는 회사이다.

한마디로 얘기하면 빵하면 SPC그룹이다. 이러한 회사가 당진에 들어온 것이 자랑이다. 이런 회사가 당진으로 들어온 이유는 항만이 있어 물류비를 아낄 수 있기 때문이다.

이 회사가 당진으로 들어올 때 나하고 약속한 사항이 있었다. 도시인들이 아침을 먹지 못하고 출근하면 오전 커피 브레이크 시간에 파리크라상에서 샌드위치 등으로 때운다고 한다.

샌드위치에는 양상치 등이 들어가는데 전국으로 보면 상당한 양이 소모된다고 하는데 그것을 당진에서 생산해 주면 전량 소비해 준다는 것이다. 나하고의 약속이었다. 그렇지만 수경재배로 품질만은 최상급으로 생산을 해주어야 한다는 것이어서 농정과에서 여러 군데를 접촉을 했지만 결국은 성사가 안 되어 아직 생산을 하지 못하고 있다.

앞으로는 농촌에서도 상상을 하지 못하는 일이 벌어질지도 모른다. 과학이 너무 빨리 발달하고 있어 인력 방식의 옛날식 농업으로는 경쟁에서 이기지 못할 것이다.

당진은 원하지는 않았지만 화력발전소가 여러 곳에 들어와 있다. 이렇게 들어온 이상 화력발전소를 이용하여 농업의 소득을 높여볼 방안을 찾아보는 것도 좋을 것이다.

당진 화력 앞 농경지를 대상으로 온실을 조성하여 시범적으로 첨단 농업단지를 조성해 본다면 반드시 성공한다고 본다. 농업도 다른 지역과 차별화하고 특화를 해야 한다. 전국적으로 성공한 지역이 여러 군데 있는데 당진은 수도권과 가깝고 화력발전소를 이용한 첨단 농업을 한다면 비용면에서 경쟁력이 있기 때문에 성공할 것으로 본다.

또한 현재 농업 경영의 여건을 보면 노령화로 인해 영세규모의 경영으로 농촌이 더 어려워지고 있으며, 이를 극복하는 방안으로 외국과의 경쟁력을 확보하기 위해서는 대규모 경영의 방법이 강구되어야 할 때라고 본다. 그리고 예를 든다면 대형 저온저장고를 설치하여야 한다. 당진의 농산물유통센터에서 서울 학교급식 센터 등에 연중 납품할 수 있게 대형 저온저장고를 설치하여 감자, 고구마, 양파 등 홍수출하되는 물량을 희망농가로부터 전량 수매하여야 한다. 그러면 농민들이 안심하고 농산물을 생산할 수 있고 제값을 받을 수 있을 것이다. 그리고 요즈음 유행하고 있는 "로컬 푸드"의 확대를 위해서 친환경 농산물 학교급식 비율을 높여야 한다. 현재 5% 이하인 비율을 50% 이상 확대하면 당진의 친환경 농업이 발전할 것은 물론, 안전한 먹거리를 제공하여 학생들의 건강에도 이바지할 것이다.

현재 화두가 되고 있는 것이 "농업의 6차 산업화"이다.

6차 산업화란 1차 산업의 생산, 2차 산업의 농산물 가공 등과 3차 산업인 판매, 음식업 운영, 관광 상품화를 통틀어 일컫는 개념이다. 정부에서 6차 산업개념을 도입하려고 노력하고 있는데 이를 잘 활용하는 국가가 일본이다. 우리나라는 아직 초보 단계에 있는데 시청 농정과, 유통과, 기술센터, 각 읍면 농협이 주축이 되어 머리를 맞대고 시책을 발굴하여 시에서 전폭적인 지원을 한다면 당진의 농업이 한층 업그레이드될 것으로 본다.

■ 다음은 명품도시 건설이다.

서산시 대산읍의 도시계획에 대하여 언급을 해보기로 한다. 대산읍은 당초 10만 정주 인구 규모로 계획을 하여 30여년 전에 약 25억원의 용역비를 들여 도시계획을 확정한 것으로 알고 있다.

그러나 지금 대산읍을 보면 10만 도시계획만 서있지 실제로 주거단지가 들어온 것을 보면 얼마 되어있지 않고 있다. 왜냐하면 회사에 근무하는 직원들은 교육문제 등으로 서산 시내에서 생활하고픈 생각 때문인 것으로 안다.

당진의 경우를 보면 송악 이주단지가 생겨 있고, 송산 2산단 이주단지, 앞으로는 석문국가 산업단지의 주거단지가 생겨나게 되어 있다. 이유야 어떻든 주거지구가 산발적으로 생기면 상당한 문제점이 대두되고 관리에 어려움과 예산이 그만큼 많이 투자가 되어야 하는데, 지금부터라도 이에 대한 대책이 필요하고 종합적인 계획이 수반되어야 한다고 본다.

우리나라의 명품도시로 이야기되고 있는 곳이 여러 군데가 있다. 창원시가 대표적인 도시라고 보는데, 창원시는 애당초부터 미리 계획된 그림에 의해서 신도시가 형성된 곳이다. 그리고 일산시의 경우도 도시계획에 의하여 신도시가 형성된 곳이다.

그럼 과연 우리 당진시와는 접목할 수 있는 점이 있는지를 살펴보아야 할 것이다. 앞에서 언급했던 신도시 추진에서 당진의 신도시가 추진되었더라면 더없이 좋았을 텐데, 이미 엎질러진 물이 되었기 때문에 더 이상 거론하는 것은 현실하고 동떨어진 이야기일 것이다.

그러면 기존 도시에 더하여 어떻게 명품 도시를 조성하느냐는 여러 가지 측면에서 검토되어야 할 것이다. 지면 관계상 한 가지 제안하고 싶은 것은 명품 공원 조성이다. 울산시의 경우 울산 대공원이 있는데 기존 도시와 붙여서 백만평 이상 규모의 공원을 갖고 있다.

어떻게 저런 어마어마한 대공원을 조성했나, 여러 번 현장을 다녀와서 분석을 해보았고, 당진에 저런 공원을 가지면 얼마나 좋을까 하는 생각을 했었다.

늦었다고 생각할 때가 시작하는 좋은 계기가 아닌가 한다. 당진의 명품공원에 대하여 자세히 설명하기는 지면관계상 어렵지만 지금부터라도 하나 하나 차근 차근 준비해 나갔으면 하는 생각이다. 당진은 예산 규모가 있기 때문에 가능하리라 보고 있다.

그리고 당진은 도시 규모가 지속적으로 커지고 있기 때문에 원도심의 문제점이 예전부터 대두되고 있다. 원도심에 대하여는 우리나라 여러 군데를 벤치마킹하여 원도심 활성화를 도모하고 있으나 어려움을 겪는 것은 사실이다. 내가 제안하고 싶은 것은 원도심에 대하여 특화를 하여야 한다는 것이다. 특화된 품목에 대하여 의견 결집이 된다면, 행정에서 일정부문 지원을 해준다면 자연스럽게 특화거리가 형성되어 상권이 살아날 것으로 본다.

그리고 당진 시내의 한 가지 문제점은 원룸이 너무 많다는 것이다. 이러한 문제점을 갖고 있는 도시가 어떻게 명품도시가 될 수 있을까 하는 안타까운 심정이다.

이런 도시를 계획하고 만들 때 전문가들이 수십 차례에 걸쳐 검토를 했을 텐데, 과연 이런 단점들을 모르고 판단했을까 하는 의구심이 든다.

과연 앞으로 어떻게 처리해야 하나 걱정이 앞선다.

당진 도시개발을 함에 있어 명품도시를 만들려면 대규모의 도시개발을 통해서 하는 방법이 최고라고 보는데, 그렇게 하기는 지금 상태에서 매우 어렵다고 본다.

그러면 어떻게 해야 하나? 크게 한 번에 하는 것은 현실상 어렵고, 그러면 한 단계씩 풀어나가야 한다고 생각한다.

■ 다음은 교육도시를 만드는 것이다.

내가 지역경제과장 때 기업체를 많이 방문을 했는데 어느 공장 직원들의 이야기를 듣고 깜짝 놀란 적이 있었다.

고등학교에 다니는 자식을 당진으로 전학을 시켜야 하는데 전학이 안된다는 것이다. 그 이야기를 듣고 사실을 파악했는데 그 말이 사실이었다. 당진은 농촌학급으로 학급당 정원이 약 23명 정도가 되는데 도시학급인 학급당 정원을 33명 정도로 적용을 했는데도 수용을 못한다는 것이다. 그리고 고등학교는 도교육청 소관이라 고등학교 증설도 안 된다고 하니 해결할 방법이 없었다.

그 당시에는 당진에서 졸업하는 중학생 중 약 200여명이 외지 고등학교로 가야만 했으니 부모들 입장에서는 얼마나 답답했을까 하는 심정이었다. 그래서 내가 대안을 찾은 것이 송산 2산단에 공공용지를 고등학교 부지와 병원부지를 별도로 빼 놓았었다.

보통 산업단지에는 초등학교 부지를 빼놓고 산업단지가 크면 중학교 부지밖에 빼놓지 않는다. 석문 국가 산업단지의 경우 송산 2산단보다 3배가 크지만 초등학교와 중학교 부지만 있다.

송산 2산단에 고등학교 부지를 확보한 것은 현대 제철에서 특목고를 설립하여 운영한다는 뜻이었다. 또한 내가 총무과장 시절 교육의 중요성을 알고 군수님께 교육과를 설치하여야 한다고 건의하여 평생교육과를 신설하기도 했다.

한번은 기업 민원이 있어 광양에 출장을 갔었는데 대화도중 기업 임원이 자녀 교육문제에 대하여 언급이 있었다. 광양에서는 공장에서 돈을 벌고 자녀 교육은 순천에서 한다는 것이다. 공장이 없는 순천이지만 교육도시로 되어 있어 인근의 기업 임직원들이 순천으로 모여들고 있으니 이보다 깨끗한 정책이 있을까하는 생각이 들었었다.

교육도시를 만들기 위해서는 우선 고등학교 학급 증설과 현대제철에서 송산 2산단 고등학교 부지에 특목고 형태의 학교를 하루 빨리 설립하여야 한다. 그리고 산업도시에 걸맞게 명문 공대를 키워야 한다.

신성대학교 제철학과 출신들이 현대제철에 들어가기 시작했는데 현대제철 임직원들의 평가를 들어보면 상당히 고무적이다. 하나를 알려주면 두 가지를 할 정도로 실력이 뛰어나다는 것이다.

신성대학교에서 공과대학을 신설하든 현대제철에서 공과대학을 만들든 아니면 신성대학교와 현대제철이 함께 추진하는 등 방안을 모색한다면 좋은 결과가 있을 것이다.

■ 다음은 문화도시 육성이다.

당진은 앞에서 설명하였듯이 오랜 역사와 문화를 가지고 있는 지역이다. 기지시 줄다리기의 경우 그 규모면이나 정신면에서 세계적으로 비교할 수 없을 정도로 독보적인 존재이다.

일반적으로 생각하면 '줄다리기 행사를 하는구나. 한번 구경가야지.' 하면서 가볍게 생각하는 것이 보통일 것이다.

그런데 내가 문화공보실장 때 기지시 줄다리기 세계화 원년을 추진하면서 기지시 줄다리기의 정신을 깨달았다.

규모면에서는 일본의 줄다리기와 기지시 줄다리기가 비슷하다. 그러나 두 줄다리기의 틀린 점은 바로 정신이다. 일본의 경우에는 기중기로 시내에 옮겨 놓고 줄다리기를 하는 반면, 우리 기지시 줄다리기의 경우에는 줄나가기가 있다. 보통 줄나가기를 하면 약 3시간이 걸렸다. 영차 영차하면 약 수십cm밖에 나갈 수가 없으니까 말이다.

3시간 동안 천여 명 이상이 합심 단결하여 나가는 장면을 상상만 해 보아도 알 것이다. 줄다리기에 참여하는 모든 사람들의 협동 단결 정신이 없다면 40톤의 줄이 나갈 수가 없을 것이다.

일본의 경우는 정신이 없다고 볼 것이고 기지시 줄다리기의 경우는 정신이 있다고 볼 것이다. 공무원들과 줄다리기 보존회에서는 줄다리기 행사도 중요하지만 그런 정신을 계승하고 홍보할 수 있는 방법도 중요할 것이다.

또한 김대건 신부의 솔뫼와 신리 성지의 천주교 정신을 계승 발전하는 방안도 특별할 것이다. 충남 서북부의 그 시대 상황이 어떠해서 천주교 사상이 들어왔는지 지리적 역사적 분석이 있어야 할 것이다.

그리고 내포사상이 당진에서 시작되었다는 것을 분명히 하여야 할 것이다. 지금은 홍성에서 내포문화 축제를 하고 있는데 이를 분명히 하여 내포문화가 어느 지역의 독점적인 것이 아니고 내포 지역의 공통 문화라는 것을 알고 그 시작이 당진에서부터였다는 것을 분명히 하여야 한다.

이러한 역사적 사상과 문화를 어떻게 보존하느냐가 중요하고 오래된 전통과 문화를 지금의 세대에 어떻게 접목하느냐가 중요할 것이다. 김대건 신부의 생가 복원과 전시관 건립 전에는 방문객이 1년에 약 5만여명 정도였으나 생가 복원과 전시관을 건립한 뒤로는 방문객이 1년에 약 4~5십만명으로 늘어난 사례가 이를 증명하고 있다.

그리고 역사적인 문화도시와 함께 현대의 문화도시를 어떻게 만들어 갈 것인지를 고민해야 할 것이다. 문화도시라는 것은 시민의 삶을 행복하게하고, 윤택하게 만들어 가는 것이 궁극적인 목표일 것이다.

좋은 시설도 중요하지만 인간 중심의 도시로 만드는 것이 중요하다고 본다. 현재 당진의 경우 문예의 전당을 통해서 많은 공연을 펼치고 있어 옛날보다는 한 차원 높은 문화를 향유하고 있다.

그렇지만 다른 큰 도시보다는 아직 걸음마 단계라고 할 것이다. 문화도시를 표방하는 도시 중 우리 당진시하고 비슷한 산업도시로 울산을 꼽을 수 있는데 울산의 경우 문화의 불모지에서 각 분야에서 문화 융성의 씨앗을 뿌려 거두고 있다.

이러한 문화 도시로 가기 위해서는 무엇보다 예산확보에 있다고 본다. 도시 인구가 많아 문화의 수요와 공급이 알맞게 유지가 된다면 더할 나위가 없지만 당진의 경우 규모의 경제면에서는 아직 멀다고 본다. 그러므로 이러한 예산을 확보하는 방법이 제일 급선무일 것이며 어려운 측면인데, 여러 가지 방법을 찾아 해결해야 할 것이다.

행정과 기업이 펀드를 조성해 해결해 나가는 방법도 한가지일 것이다. 어차피 문화도시를 육성하기 위해서는 행정만 가지고는 어려울 것이고 기업과 함께 가야 한다고 본다. 다른 지역에서도 기업들이 지역주민과 함께 한다는 마인드로 바뀌고 있다. 또한 당진에서만 합창단, 오케스트라단, 발레단 등을 육성할 수는 없으므로 다른 지역과 교환 공연의 정례화 등을 통해 문화수준을 높일 수 있는 방안도 모색해 보아야 한다.

■ 다음은 복지수준의 선진화이다.

현재 당진의 복지예산은 매년 1천억원 정도씩 쓰여지고 있다. 의료비 지원, 노령연금지원, 독거노인지원, 경로식당운영, 식사배달, 요양써비스, 노인일자리, 여성새로일하기센터운영, 다문화가족지원사업, 장애인연금지원, 청소년지원사업 등과 어린이집 169개소가 있고 노인복지시설 18개소가 있다.

지난 과거부터 국가나 지방자치단체의 복지 정책은 양적 확대 정책 위주로 추진되어 왔고 당진의 경우도 마찬가지이다. 노인복지 시설이나 어린이집의 경우도 양적 확대로 많은 시설이 들어서고 저소득층, 노인층, 장애인, 청소년 등에 지원되는 예산도 양적으로 많이 증대되었으나 앞으로는 질 높은 서비스가 요구되고 있다.

복지수준을 높여 지역주민들이 질 좋은 행정 서비스를 제공 받도록 하는 것은 행정에서 하여야 할 일이다. 현재 행정의 흐름은 모든 복지의 계획수립과 제공은 당진 시장이 책임이고 실제 지급은 읍·면·동에서 담당하고 있다. 옛날 복지급여가 단순했던 경우에는 문제가 없었다.

대호지면사무소에서 근무했을 때 사회복지사 제도가 없었고, 내가 생활보호 업무를 담당했을 때는 배급을 주고 대상자 선정이 주 업무여서 별 문제가 없었다. 그러나 지금은 그 내용이 너무 복잡하다. 다루는 수만도 수백 가지가 되기 때문에 읍·면·동의 사회복지사 1~2명이 감당할 수가 없다. 이러한 체계로는 질 높은 복지를 제공하기 어렵기 때문에 복지전달 체계의 개편이 필요한 시점에 와있다고 본다.

먼저 선택적 복지의 필요성이다. 현 사회를 보면 빈익빈 부익부의 현상이 심화되고 있다. 앞으로도 정부에서 국가운영의 큰 방향의 변화 없이는 이런 현상이 지속될 것으로 보고 있으므로, 복지에서부터 선택적 복지의 제공이 필요하다고 본다.

다음은 종합 복지 사무소 설립이다. 현재 시청과 각 읍·면·동사무소, 행복나눔복지센터 등에서 업무를 분장해서 보고 있는데 약 4개 지역별로 종합복지 사무소를 설립하여 전문화하는 방법이 대안이 될 수 있다.

전문 사회복지사가 복지상담, 사례관리, 급여지급, 일자리 알선 등 업무를 종합적으로 처리한다면 질 높은 복지를 제공할 수 있다고 본다.

다음은 복지시설의 다양화이다. 예를 든다면 치매노인이 있는 집을 본다면 시설에 보내기 전에는 가족 중 누군가는 옆에 있어야만 한다.

그렇다고 무조건 자식들이 시설에 보내기는 사회적 통념상, 또는 재산상 어려운 형편이다. 이러한 어려움을 해소하기 위해서는 지역별로 선진국처럼 소규모의 복지시설을 설치하여야 한다. 어린이 집처럼 이러한 노인들을 돌볼 수 있는 시설을 만들어야 한다. 읍면에 복지회관 등 공공시설물이 비어 있는 곳이 많이 있는데, 이를 활용하면 적은 예산을 들이고도 큰 효과를 볼 수 있을 것이다. 탁노소라고 하면 그렇고 어르신 집이라든지 좋은 명칭을 붙여 운영하면 질 좋은 복지를 제공하는 것이다.

몇 가지만 예를 들었지만 질 높은 복지 서비스를 제공하기 위해서는 복지 전달 체계를 개편하여야 한다. 복지 예산의 낭비를 막고 질 높은 복지 서비스가 실현되어야 복지 수준의 선진화로 가는 길이다.

■ 다음은 환경 도시이다.

환경에 대하여는 여러 분야가 있겠지만 기업분야에 대하여만 언급하고자 한다.

기획실에 근무할 때 서해안 개발 업무를 보면서 당진의 2000년대 비전책자를 작성한 적이 있었다. 당진을 어떻게 조화롭게 개발할 것인지에 대하여 많은 고민을 했었고, 개발과 보존의 관계 정립에 대하여 많은 생각을 하게 되었다.

내가 지역경제과장으로 발령을 받으면서 맨 먼저 한 것이 기업의 유치업종 제한이었다. 110개 업종에 대하여 입지금지 업종으로 고시하였고. 이들 업종에 대하여는 개별입지에서도 허용을 하지 않았다.

그래도 3년 동안 전국에서 최고 많이 600여개의 기업을 유치했으며, 입지금지 규정으로 말미암아 개별입지에서는 환경에 해가되는 공장이 없다고 본다. 지금 당진에서 문제가 되는 것은 개별입지나 지방공단에서 문제가 발생하는 것이 아니라 대부분 국가 공단에서 문제를 일으키고 있다. 왜냐하면 국가 공단의 기획, 분양 및 관리는 국가에서 하고 있기 때문에 지방자치단체에서는 실질적 권한이 없기 때문이다.

부곡, 고대공단과 석문국가산업단지는 국가에서 분양을 하고 관리는 산업단지 관리공단에서 하고 있다. 기왕에 분양된 것은 어쩔 수 없지만 앞으로 국가산업단지에서 입주 업종에 대하여 다시 조정할 때에는 철저히 검토를 하여야 하며 추가로 입주한다든지 공장의 명의가 바뀌어 다른 업종으로 전환을 할 때에는 분명히 당진시와 협의를 거치도록 하여야 한다.

내가 지역경제과장을 할 때 고대공단과 부곡공단에 대하여 새로운 기업이 입주할 때에는 한국 산업단지 관리공단에서 당진군청과 협의를 한 다음에 기업이 입주하도록 한 바가 있었다. 그리고 당진시에서 직접 계획하고 분양, 관리하는 지방공단에 대하여도 당초 계획할 당시부터 토지이용 계획에서부터 철저한 분석과 대책이 요구된다.

석문국가산업 단지에 열병합 발전소가 계획되어 있고, 연료는 유연탄 발전소로 되어 있으며, 면적은 5만평이었고, 사업자는 SK ENS였다. 내가 지역경제과장 때 유연탄을 못 쓰도록 SK하고 무척이나 싸워서 결국은 면적을 25천평으로 줄였으며, 10년간은 동서발전의 당진화력으로부터 열을 끌어다 쓰는 것으로 조정을 하였었다.

그리고 열 공급이 부족하면 열병합 발전소를 하는데 연료는 우드칩으로 쓰는 것으로 조정을 했지만 향후 기회가 된다면 청정 연료를 쓰도록 다시 협의를 하여야 할 것이다.

그리고 인천 청라지구에서 나가야하는 주물단지가 당진 정미면 봉생리 지역으로 오려고 5십만평을 1년 동안 작업을 하다가 내가 반대가 심하니까 별의별 압력을 행사했지만 통하지 않자, 서산 운산에서 추진을 했었는데, 결국은 예산으로 입주신청하여 당진과 갈등을 벌이고 있다.

같은 공무원이지만 어떻게 생각이 그렇게 다른지 도저히 믿기지가 않는다. 당진에서는 그렇게 압력이 들어와도 입주 신청조차 받아주지 않았는데 예산군청에서는 첨단산업으로 분류하여 받아주었으니 말이다.

서론이 길었는데 환경오염의 근본 대책은 공무원 마인드에 달려있다. 공무원들이 환경오염으로부터 지역을 지키고 보존해야 한다는 마인드가 철저하다면 그 지역의 환경오염은 근본적으로 줄일 수 있다고 본다.

그리고 한 가지 제안한다면 현대제철, 동부제철, 동국제강, 부곡공단지역에 대하여 환경을 감시할 수 있는 환경관리센터를 설치하는 것이다.

현대제철에서 원료 저장고를 밀폐형으로 추진하면서 현대제철 직원, 환경단체 직원, 군청 직원들로 구성하여 대만 퍼모스사를 벤치마킹한 적이 있었다. 대만 퍼모스사에는 화력발전소가 있는데 원료 저장고를 밀폐형인 돔으로 세계 최초로 설치를 하여 운영하고 있었다.

그 당시 비서실장이 퍼모스사 王(왕)회장을 모시고 현대제철 고로 기공식에 참석했었는데 당진에서 온다고 하니까 왕회장이 친히 비서실장을 시켜 처음부터 끝까지 안내하고 설명을 하였었다.

그때 비서실장이 하는 말 중에 그 지역을 관리하는 행정기관에서 퍼모스사 내부에 환경감시센터를 두어 365일 감시하고 있으며, 항시 행정과 기업이 상의하여 오염원을 근본적으로 제거하고 있다고 자랑하는 것을 들었었다. 그래서 내가 현대제철 직원들 보고 우리도 그렇게 하자고 농담을 했었는데 지금이라도 환경관리센터를 두어 지역과 기업이 함께 갈수 있는 윈윈 전략을 짜야 한다.

■ 다음은 선진 관광도시 건설이다.

관광이라는 것은 서로가 경쟁이기 때문에 지역적으로 대규모의 투자가 필요하고 흐름을 역행하면 바로 망하는 결과를 초래하는 무서운 사업이라고 판단한다. 그 일례가 드라마 촬영장이다. 문경의 드라마 세트장이 성공하자 전국적으로 유치경쟁을 벌였었고 수십억을 투자한 후 무용지물이 되고 유지관리도 안 되어 골칫거리로 전락한 곳이 대다수이다.

어느 곳은 세트장을 유치한 공무원에게 책임소재를 물어 징계를 준 곳도 있었다. 또한 관광지의 경우 흐름을 타지 못하면 한 번에 쇠퇴하는 곳이 많다. 예를 든다면 아산호의 평택쪽 관광지가 대표적인 케이스이다. 옛날에는 당진 사람들도 평택쪽에 가서 회를 먹고 오는 경우가 많았으나 지금은 평택 관광지가 죽은 지 오래다.

반면에 삽교호 관광지가 활성화되어 잘 나가고 있고. 그리고 서산의 경우 삼길포가 활성화되고 있다. 그 원인은 여러 가지가 있겠지만 첫 번째가 관광지를 운영하는 사람에게 있다고 본다.

어떻게 하면 질 좋고 값이 싼 음식을 제공하느냐이고 서비스를 잘해 주느냐에 달려 있다고 본다.

또한 선진관광도시를 위해서는 경쟁력 있는 관광시설을 설치하는 것이다. 내가 문화공보실장 시절 홍콩의 오션파크와 싱가폴의 샌토사 섬을 일부러 벤치마킹을 했었고, 국내의 유명관광지를 다니면서 과연 당진에 무엇을 해야 하나 고민을 많이 했었다.

삽교천에 친수 공간 사업을 로비를 하여 확정을 지으면서 1만평의 친수공간에는 동양 최고의 음악 분수대를 설치하려고 계획을 하였었다. 그러나 내가 다른 부서로 옮기면서 그 계획이 반영이 되질 않았는데 그 의도는 천안, 아산, 평택, 수원 등 수도권의 젊은 친구들을 삽교호 관광지로 끌어들일 자신이 있었기 때문이다.

관광지도 다른 지역과 차별화를 두어야 성공할 수 있다. 지금도 늦지 않았다. 친수 공간에 동양 최대의 음악 분수대를 설치하여 주기적으로 운영한다면 반드시 성공할 것이다.

다음은 행담도에 4계절 관광지를 조성하는 것이다. 신평면장 때부터 행담도 개발에 관여를 해왔는데 행담도 개발의 주관사는 싱가폴의 이콘그룹부터 시작해 경남기업으로 넘어갔었고, 다시 홍콩의 씨티증권에서 지금은 CJ그룹으로 넘어가는 중이다. 행담도 매립지에 여주와 파주의 아울렛매장 같은 시설을 계획하고 있고, 다른 관광 시설도 계획하고 있다. 당초에 내가 제시한 것은 사계절 실내 해수욕장이었다.

해수욕장은 여름철 한때지만 실내에 해수욕장을 설치한다면 사계절의 해수욕장이 될 수 있고 우리나라에 하나밖에 없는 시설로 각광을 받을 것이다. 이 제안이 받아들여져 행담도 매립지에 사계절 실내 해수욕장이 계획되어 있었다.

CJ그룹에서 인수를 한다면 무슨 계획을 할지는 모르지만 당진시에서 관심을 갖고 적극적인 협의가 있어야 할 것이다. 그리고 도비도의 경우 쇠퇴일로에 있는데 농업기반공사에서 하루빨리 매각을 하여 활성화시켜야하고, 시에서 새섬과 난지도와 연계하여 적극적인 행정을 펼쳐야 할 것이다. 관광지에 대하여는 할 이야기도 많고 계획도 많지만 지면 관계상 줄이기로 한다.

■ 다음은 이주민에 편안하고 화합하는 도시건설이다.

당진은 급격한 산업화를 겪으면서 이주민들이 대거 이주해 오는 도시이다. 기업은 들어오는데 산업인력이 없어 기업들이 애로를 겪고 있으며 거의 외부 인력과 외국인 노동자들로 채워지고 있다.

부곡 공단 어느 회사의 경우 직원 대부분이 아직도 안산에서 출퇴근을 하고 있다. 당진의 경우 대도시와 비교하면 교육, 문화 등 모든 면에서 정주여건이 미비하기 때문일 것이다.

하루아침에 이러한 정주여건을 모두 갖추기는 불가능하지만 서서히 이주민들의 욕구를 채워주어야 할 것이다. 한 가지 예를 들어보겠다.

이주민들이 들어오면 아파트를 선호하는 사람들이 있는 반면에 개인주택을 선호하는 사람들도 있다. 개인주택을 선호하는 사람들을 위해서 단독 가구나 10~20여 가구의 집단 취락지를 조성하는데 취락지의 흐르는 물을 아래에서 받지 못한다고 민원이 발생하는 곳이 한두 군데가 아니다.

이렇게 민원이 발생한다면 외지인은 당진에서 살지 말라는 이야기나 마찬가지인데 외지인들의 눈에는 당진을 어떻게 볼 것인지 심히 염려스러운 점이다. 경제국장 시절 이러한 민원들을 수차례 주민들을 설득하여 해결한 적이 있었는데 행정에서 매뉴얼을 만들어 주민들과 외지인과의 갈등을 미연에 방지하는 방안을 강구하여야 한다.

또한 이주민들이 아파트에 살아도 시골스럽고 낯설은 도시로 비추어 지기 때문에 갈 곳이 없다고 하소연을 하고 있다. 나도 지역경제과장 시절 기업하기 좋은 도시라고 떠들어대고 다녔는데 일말의 책임감이 있다. 말 그대로 기업하기 좋은 도시라고 해서 왔는데 불만이 많다는 이야기는 어제 오늘의 이야기가 아니다.

그래서 제안을 하고자 한다. 시청에 이주민 지원팀을 신설하여 이주민들에 대한 질 좋은 서비스를 제공한다면 상당한 부문 해소될 거라고 본다. 아마 전폭적인 지원이 없다고 해도 이러한 행정의 의지만이라도 이주민들에게 보여준다면 상당한 부문 이해를 할 것이라고 본다.

그리고 당진은 개발 지구로 항상 집단 민원이 약 20여건 이상씩 발생하고 있다. 정부나 지자체에서는 지역 발전을 위해서 개발은 해야 하고 지역주민들은 불만이 있고, 절충점을 찾으려 해도 해결이 쉽게 되기는 상당히 어려운 면이 있다.

지역경제과장 때와 경제국장 시절 민원현장을 찾아 해결도 많이 해 보았지만 그렇게 녹녹하게 해결되는 것은 한건도 없었다. 그 대표적인 예가 현대제철과 송산 가곡리 주민들이 3개월 이상 갈등이 있었는데 결국은 서로 잘 해결되었다고 보여 지는데 결국은 보상문제이다.

합덕일반 산업단지, 현대제철, 송산2산단, 석문국가산업단지의 업무를 추진하면서 제일 관심을 가지고 일했던 것이 보상문제였다.

앞에서도 설명이 있었지만 우강 국지도 70호선의 경우 절대농지 보상이 약 64,000원 정도여서 주민들이 보상 거부운동을 했었는데 합덕산업단지 절대농지는 감정평가사에게 충분한 자료를 주어 평당 116,000원 정도가 나와 보상을 전부 수령하였다.

석문국가산업단지 절대농지의 경우 평당 240,000원 정도로 전국 최고 높은 보상이 책정되어 LH에서 해야 하느냐 말아야 하느냐 논란이 있었지만, 행정에서 미리 예상을 하고 조정을 한다면 충분하게 갈등을 해소할 수 있다고 본다.

갈등의 각 분야에서 해소할 수 있는 방안을 강구한다면 화합하는 도시로 거듭날 수 있을 것이다.

■ 다음은 인사 시스템의 발전이다.

당진의 미래 비전에 시청의 인사 시스템에 대하여 거론한다는 것은 이상하게 생각할 수도 있지만 공무원 출신의 한사람으로서 공무원의 역할이 행정발전이나 지역발전에 있어서 얼마나 중요한지를 알기 때문에 일부러 기술하고자 함이다.

지방행정을 하다보면 아직까지 중앙에서 조직운영이라든지 인사 등에 대하여 통제를 하기 때문에 마음대로는 할 수는 없지만 승인을 받아서 운영하고 있다.

당진 시청에는 시장, 부시장, 국장, 소장, 단장 밑에 32개과의 과장과 14개소의 읍면동장으로 구성되어 있다. 그리고 약 1,000여명 이상의 직원들이 일을 하고 있다.

이렇게 많은 조직이 있지만 조직의 경쟁력은 단합이라고 본다. 30년 공직생활을 하면서 제일 크게 느낀 것이 단결력이라고 주장하고 싶다. 실례를 들어본다면 문화공보실장 적에 기지시 줄다리기의 세계화 원년의 목표를 두고 전 직원들이 똘똘 뭉쳐 대 성공을 거두었던 점과 지역경제과장 시절 산업단지 민원과 공장민원의 그 어려웠던 여건을 헤쳐 나갔고, 기업을 전국 최고 많이 유치했던 것은 직원들이 업무에 대하여 무서워 않고 단합된 힘이 있었기 때문이었다.

각 과별로 아무리 어려운 일이 있다고 해도 그 과의 직원들이 단결이 된다면 어려울 게 없을 것이며. 그 과가 발전하고, 시정이 발전하고, 당진이 발전할 것이다.

 지역을 위하여 발로 뛸 사람은 시청 공무원들이다. 즐거운 마음으로 발로 뛰게 하려면 어떻게 해야하나가 관건이다. 그 해답은 인사 시스템에 있다고 본다. 열심히 일하는 직원들이 발탁이 되고 승진이 되는 시스템이 되어야 지역이 발전될 것임은 자명한 일이다.

 그리고 조직의 집중화이다. 조직을 여러 군데로 나누어 일하는 것도 좋지만 어느 부서는 업무량이 엄청 많아 헤어 나가기가 어려운 부서도 있는 반면에 어느 부서는 일의 양이 적어 한가한 부서도 있다.

 이에 대한 철저한 분석으로 집중화가 필요한 부서는 집중화 해 주어야 조직이 발전할 것이다.

 또한 각 조직의 통합 관리가 중요하다. 시청의 민원처리는 한 과에서 처리하는 것이 아니라 여러개 과에 걸쳐 처리되기 때문에 서로가 미루는 경향이 있어 시민들로부터 불만을 사기도 한다. 이를 극복하기 위해서 여러 가지 방법이 시도되고 있지만 아직도 정착되지 않고 있다. 시민들의 욕구를 만족시키기 위해서는 시장, 부시장의 관리자 역할이 중요하다고 본다. 왜냐하면 각 과에서 과장들이 각 과의 대변인이기 때문에 자기 과의 주장만 할 경우가 많이 발생하므로 이를 어떻게 처리해야 하느냐이다. 이러한 업무에 대하여 시장과 부시장이 명쾌한 결론을 내주어야 과장과 직원들이 결정에 따르고 이의가 없이 조직이 안정화가 되는 것이다.

4부

당신의 아들로 자라서

공부에 대하여

■ 고3이 돼서야 눈을 뜬 공부

나는 고등학교 2학년 때까지 학교성적에서 두각을 나타내지 못했다. 그러던 중 '고등학교를 졸업하고 무엇을 해야 하나'를 생각해보니 농사를 짓는 일 외에는 달리 할 수 있는 일이 없었다. 한 없이 막막했다. 한편 대책 없는 나의 미래에 대한 두려움이 엄습해오기 시작했다. 고등학교 졸업을 불과 1년 앞둔 2학년 말 겨울방학 무렵, 문득 '내가 이러면 안 된다'는 생각이 강하게 밀려왔고, 스스로 공부를 하기 시작했다. 부모님이나 기타 누구의 권유나 강요가 없었지만 스스로 공부를 해야겠다는 마음을 먹은 것이다.

10년 넘게 관심을 두지 않던 공부를 시작하려니 답답한 것이 한두 가지가 아니었다. 기초실력이 부족했던 탓에 책장을 넘길 때마다 무슨 말인지 이해가 되지 않아 답답증은 커져갔다. 가장 버겁게 여겼던 수학의 경우, 공통수학과 수학 I 과정을 다 배웠는데도 '사인'이 뭔지 '코사인', '탄젠트'가 뭔지 도대체 이해하기 어려운 지경이었다. 영어의 경우도 사정은 비슷해 그 때까지 단어 공부를 게을리했던 탓에 어휘력이 크게 부족해 진도를 나갈 수 없었다. 사전을 펴 일일이 단어를 찾아보지 않고는 한 줄도 제대로 해석할 수 없는 상황이었다. '정통종합영어'란 제목의 책 앞부분 100여 페이지를 학습하는 동안 각 단어의 뜻을 찾는데 엄청난 시간을 허비할 수밖에 없었다. 심지어는 단어 풀이를 하도 많이 해 연필과 볼펜으로 쓴 글씨가 인쇄된 본문을 가려 책이 흡사 먹지처럼 검은색 투성이가 되기도 했다.

고2 겨울 방학을 보내는 동안 4시간 이상의 잠을 잔 기억이 없다. 실로 처절한 나 자신과의 싸움이었다. 이전에 이토록 공부를 해본 적이 없었기에 자리를 지키는 것만으로도 여간 힘든 것이 아니었다. 하지만 '평생 이 때 한 번 공부 안 해보면 언제 하나.'하는 생각이 들었다. 그래서 고통스러웠지만 참아낼 수 있었다. 한번은 아침에 세수를 하는데

고등학교 시절

코피가 터져 흘러내렸다. 코피가 터져 흘러내리는데 기분은 상쾌하고 왠지 모를 만족감이 밀려왔다. 뿌듯하고 스스로가 대견스럽게 여겨졌다. '내가 이렇게 열심히 공부를 했구나.' 싶은 생각이 밀려오니 몸의 피곤함은 아무 것도 아니었다.

기초 실력이 워낙 부족하다보니 모든 과목의 공부는 거의 다 외우는 수준으로 이루어졌다. 암기 과목은 말 그대로, 암기로 승부를 걸어야 했던 까닭에 버텨낼 수 있었지만 이해를 요하는 과목은 큰 어려움으로 다가왔다. 특히 이해력을 바탕으로 문제를 풀어야 하는 수학이 가장 난적이었다. 하지만 불굴의 투혼을 발휘해 이를 악 물고 어려움을 극복하며 한 장 한 장 책의 페이지를 넘겨 나갔다. 그렇게 어렵게 겨울방학을 보내고 3학년이 되어 처음 치른 시험에서 나 스스로가 믿지 못할 성적을 거뒀다. 국어, 영어, 수학 3대 과목에서 모두 100점을 받았다. 당시 수학을 담당하셨던 이창수 선생님이 우리 반 수업에 들어오셔서 "이 반에 새로운 다크호스가 태어났다"고 나를 추켜세우신 말씀이 지금도 또렷이 기억에 남는다.

하지만 공부란 그리 만만하지 않았다. 3학년 동안 열심히 공부를 했지만 분명 한계는 있었다. 지금처럼 학원이 있던 것도 아니고, 인터넷 환경이 갖춰져 있는 것도 아니었다. 가뜩이나 기초가 부족한데 고3이 돼서 뒤늦게 공부한다고 책을 붙드니 실력이 향상되기란 쉽지 않았다. 하지만 포기하지 않았다. 내 평생에 후회로 남지 않을 만큼 혹독한 고3 수험생활을 보냈다. 모든 유혹을 떨치고 촌놈의 무서운 뒷심을 발휘했다.

이런 노력 끝에 예비고사의 관문을 통과할 수 있었다. 시골학교에서 예비고사를 통과한다는 것 자체가 그리 만만한 일이 아니었다.

당시의 대입 제도는 예비고사라는 관문을 통과해야만 각 대학이 치르는 본고사를 치를 수 있는 자격이 주어지는 형태였다. 예비고사는 자신이 진학을 희망하는 대학이 소재한 각 시도를 미리 선택해 시험을 치르는 방식이었다. 대학을 선택하기도 전부터 어느 시·도를 선택할 것인가의 고민에 빠져야 했다. 나는 충남과 부산을 선택했다. 항구도시인 부산은 아무런 연고가 없는 곳이었지만 뭔가 끌리는 매력이 있었다. 매력에 끌려서인지 부산대학교에 원서를 지원해 시험을 치렀지만 낙방의 고배를 들이켰다.

■ 수학이 바꾼 내 인생

대입에 실패한 후 곧바로 군에 입대하게 됐다. 대학과는 자연스럽게 멀어지게 됐다. 묵묵히 3년의 세월을 군에서 보내야 했다. 전역을 앞두고 생각을 해보니 특별한 재주도 없고 배워둔 기술도 없어 먹고 살 길이 막막했다. 내가 아무런 준비 없이 고향으로 되돌아가면 농사짓는 일 외에는 달리 선택할 수 있는 길이 없었다. 전역을 앞둔 어느 날 '부모님 전답을 가지고 농사를 지으면 얼마나 벌을 수 있나?'를 계산해 보았다. 아무리 어려 각도로 계산을 해봐도 '농사를 지으면 고생만 실컷 하고 생활은 달라질 것이 없다.'는 결론에 도달했다. 지금이야 농사를 크게 지어 돈도 벌 수 있지만 그 당시에는 농업에 그런 비전이 없었다.

농사를 짓는 일 외에 할 수 있는 일을 궁리하던 끝에 공무원 시험을 치루어야겠다는 결심을 하게 됐다. 어느 직급, 어느 직종을 선택할 것인가를 결정할 때도 '수학'이 큰 작용을 했다. 당시 9급 공무원 시험 과목에는 수학이 포함돼 있었지만 7급 시험 과목에는 수학이 없었다. 수학에 유난히 자신이 없던 나는 7급 시험을 선택해 준비하는 것이 절대 유리하다고 판단했다. 수학이란 과목을 피해 9급이 아닌 7급 공무원 시험을 준비했다고 그 때의 상황을 말하면 다수의 사람들이 '그런 일도 있느냐?'며 우습다는 반응을 보인다. 나로서는 수학을 피해갈 수 있다는 것이 더없이 좋은 상황이었다.

1981년 4월, 군에서 제대한 나는 다음 달인 5월에 대전으로 갔다. 그리고는 공무원 수험분야 명문이라는 '충남고시학원'에 등록하였다. 행정법, 행정학, 헌법 등의 과목을 배운 적이 없었기 때문에 학원에서 배워야 한다고 생각했다. 수강 등록을 하고 강의에 참석하기 시작한 이후 줄곧 맨 앞자리를 고집했다. 참으로 열심히 청강을 했지만 7급 공무원 시험은 그리 녹록하지 않았다. 학원 수강을 시작한 지 불과 80일 만인 7월 20일에 국가직 시험에 응시했지만 보기 좋게 낙방을 했다.

의외의 복병은 국어 과목이었다. 그해 시험부터 국어가 처음 공무원 시험에 포함됐다. 국어는 학교 다니면서 배운 과목이라서 크게 신경 쓰지 않고 준비한 것이 화근이었다. 국어에서 70점 이하의 형편없는 점수를 받았고, 그 것이 전체 과목 평균을 3~4점 깎는 결정적 작용을 했다. 불과 2개월 남짓 수강하며 준비를 했지만 행정학, 헌법, 행정법 등의 과목에서는 서운치 않은 점수를 받았다. 처음 치른 공무원 시험에서 탈락하고 '세상에 만만한 일이 없구나.'하는 생각을 했다.

7월에 첫 시험을 치르고 고향으로 내려와 아버지의 농사일을 거들며 짬짬이 공부를 하던 때 새로운 사실을 알게 됐다. 동네 한 선배로부터 7급 공채가 국가직만 있는 것이 아니라 지방직도 있다는 사실을 전해들은 것이다. 7급 시험이 지방직도 있다는 사실조차 모를 정도로 정보에 어두웠던 것이다. 그래서 9월에 있던 충남 지방직 시험에 응시했고, 합격의 달콤함을 맛볼 수 있게 됐다. 불과 반년의 시간을 투자해준 고시라고 알려졌던 7급 공무원 시험에 합격을 했으니 만족스러웠다. 부모님도 무척 기뻐하셨다. 이렇게 나의 공무원 생활은 시작됐다.

■ 뒤늦게 학사모를 쓰다

막상 공무원이 되어 근무를 하다 보니 학사모를 한 번 써보지 못한 것이 두고두고 한으로 남았다. 야간대학이라도 다닐까 하는 생각을 해봤지만 시골 지역에서 근무한 탓에 여의치 않았다. 10년 여 동안 공무원 생활을 하고 생활과 마음에 여유가 생기면서 대학 학사모에 대한 열망은 커졌다. 그래서 현업을 유지하면서 학위를 받을 수 있는 길을 모색하기 시작했다. 유일한 방법은 한국방송통신대학을 통해 학사 학위를 받는 길이었다. 그 무렵 교육부가 독학사 학위제도를 신설해 대학에 진학하지 못한 이들도 학사 학위를 받을 수 있는 제도가 처음으로 시행됐다. 대학에 진학하지 않고 학위를 받을 수 있던 독학사 제도는 결코 만만하지 않았다. 대학에 직접 다닌 학생 이상의 노력이 필요했던 것은 두말 할 나위가 없다.

독학사 시험은 1단계에서 4단계까지 치루어졌고, 이 가운데 3단계까지는 과락 과목만 다시 시험을 치르면 됐지만 마지막 4단계는 6개 과목 전체를 합격해야 학위를 받을 수 있도록 돼 있었다. 만약 한 과목이라도 합격선에 이르지 못하면 6과목 전체에 대한 시험을 다시 치루어야 했다. 그러니 큰 부담이 아닐 수 없었다. 독학사 제도가 처음 시행된 시점이어서 마땅한 참고서가 없었다는 점도 어려움이었다. 이래저래 막막한 상황에서 학위 취득을 향한 외로운 길을 가야 했다.

그래도 7급 공채 시험을 준비하면서 비슷한 과목을 공부했다는 것이 다행이었다. 하지만 나이가 들었고 10년 이상 손을 놓았던 책을 다시 보기 시작해야 한다는 두려움은 컸다. 낮 시간 근무로 지친 몸을 이끌고 저녁에 공부를 해야 한다고 생각하니 '생활에 안정을 찾고 공직 생활도 잘 적응하고 있는데 꼭 공부를 해야 하고, 학위를 취득해야 하나?' 싶은 생각이 들기도 했다. 지금이나 그 때나 직장 생활을 하면서 공부를 한다는 것은 다부진 각오가 뒤따르지 않으면 어려운 일이다. 특히 술을 즐기고 사람들과 어울리기를 좋아하는 성격이라면 그 어려움은 더욱 커진다. 공부를 하는 고통보다 주위에서 계속되는 온갖 사교의 유혹을 뿌리치는 일이 몇 곱절 더 어려운 일이다.

특히 나는 4단계를 단번에 통과를 해야 하고, 6개 과목을 일시에 패스하겠다는 스스로 강한 압박을 가지고 있었다. 직장생활을 하면서 회식이나 술자리를 마냥 피할 수도 없는 형편이었다. 피할 수 없는 술자리라면 나서야 했고, 눈치껏 주량을 조절하며 상대에게 부담을 주지 않아야 했다. 술자리를 갖게 된 날은 자리가 끝나는 대로 최대한 일찍 귀가해 집에 들어서자마자 잠자리에 들었고, 자정 무렵 일어나 책상 스탠드 불빛으로 향했다. 새벽에 하는 공부는 낮 시간에 하는 공부보다 월등히 높은 집중력을 발휘할 수 있었다. 그렇게 나 자신과의 기나긴 싸움은 이어졌다.

이런 노력을 하늘도 알아주었는지 한 번에 4단계를 합격하여 어렵다는 독학사 과정을 통과했다. 나도 어엿한 대학 졸업 자격을 얻어 행정학사 학위를 취득하게 된 것이다. 당시는 독학사 제도 시행의 초창기로 독학사 자격 취득자에게는 교육부장관 직인이 찍힌 학위증이 수여됐다. 서울 세종문화회관에서 있던 학위식에 참석하기 위해 상경했던 그 때의 감동은 지금도 가슴 깊이 새겨져 있다. 학위 수여식이 있던 날 저녁에 EBS 방송을 통해 학위 수여식 장면이 뉴스로 보도됐고, 학사모를 쓴 내 모습도 화면에 비쳐졌다. 북받쳐 오르는 감동을 이루 표현할 길이 없었다.

■ 내친김에 대학원까지

어렵다는 독학사 학위를 취득한 나는 한 단계 더 욕심을 내 석사학위를 취득하고 싶은 마음이 생겼다. 그래서 고려대학교 행정대학원에 입학했고 3년여 동안 부지런히 학업에 매달려 석사학위를 받을 수 있었다. 일주일에 두 차례 퇴근 시간 이후 저녁에 원거리에 있는 대학원을 다닌다는 것은 보통의 각오로 할 수 없는 일이었다. 하지만 고생이라고 생각하지 않고 나의 발전을 위하고, 자식과 후배 직원들에게 본보기가 돼야 한다는 일념으로 묵묵히 3년의 시간을 투자했다.

많은 것을 배웠겠지만 머릿속에 남은 것은 손으로 꼽아 헤아릴 만큼에 불과하다. 그 중 기억에 남는 것 한 가지만 소개해 보고자 한다. 객원 교수 중 김영삼 대통령 집권기에 민정수석을 역임한 분이 있었다. 그 교수는 민정수석 출신이어서인지 김영삼 전 대통령에 대하여 좋은 평가로 일관했다. 하루는 그 교수가 언제나처럼 김영삼 전 대통령에 대해 칭송을 이어갈 때 내가 나서서 "김영삼 대통령이 뭐 그리 잘한 것이 있습니까?"라고 반기를 들었다. 다소 당황스럽다는 표정을 보이며 그 교수는 "왜 그러느냐?"고 내게 되물었다. 그래서 나는 당시 진행된 농어촌구조 개선사업을 실례로 당시의 실정을 설명해 주었다.

"김영삼 정부가 농어촌 구조개선 사업을 한다고 40조 원 이상

학위기

의 국비를 쏟아 부었는데 이 때문에 농민들이 망하게 되었다."라고 말하니 그는 "그런 일이 있었냐?"며 자기는 잘 몰랐다고 변명했다. 나는 압박의 고삐를 더 당겨 조목조목 김영상정부의 정책 과실을 소개했다. 당시 전 농가가 농어촌 구조개선사업을 신청하는 바람에 서로가 보증을 서게 되었고 한 명이 부도에 이르면 연쇄적으로 부도가 나는 상황이 발생된 점을 예시했다. 실제로 호남에서 부락 전 가구가 부도에 이르렀던 일을 설명해 주었다.

내가 신평면장으로 재임할 때 법원에서 경매신청이 하루에 평균 3건 정도가 통보되어 내용을 자세히 알아보니 농어촌 구조개선사업으로 보증을 섰다가 낭패를 보는 경우가 대부분이었다. 당진의 예를 들면 농촌에서는 논 농사 짓는 농가들은 트랙터 등 고가의 농기계를 샀고, 밭농사를 짓는 농가들은 경쟁적으로 비닐하우스를 설치했다. 비닐

하우스를 설치한 농가들은 대부분 방울토마토를 심었는데 농어촌 구조개선사업 전에는 kg당 7000원 정도 하던 것이 700원대로 하락했으니 농민들이 낭패를 볼 수밖에 없던 것이다. 당시 당진군에는 3500억 원 이상이 쏟아졌는데 보조가 50%, 저리 융자가 30%, 자담이 20%였다. 이렇게 보조와 융자가 많으니까 농민들이 너도나도 신청을 한 탓에 포화 상태가 되었고 가격이 폭락해 버렸다.

이렇게 농민들을 망가뜨려 놓고 정권의 민정수석이 잘 몰랐다고 하니 얼마나 통탄할 일인가. 내가 조목조목 이유를 대니 민정수석을 역임한 그 교수는 할 말을 잃었다. 이 일이 있은 후 한참 지나서 군청 사무실로 그 교수로부터 한 통의 전화가 걸려왔다. 그는 마침 서산을 가고 있는 중인데 나를 만나보고 싶다고 했다. 그래서 그와 다방에서 만나 차 한 잔을 나눈 적이 있다. 여러 사람 앞에서 공개적으로 실정을 지적해 마음이 상했을 법도 한데 그는 너그러운 마음으로 나를 찾아와 차 한 잔을 나누는 비범함을 보였다. 시간이 흘렀지만 그의 그릇 됨됨이에 찬사를 보내고 싶다. 아울러 정권을 움켜쥔 정책자들에게 한 쪽으로만 예산을 쏟아 붓지 말고 충분히 예행연습을 한 후에 실행 단계로 갔으면 좋겠다는 제언을 하고 싶다.

다시 대학원 이야기로 돌아간다. 대학원을 끝마치면서 졸업 논문을 써야 하는데 시간이 없어 고생을 많이 하였다. 논문 제목은 '지방의회의 개혁방안'으로 설정했다. 직장 생활을 하면서 수업에 참여하는 것만으로도 어려움이 컸는데 논문을 작성하려니 어려움이 더욱 컸다. 각 자치단체 지방의회에 대한 사례를 조사해야 하고, 설문 조사를 하여야 하고, 각종 통계를 분석해야 하고, 대안을 제시해야 했기 때문이다. 시간도 부족한데다 짧은 지식으로 모든 문제를 해결하려니 어려움이 이만저만이 아니었다.

그렇게 고통스럽게 작성한 논문은 최우수 작품으로 선정되었다. 최우수 논문으로 선정되었을 때 그 기분은 이루 말할 수가 없었다. 고통 뒤에 오는 감미로움과 배움의 희열을 한 번에 경험할 수 있는 짜릿한 일이었다. 인생을 살면서 행정학 석사학위를 받는 것으로 공식적인 배움은 끝났지만, 제도권을 통한 배움이 인생 배움의 전부라고는 생각하지 않는다. 인생 자체가 공부의 연속이라는 생각을 잊지 않으며 살아가고 있다. 항상 배우는 자세로 살면 겸손해지고, 실수가 없으며, 욕심이 없어진다고 늘 생각하며 스스로를 담금질 한다.

고려대 행정대학원 졸업사진

최우수 논문상

군대생활

  내가 입대한 날짜는 1978년 7월 10일이었다. 그해 얼마나 가물었던 지 집에서 소죽기로 지하수 천공을 뚫어 물을 대고 입대 전날까지 모를 심느라고 이발을 할 시간이 없었다. 이발도 하지 못하고 논산 제2훈련소로 입소했는데 1500여 명의 입영 장정 중 나처럼 이발을 하지 않고 입소한 수는 언뜻봐도 10명 미만이었다. 장정이발소에 끌려가는데 속으로는 '이제 죽었구나!'하고 걱정과 근심, 두려움이 밀려왔다. 내 예상과 달리 나무라지 않고 이발을 해주었다. 그래서 속으로 '지금은 군대가 좋아졌구나.'라고 착각을 하였다.

  입소 후 일주일 동안 신체검사를 하며 시간을 보내는데 그 시간은 어떻게 지나는지도 모를 정도로 빠르게 흘러갔다. 한여름에 입소한 우리 동기생들은 저녁에 샤워를 할 수 있는 시간을 준다고 하기에 기대를 했다. 그러나 훈련소 입소대에서의 샤워는 군 울타리 밖에서 우리가 했던 샤워와는 전혀 다른 개념이란 사실을 직접 경험해보고서야 깨달았다. 완전 탈의한 장정들을 샤워실에 조밀하게 서게 하고 조교가 장정들을 향해 물을 한 차례 뿌려준 후 비누칠을 하도록 하고 조교가 다시 물을

하사관시절

뿌려주는 것이 훈련소 샤워의 전부였다. 비누칠을 하고 기다렸는데 세숫대야로 물을 한 번 휙 뿌려주고 나서는 밖으로 나가라니 황당할 따름이었다. 비눗물이 그대로 있는데 나가라니…. 그냥 닦고 나오면서 앞으로 펼쳐질 고생스러운 나날들이 머릿속에 그려지기 시작했다.

　일주일간의 입소대기소 생활을 마친 마지막 날. 건장한 장정들만 모아놓고 조교가 말했다. "여러분 축하드립니다. 여러분들은 하사관 학교에 차출되었습니다." 순간 마른하늘에 날벼락이 떨어지는 듯한 충격이 왔다. 그때 돌았던 소문에 따르면 '하사관학교에 차출되면 고생은 고생대로 하고, 제대도 늦을 수 있다.'라고 들었기 때문이다. 조교가 하사관학교를 가지 못할 사유가 있는 자는 나오라고 말하자 전체 50여 명 중에 나를 포함해 5명 정도가 앞으로 나갔다. 원인도 이유도 모른 채 날아오는 주먹세

례를 받고서야 '여기가 군대구나.' 싶은 생각이 들었다.

　피하고 싶었지만 결국은 강원도 원주에 있는 제1하사관 학교로 차출되었다. 기차로 논산에서 원주까지 왔고, 원주역에서 1하교가 있는 태장동을 가는 길은 산을 넘어서 가는 험한 길이었다. 산길을 가다가 원주시 화장장 앞을 지나게 됐다. 화장장 앞에 이르러 인솔하던 조교가 우리에게 겁을 주는 말을 건넸다. 그 조교는 "일동 묵념!" 하더니 말을 이어가기를 "여러분 선배들이 훈련을 받다가 사망하면 여기에 있는 화장장으로 시신을 옮겨와 화장을 하고 있다. 그러니 먼저 가신 선배님들을 위하여 묵념해라!" 라고 말했다. 그러더니 계속 말을 이어가기를 "매 기수마다 평균 5명씩은 여기로 온다. 여러분들 중에도 5명은 여기로 오게 되어있다. 그러니 열심히 교육을 받아 여기에 오는 일이 없도록 한다. 알았나?"라고 했다. 겁에 질린 우리는 온 천하가 울리도록 큰 소리로 대답을 했다.

　충청도 촌놈들이 완전 얼어붙은 꼴이었다. 7월에 1하교에 입대하여 12월에 졸업을 하였다. 6개월간의 고된 훈련을 받았다. 지금 생각하면 아찔할 뿐이다. 군 훈련 중 가장 강도가 높다는 피알아이(PRI) 훈련만 1주일을 받은 경우도 있었다. 1주일 동안은 '엎드려 쏴', '쪼그려 쏴' '일어서서 쏴'를 반복하기도 했다. 이틀 정도가 지나니 교육생 절반은 왼쪽 팔꿈치가 까져서 피를 흘렸다. 아프지 않기 위해 왼쪽 팔이 좌로 뉘어지게 자세가 잡혀졌다. 7일이 지나고 나니 팔꿈치에 난 상처가 저절로 아물었다.

　사격장에서 실탄을 받아 영점을 잡는 영점사격훈련을 하는데 표적지를 떼어 살펴보니 구멍이 하나밖에 없었다. 큰일이다 싶었는데 자세히 들여다보니 하나의 구멍에 보이지 않을 정도로 미미한 차이를 보이며 3발이 들어간 흔적이 있었다. 3발의 총알이 한 구멍으로 들어간 것이다. 생각하지도 못한 일이 벌어졌다. 훗날 자대에서 사격 훈련을 하면서 아무리 한 구멍에 실탄 세 발을 넣으려고 해도 그런 일은 일어나지 않았다. 지금 생각해보면 하사관학교의 군기가 그만큼 세었기 때문에 가능한 일이었다.

또 한 가지 잊지 못할 일은 배설의 어려움이었다. 논산 신병 대기소에서 일주일을 거치고 제1하사관 학교에 입교하여 훈련을 받을 때의 일이다. 흔히 말하는 '똥 탄다'는 표현을 실감할 수 있었다. 배가 고파서 배급되는 음식을 다 먹어도 이상하게 배설이 쉽지 않았다. 바짝 긴장을 한데다 훈련의 강도가 높아서인지 제대로 배설을 할 수가 없었다. 대개의 훈련병들이 비슷한 사정이었고 내 경우도 약 일주일이 지나서야 배변을 볼 수 있었다. 부대원 가운데는 십여 일이 지나도 변을 보지 못하는 경우도 있었다. 제일 심한 경우는 한 달이 되도록 변을 보지 못한 사례도 있었다. 그는 결국 군의대에 가서 관장을 시도했지만 그래도 배변을 하지 못했다.

내가 속한 13중대 150명의 훈련병 중에 한의사가 한 명 있었다. 동의보감을 줄줄 외울 정도로 관련 지식이 풍성한 친구였는데 그는 생김새에서도 한의사다운 풍모를 풍겼다. 그 친구가 한 달 동안 변을 못 보던 장병에게 침술 치료를 하니 이내 배변을 보는 모습을 직접 목격했다. 너무나 신기하였다. 관장해도 안 되던 배변이 침 한 방으로 해결되는 것을 목격하니 믿어지지가 않았다. 그 한의사 친구의 일화가 하사관학교는 물론 군사령부까지 전달된 모양이었다. 하사관 학교를 졸업하고 자대 배치를 받았는데 그 한의사는 전방 7사단으로 배치를 받았다가 바로 1군사령부 장군목욕탕으로 배치를 받았다. 내가 자대 배치를 받아 수색대에서 근무하고 있을 때 하루는 그 한의사 친구가 나를 찾아왔다. 장군목욕탕에서 무슨 일을 하느냐고 그에게 물으니 보직이 때밀이란다. 군사령부에 장군들이 많이 있으니 장군목욕탕이 따로 설치돼 있고 장군들이 목욕을 하러오면 때 밀어주고 침술 치료하고, 안마를 해주는 일이 임무란다. 때밀이 보직이 있다는 사실은 그 때 처음 들어봤다. 그 친구는 군대생활 내내 때만 밀다 제대했다고 한다.

나는 8171부대 수색대에 배치를 받아 제대할 때까지 근무했으며 주로 훈련을 받았고, 유격장 조교생활을 하였다.

유격장 조교시절

나의 가정사

■ 할머니의 영원한 손자사랑

나는 1957년 5월 25일 당진 신평면 남산리 40번지에서 태어났다. 할아버지와 아버지가 합덕읍 운산리 굴미에서 사시다가 터전을 옮겨 신평에 새롭게 자리를 잡으셨다. 할아버지께서는 내가 태어나기 전에 일찌감치 돌아가셨고, 할머니만 혼자 남으셨는데 그나마 내가 고등학교 다니던 때 돌아가셨다. 할머니가 얼마나 사나우셨던지 동네 아주머니들이 할머니를 상당히 무서워했다고 한다. 그런 할머니지만 손자들에게 만큼은 세상에 더 없는 인자한 할머니였다. 아버지가 2대 독자여서 손자들을 아끼는 마음이 더욱 크시지 않았나 싶다.

아버지와 어머니 슬하에 모두 6명의 자식을 두셨다. 어머니가 첫째로 딸을 낳자 서운함이 크셨던 할머니는 산모인 어머니에게 미역국조차도 끓여주시지 않았다고 한다. 그 뒤로 내리 아들들만 5명을 낳았으니 그제야 어머니는 할머니의 시집살이에서 벗어날 수 있었다고 한다. 할머니는 부추를 키워서 신평장에 내다 팔아 사탕이며 과자를 사와

어릴적 형제들(왼쪽부터 세 번째가 저자)

손자들에게 나누어 주시곤 했다. 그래서 늘 신평장날이 기다려졌고 부
추에 거름을 주는 일이 항상 즐거웠다.

할머니는 마을 잔칫집에 갔다 오시면서 잔치음식을 조금씩 가져오
시곤 했다. 음식이 부족한 시절이었던 터라 할머니가 동네잔치에 다녀
오시는 날이 몹시도 기다려졌다. 내가 자라던 시절에는 군것질거리가
마땅치 않았다. 사탕과 유과, 건빵 등이 전부였지만 그나마 특별한 날
이 아니면 쉽게 맛볼 수 없던 것들이다. 어린 시절 할머니와 방을 같이
사용했기 때문에 지금도 할머니의 모습이 눈에 선하고 할머니와 관련
된 여러 가지 일들이 기억난다. 한 번은 할머니가 신흥리 과수원집을

데리고 가셨는데 사과가 달린 모습을 보고 얼마나 신기했는지 모른다. 지금도 어렸을 때 봤던 그 과수원 모습이 눈에 선하다.

■ 흙에 살다가 흙으로 가신 아버지

나의 아버지는 오직 농사짓는 일밖에 모르시는 순수한 농사꾼이셨다. 얼마나 일을 열심히 하셨는지 모른다. 새벽부터 저녁까지 쉴 새 없이 일을 하셨던 덕에 우리 6남매는 탈 없이 자랄 수 있었다. 아버지가 한창 농사를 짓던 시절에는 가마니를 이용해 쌀을 공출했다. 가마니가 무거워야 벼가 적게 들어가니 농민들이 무거운 가마를 선호하는 것은 당연했다. 아버지는 힘을 주어 가마니를 짜셨기 때문에 동네에서 가장 무거운 가마니를 짜는 것으로 소문이 났다. 당연히 아버지가 짜는 가마니는 인기가 좋아 잘 팔렸다. 주문 들어오는 가마니를 납품하기 위해 아버지는 농사철 이외의 기간에는 새벽에도, 저녁에도 가마니를 치셨다. 새벽에 잠에서 깨면 철커덕 철커덕 가마니를 치는 소리가 들리곤 하였다.

내가 고등학교 다닐 때 주민등록을 갱신한다고 면사무소 직원이 동네에 와서 주민들의 지문을 찍어간 적이 있었다. 아버지와 마을 회관에 갔는데 면서기가 아버지에게 "손이 너무 거칠어 지문이 찍히지 않으니 일주일만 일을 하지 마시고 손을 잘 관리했다가 다시 오세요."라고 하는 말을 들었다. 지문이 찍히지 않을 정도였으니 얼마나 일을 많이 했는지 상상이 가게 하는 대목이다. 아버지는 열심히 일을 하셔서 땅을 늘려갔다. 그래서 논을 6000여 평까지 소유할 수 있었다. 농촌에서 20마지기(4000평) 이상 농사를 지으면 대농이라고 했다. 남산리에서 20마지기 이상 농사짓는 집이 2가구밖에 되지 않았다. 아버지는 평생 자식들을 위해 농사만 짓다 돌아가셨다고 해도 과언이 아니다.

한 번은 젊은 사람이 우리 집에 일을 와서 아버지와 함께 논매는 일을 했는데 아버지가 워낙 빨리 논을 매는 모습을 보고 그가 한나절 일을 하고는 그대로 줄행랑을 쳤다는 일화도 있다. 그 뒤로 동네 젊은 사람들이 우리 집에 일을 하러 오지 않았다는 말이 지금도 전해진다. 아버지는 88세에 돌아가셨다. 워낙 많은 일을 해서 갑자기 다리를 움직일 수 없게 됐고, 그 때문에 3년 정도 누워만 계시다 돌아가셨다. 84살 때 가을에 추수하여 콤바인 마대를 옮기는 일을 하실 때 아버지께서 마대를 어깨에 올리려고 했으나 힘이 달려 가슴까지만 올라가자 "작년까지는 어깨에 올라갔는데 올해는 안 올라간다."고 탄식하시던 모습이 지금도 눈에 아른거린다.

■ 면서기와 경찰관 아들을 꿈 꿨던 어머니

어머니도 아버지와 마찬가지로 농사만 짓다가 한평생을 보내셨다. 호강 한 번 못해보고 아버지의 농사일 뒷바라지만 하다 가셨다. 농사일은 어머니가 하시는 가장 기본적인 일이었다. 그 만으로도 벅찬 노동이지만 6남매를 키워내셨고, 부엌일을 비롯한 살림도 혼자 힘으로 해내셨다. 수도꼭지에서 시원하게 나오는 물을 한 번 써보지도 못하셨고, 전기밥솥이나 세탁기를 사용해보시지도 못하고 온 몸으로 모든 살림을 꾸려가셨다.

어렸을 적에 어머니가 밥상을 차려 방에 들여놓고 혼자서 부뚜막에 앉아 식사를 하시는 모습을 자주 목격했다. 모내기나 추수 등 큰 농사일을 치르는 날이면 하루에 7차례의 끼니를 조리해 날라야 했으니 그 고생을 어찌 말로 표현하겠는가. 집과 가까운 논에서 일을 하는 날이면 그나마 덜했지만 멀리 떨어져 있는 논에서 일을 하는 날에는 집과 논을 수시로 오가며 밥상 물리기가 무섭게 바로 새참을 준비해 나가야 할 형편이었다.

기계가 일을 하는 요즘에는 동네에서 품 팔러 가는 일이 없어졌지만 우리 아버지와 어머니가 농사를 짓던 시절에는 모든 작업을 사람이 일일이 다해야 했던 까닭에 먹거리를 제공하는 것도 농사일 못지않게 큰 일이었다. 어머니는 배움이 짧았지만 동네에서 여장부로 소문난 인물이셨다. 살림을 어머니가 도맡아 하셨기 때문이다. 힘든 일을 하면서도 어머니는 자식들 교육 문제에 대한 관심을 늘 놓지 않으셨다. '우리 아들들 공부 시켜서 면서기도 시키고 순사도 시켜야 한다.'고 입버릇처럼 말씀하시던 어머니는 자식들을 위해 모든 것을 헌신하셨다. 시골에서 농사짓지 않고 월급으로 생활할 수 있는 면서기나 경찰관 집은 어머니 선망의 대상이었다. 보는 세상이 한정돼 있던 어머니는 그저 면서기나 경찰관, 교사 등이 가장 좋은 직업이라고 생각하셨다.

어머니가 아들들이 면서기나 순사가 되길 바라셨던 것은 또 다른 이유가 있었다. 1919년생인 아버지는 일제 말기에 일본이 대동아 공영권을 주장하면서 병력 증강을 위해 젊은 사람들을 강제 징집하는 일에 혈안이 됐을 무렵 수차례 징집을 당할 위기를 넘기셨다. 2대 독자였던 아버지는 징집을 하면 합덕 친척집으로 피신을 하거나 쌀 2가마니로

값을 치르고 사람을 사서 대신 징집을 보내곤 하셨다고 한다.

당시 쌀 2가마니 값은 임야 수천 평을 살 수 있는 돈이었다 한다. 매번 사람을 살 수는 없고 주로 피신을 하였는데 동네 구장하고 일본 순사가 어머니를 수시로 찾아와 남편이 어디에 숨었느냐고 모질게 다그쳤던 모양이다.

한 번은 순사가 어머니를 구장집 추녀에 세워놓고 아버지가 숨은 곳을 대라며 권총 손잡이로 머리를 가격해 피를 철철 흘리셨다고 한다. 눈은 한길정도 쌓여 있던 추운 겨울날 밤새 추녀 밑에 서서 공포와 폭력에 시달렸으니 어머니 입장에서는 순사가 얼마나 무서웠겠는지 짐작이 간다. 그래서 어머니는 아들 중 순사를 시키고 싶으셨는지 모른다.

■ 고향 면장이 돼 어머니 소원을 풀어드리다

해방 이후 사회상을 살펴보면 농사에 대해 공출이라는 이름의 세금이 매겨졌다. 공출은 벼로 할당량이 주어지는데 대개의 농가는 2~3가마니 정도 할당을 받았다. 남산리에서 지게에 벼를 싣고 금천리 양조장 옆 창고에 가지고 가면 면서기와 이장이 확인을 했다고 한다. 한 번에 지게에 한 가마니를 실을 수 있어 2번 정도만 다녀오면 되는데 면서기가 먼저 갖다 준 벼를 못 받았다고 잡아떼는 일이 종종 있었다고 한다. 힘들게 농사지어 수확한 귀한 벼를 어렵게 갖다 주었는데 다시 가지고 오라고 하면 얼마나 분통이 터졌을지 짐작이 간다. 이런 일을 몇 차례 당하고서 어머니는 자식 중에 면서기가 있어야 한다고 생각하셨던 것 같다.

내가 공무원이 되고 막내가 경찰이 된 뒤에 명절 때 가족이 모두 모였을 때 어머니에게 "어머니 소원 푸셨네. 아들 중에 면서기도 있고 경찰관도 있으니 말여…."라고 하니 어머니께서 "그래, 맞다. 소원 풀었다."라고 하시며 무척이나 기쁜 표정을 지어 보이셨다. 그 모습이 눈에 아른 거린다. 내가 신평면장으로 재직할 때 동생들이 어머니를 모시고 면사무소 내 면장실을 방문한 적이 있다. 아들이 고향 면장이 되어 면장실에 자리를 차지하고 있는 모습을 보고 얼마나 대견하게 생각하셨을지를 혼자 생각해보니 울컥 가슴이 저려온다. 그때 어머니가 몹시도 흐뭇해하시는 모습을 보면서 '작은 효도를 했구나.'하는 생각이 들며 그 동안 고생하신 어머니께 미미한 보답을 해 드렸다는 감정을 느꼈다.

■ 부모님은 참으로 불행한 세대

21세기 부강한 대한민국에 살고 있으니 모든 것이 호사스럽다. 나보다 바로 한 세대 전에 태어나신 부모님은 호강 한 번 못해보시고 시종 고통스러운 인생을 사셨다. 부모님과 비슷한 연령대의 모든 분들이 고생을 하시기는 마찬가지였다. 일제 강점기에 태어나 침략자들에게 온갖 시련을 당하셨고, 해방의 기쁨을 누린지 불과 몇 년 만에 한국전쟁이라는 동족상잔의 비극이 일어나 전란을 겪으셨으니 참으로 불행한 세대이다. 보릿고개라는 배고픔의 설움을 겪은 세대이기도 하다. 이제 좋은 세상 만나려나 싶은데 이미 떠나셨으니 얼마나 원통한가.

신평면장으로 재직하는 동안 경로잔치라든지 효도관광을 할 때 노인분들에게 항상 이런 말씀을 드렸다. "여기 계신 어르신들은 역사상 가장 어려운 때에 태어나 고생을 많이 하셨습니다. 일제 강점기의 고생과 6.25 전쟁으로 인한 고생, 보릿고개의 고생을 다 겪으면서 이제 살만하니까 돌아가실 때가 되었지 않습니까? 이제 자식들 위해서 사시지 마시고 드시고 싶은 것 드시고, 다니고 싶은 데 다니시고, 돈 좀 쓰다가 돌아가십시오." 이렇게 말씀 드리면 노인분들은 박수를 치며 호응해 주셨다. 그러나 평생 자식들을 위해 아끼고 절약하는 것을 미덕으로 알고 사신 세대들은 실제로 그런 생활을 실천에 옮기지는 못 하셨다. 한 번은 매산리 효도관광을 가시는데 이런 말을 했더니 한 노인분이 "면장이 돈 다 쓰고 죽으랴."라고 해서서 한참 웃었던 일화가 있다.

부모님이 6·25 당시를 기억하며 해 주시던 말씀에 따르면 전란 초기 북한군이 마을을 점령했을 당시 남산리에서는 북한군의 사주를 받은 허 참봉이라 불리던 자가 부락을 다스렸다고 한다. 허 참봉은 매일 저녁마다 회의를 열어 마을 주민들을 참석시켰다. 농사를 짓느라 온몸이 녹초가 되어도 인민회의에는 참석을 해야 했고 참석을 안 하면 허 참봉이 일을 마음대로 처리했다. 처음 북한군이 침공해 올 때 예산 신례원 쪽에서 대포가 펑펑 터지는 소리를 들으면서도 농민들이 노래하면서 모를 심었단다. 북한 정권이 들어오면 우리를 잘 살게 해줄 것이라고 소문이 돌았고 그대로 믿었다는 것이다. 그렇게 북한 정권을 믿었는데 막상 북한 정권의 실체를 본 뒤부터는 농민들의 생각이 바뀌게 됐다.

아버지와 어머니는 일밖에 모르는 농부로 착하게 사셨기 때문에 인민 회의에 참석하지 않아도 그냥 넘어가셨고 비판받는 일은 없었단다. 북한 점령군이 주민들을 얼마나 못살게 굴었으면 주민들 사이에서는 '세숫대야에 달빛을 비추면 태극기가 보인다.'는 소문이 돌았고 이 말을 전해들은 어머니는 실제로 그렇게 해보았다고 한다. '자유로운 생활이 얼마나 그리웠으면 믿기 어려운 그런 일을 실제로 해보셨을까?' 하는 생각이 든다. 북한군이 마을을 점령한 뒤 날뛰고 다닐 때는 아버지가 논 가운데에서 잠을 주무시는 일도 있었다고 했다.

북한군이 물러나고 한국군이 정권을 회복했을 때 아버지가 아무런 생각 없이 바지 끈을 빨간 천으로 맸다가 순경에게 적발되어 파출소로 끌려가 고문을 당한 일이 있었다. 얼마나 심하게 맞았는지 엉덩이에서 피가 나 옷을 벗을 수가 없을 지경이었다고 한다. 극심한 레드컴플렉스가 만연하던 시절이어서 빨간색 바지 끈을 맸다는 이유만으로 그토록 가혹한 매질을 당하셨던 것이다. 당시 아버지를 연행해 간 경찰관들은 아버지를 빨갱이의 앞잡이라고 다그치며 자백을 하라고 강요했다고 한다. 북한군에게 핍박을 받을 때 학수고대하던 한국군이 왔는데 그들에게도 그런 가혹한 일을 당하셨으니 그 아픔이 얼마나 크셨을지 짐작이 된다.

혹독한 전쟁을 마치고 나서도 부모님의 삶은 고난의 연속이셨다. 배고픔은 전쟁만큼이나 무서운 것이었다. 경제개발에 성공해 배고픔에서 벗어날 무렵부터는 병마가 찾아와 심신을 괴롭혔다. 어머니가 80살 때의 일이다. 어머니는 허리가 굽지는 않으셨지만 무릎 통증 때문에 무척이나 괴로워하셨다. 무릎이 아프니까 침을 자주 맞으러 다니셨다.

나중에는 금침이 좋다는 소리를 듣고 금침을 맞곤 하셨는데 모두 허사였다. 자식들이 모여 어머니를 큰 병원으로 모시고 가 진찰을 받기로 하고 서울 강동 세브란스병원으로 모시고 갔는데 양 무릎 안쪽의 연골이 닳아서 뼈를 훼손시키고 있다는 진단을 받았다. 뼈와 뼈 사이 완충 역할을 해주는 연골이 다 닳았으니 아무리 침을 맞아도 통증에서 벗어날 수 없었던 것이다.

결국은 인공 관절수술을 했다. '좀 더 일찍 수술을 해드렸으면 덜 고생을 했을 텐데.'하는 아쉬움이 밀려와 죄스러움을 감출 수가 없었다. 당시 담당의사는 "어머니와 비슷한 연령대의 노인들 대부분은 시골에서 너무 일을 많이 해서 연골이 일찍 마모돼 말년에 이토록 고생을 하십니다."라고 말했다. 그러면서 그는 "앉아서 밭을 매면 안쪽에서부터 연골이 닳게 돼 있고, 안쪽 연골이 닳아 버리면 무릎이 벌어지게 마련이고, 무릎이 벌어지면 허리가 굽게 된다."고 설명했다. 지금도 시골을 다니며 허리가 구부러진 할머니를 보면 '얼마나 농사를 짓느라 고생을 하셨으면 저렇게 허리가 굽으셨을까?'하는 애틋한 생각이 든다.

■ 이제 살만해졌는데…

어머니가 살아계실 때에 경로당에 모시고 다녔는데 경로당 노인분들이 한탄하며 이야기를 하는 것을 자주 들었다. 이렇게 좋은 세상이 되었는데 죽을 때가 되어서 너무 서럽다는 것이다. 옛날에는 밥을 하려면 재래식 솥에 불을 때서 해야 했고 냉장고가 없었으니 그때그때 반찬을 만들어 먹어야 했다. 빨래를 하고 집에서 사용할 물을 긷느라 동네 샘을 수시로 다녀야 했고, 추운 겨울에도 손빨래를 하는 것을 당연하게 받아들였다. 보일러가 없으니 항상 불을 때야 하는 등 표현하기 어려운 고생을 했다는 것이다.

그런데 지금은 밥도 기계가 해주고, 빨래도 기계가 해주고, 냉장고가 있으니 반찬도 덜 신경 쓰고, 불을 안 때도 따뜻한 방에서 지낼 수 있고, 수돗물이 집까지 공급되고, 온수도 마음대로 사용할 수가 있으니 얼마나 좋은 세상이냐고 어른들은 말씀하신다. 과거 그 고생을 하고 이제야 살만한 세상을 만났는데 생을 접어야 하는 나이가 됐으니 그 원통함이 헤아려진다.

같은 시대를 보내신 남자 분들도 사정은 비슷하다. 기계가 없던 시절에는 전부 몸으로 농사를 지었다. 모를 심으려면 한 달 이상이 걸렸고, 논의 풀도 손으로 매었으며, 타작을 할 때도 볏가리에 눈을 치워가면서 늦도록 하는 일이 다반사였다. 보리를 타작할 때 기계가 없어 절구통을 뒤집어 놓고 타작하던 모습이 눈에 선하다. 그렇게 뼈가 부서질 정도로 힘들게 농사를 지었는데 지금은 기계로 대부분의 농사일을 하고 있으니 노인 분들은 지금의 농사짓는 모습을 보며 무슨 생각을 하실지 궁금하다.

:: 나의 취미 등산

　나의 취미는 봄, 여름, 가을에는 등산이고 겨울에는 스키와 보드를 타는 것이다. 어렸을 때부터 등산을 즐긴 것도 아니었고, 차를 장만하고 애들이 크면서 등산을 다니기 시작했는데 주로 가야산을 다녔다. 아마 지금까지 가야산은 약 1000번 이상 올랐을 것 같다.

아들과의 산행

　아이들이 어렸을 적에 가야산을 가면 수덕사 관광지에서 맛있는 비빔밥을 먹곤 하니까 비빔밥을 먹고 싶은 마음에 등산을 가자고 했다. 아들의 경우 덕산온천 대중탕에서 수영하는 재미로 등산을 가자고 하였다.

　어떤 때는 휴일에 귀찮아하면서도 아비가 등산을 가자고 하여 간적이 많았다. 또 겨울에는 눈썰매를 타는 재미로 등산을 다녔다. 아이들이 어렸을 적에는 같이 등산을 다녔고 아이들이 커서 고등학교에 진학한 이후에는 주로 집사람하고 다니고 아니면 나 혼자 다니곤 한다. 내 나이 또래들은 대개 등산을 즐기는 편이다. 다닐 때마다 느끼는 것이지만 등산만큼 좋은 운동은 없다는 것이 내 생각이다. 국토의 70%가 산으로 구성된 우리 대한민국은 등산을 다니기에 더 없이 좋은 여건을 가진 나라이다.

백두대간 종주

인생을 살면서 가장 보람 있고 도전정신을 키웠던 것이 백두대간 완주였다. 직원들과 지리산 종주를 한 적도 있었다. 기차를 타고 진주까지 가서 새벽에 중산리에서 지리산 천왕봉에 올라 벽소령 대피소에서 하루를 묵고 노고단 고개로 내려오는 코스를 선택했다.

직원들과 함께 종주에 나서기 전 나는 지리산 종주를 한 번 해본 경험이 있었다. 직원들과 같이 한 것이 두 번째였다. 처음 지리산 종주는 노고단에서 출발해 벽소령 대피소에서 1박을 하고 천왕봉을 거쳐 백무동으로 내려오는 코스를 선택했다.

종주를 마치고 남원으로 내려와서 소주 한 잔을 하는데 이태수란 직원이 "왜 지리산 종주만 하나요? 그냥 산 따라 위쪽으로 계속 올라가지요."라고 말했고, 술김에 "그래 올라가지 뭐."라고 대답한 것이 백두대간 종주의 시작이었다. 이렇게 700㎞의 긴 여정이 시작됐다. 처음에는 3명이 시작하였는데 3번째 산행을 하고 한 명이 낙오해 이태수 직원하고 나하고 두 명이 백두대간을 완주하게 됐다.

한 달에 두 번 등산을 하였고, 12월에서 4월까지는 등산을 하진 않았다. 겨울철이라 위험하고 또한 봄에는 산불 때문에 금지기간이라 등산을 하지 않았다. 그래서 실제로 1년에 6개월만 등산을 하는 셈이었다. 첫 번째 주와 세 번째 주에 1박 2일 일정으로 등산을 다니는데 전라도와 충북 구간은 주로 천안에서 열차를 타고 다녔으며, 강원도 구간은 자가용을 타고 다녔다. 보통 하루에 10시간에서 15시간에 걸쳐 30~40㎞ 정도를 걸었는데 새벽에 출발했던 봉우리가 저녁 무렵에는 보이질 않을 정도였다. 항상 새벽 3시에서 4시에 등산을 시작하였다. 새벽에 등산을 시작해야 저녁 때 목적지에 도착할 수 있기 때문이었다. 제 시간에 도착하여야 저녁 식사 후 잠자리에 들어 다음날 일찍 일어나 새벽 3시경부터 등산을 시작할 수 있었다.

백두대간은 구간마다 표시가 되어있는데 우리는 24구간으로 나누어 다녔다. 2년 정도면 마칠 수 있었으나 여유롭게 3년에 걸쳐 완주를 하였다. 처음 백두대간 종주를 시작할 때는 무척이나 어려웠다. 백두대간 종주에 도전하는 이들은 대부분 키가 작고 덩치가 왜소하다. 나 정도의 체구를 가진 사람은 종주족 가운데 흔치 않다. 3년 간 등산을 하면서 우리는 비박(야영)을 한 번도 하지 않았고 등산 전용 버너나 코펠 등도 사용하지 않았다.

비박을 하면 텐트를 비롯해 버너나 코펠 등을 가지고 다녀야 해 배낭 무게가 상당해 오래 걸을 수가 없기 때문이었다. 먹을 것은 항상 가공 포장된 밥과 몇 가지 반찬, 초콜릿 등이 전부였다. 가공 포장된 밥을 데워서 가지고 가면 산에서 간단하게 식사를 해결할 수 있고, 무게가 나가지 않기 때문에 배낭이 가벼워 무리가 되지 않았다. 잠자리는 항상 예약을 해 민가에서 해결했고, 이른 새벽에 출발을 했다. 인터넷에 백두대간과 관련된 정보가 많기 때문에 민박 장소를 구하는데 큰 어려움이 없었다. 민박 외에도 유용한 정보가 많아 참고할 수 있었다. 이 지면을 통해 함께 백두대간 종주를 하며 고생한 이태수 씨에게 고마움을 전한다.

백두대간을 종주하면서 전국 산하의 많은 경치를 구경하였고 평상시 볼 수 없는 조국 산천의 아름다움을 마음에 담아올 수 있었다. '굳이 외국에 나가지 않고 국내만 다녀도 볼거리가 너무 많구나.'하는 것을 느꼈다. 백두대간 종주 등산은 그 자체가 고생이다. 누군가 왜 그토록 고생을 사서 하느냐고 물으면 할 말이 없다. 그저 하던 일이니까 그칠 수가 없었다. 하지만 내 생을 통해 해본 많은 경험 가운데 백두대간 종주는 가장 잊을 수 없는 추억이다. 산행을 하면서 고생한 이야기는 많으나 지면 관계상 생략하기로 한다. 결코 후회하지도 않았다. 누구에게든 추천하고 싶은 여행이 바로 백두대간 종주이다.

오성환의 당진사랑

오성환 지음

발 행 일 | 2014년 2월 7일

지 은 이 | 오성환
발 행 인 | 李憲錫
발 행 처 | 오늘의문학사
출판등록 | 제55호(1993년 6월 23일)
주   소 | 대전광역시 동구 삼성1동 125-6 한밭오피스텔 401호
전화번호 | (042)624-2980
팩시밀리 | (042)628-2983
홈페이지 | http://www.lito77.co.kr(홈페이지)
전자우편 | hs2980@hanmail.net
웹 하 드 | hs2980/6242980

공 급 처 | 한국출판협동조합
주문전화 | (070)7119-1741~2
팩시밀리 | (031)944-8234~6

ISBN 978-89-5669-593-8
값 15,000원